十萬
對敵劍

Fantastic Oriental Heroes

십만대적검

오채지
新무협 판타지 소설

십만대적검 8

오채지 新무협 판타지

초판 1쇄 찍은 날 § 2013년 8월 28일
초판 1쇄 펴낸 날 § 2013년 9월 3일

지은이 § 오채지
펴낸이 § 서경석

편집부장 § 권태완
편집책임 § 어정원
디자인 § 신현아

펴낸곳 § 도서출판 청어람
등록번호 § 제1081-1-89호
등록일자 § 1999. 5. 31
어람번호 § 제2-2389호

주소 § 경기도 부천시 원미구 심곡2동 163-2 서경B/D 3F (우) 420-822
전화 § 032-656-4452팩스 § 032-656-4453
http://www.chungeoram.com
E-mail § chungeorambook@daum.net

ISBN 978-89-251-3443-7 04810
ISBN 978-89-251-3196-2 (세트)

十萬對敵劍
Fantastic Oriental Heroes
십만대적검
오채지
新무협 판타지 소설
8
[완결]
청어람

目次

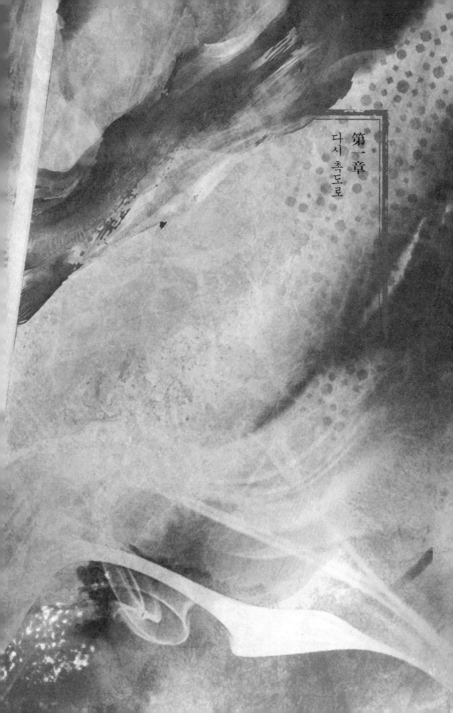

第一章

다시 촉도로

촉도는 섬서성의 장안부에서 시작해 한중, 광원, 검각을 거쳐 사천성으로 들어가는 일천육백 리의 험준한 산악 지대를 일컫는 말이다.

광원에서 우연히 백미랑과 조우한 장개산은 일단 촉도를 타고 사천성으로 들어가기로 했다. 장강까지 내려간 다음 그곳에서 배를 타고 동진하는 것이 북검맹으로 가는 가장 빠른 길이라고 판단한 탓이다.

하지만 북검맹과 남악련이 궤멸되었다는 소문이 사실이라면 심각한 문제가 발생한다. 장개산은 그나마 나았다. 그는 북검맹에 한 발을 살짝 담근 적이 있는 정도에 불과했지만 빙소소는 아니었다. 수많은 사람과 종횡으로 얽힌 포검문은 북검맹의 중추적인 문파, 북검맹이 궤멸했는데 포검문이 무사할 리 없었다.

촉도를 달리는 내내 빙소소는 불안하고 초조한 마음을 한시도 감추지 못했다. 아버지는 물론이거니와 사형제의 생사가 불투명한데 아무렇지도 않다면 거짓말이었다. 결국 사달이 나고 말았다. 검각의 가파른 잔도(棧道)를 걷던 중 절벽을 깎아 만든 길 끄트머리가 오랜 풍우로 말미암아 떨어져 나간 것이다.

중요한 건 이어지는 빙소소의 반응이었다. 무공을 익힌 사람의 반사 신경은 보통 사람의 그것과는 비교도 할 수 없을 만큼 기민한 법이다. 하물며 지저빙호에서 기연을 만난 이후 절정의 고수가 된 빙소소는 말할 것도 없다.

한데 그녀는 한순간 휘청하는가 싶더니 마치 누가 아래에서 끌어당기기라도 하듯 쑥 꺼져 버렸다. 돌이 떨어져 나가는 소리를 듣는 순간 장개산이 질풍처럼 돌아보았고, 때마침 천 길 낭떠러지 아래로 추락하는 빙소소를 발견한 것은 천운이었다. 빙소소를 번쩍 들어다 안전한 곳에 내려놓은 장개산이 물었다.

"괜찮소?"

"아직도 믿어지지가 않아요. 우리가 지저빙호에 갇혀 있던 시간은 불과 한 달에 불과했어요. 그 짧은 시간에 어떻게 북검맹과 남악련이 궤멸될 수가 있는 거죠?"

"그건 궤멸의 정의를 어디에 두느냐에 따라 달라지지 않겠소?"

"……?"

"언젠가 책에서 읽었는데 전쟁에서 이기는 방법은 세 가지가 있다고 하더군. 첫째, 적왕을 죽이는 것. 둘째, 적성을 함락하는 것. 셋째, 적 병력을 모두 죽이는 것. 첫 번째가 가장 쉽고, 두 번째는 조금 더 어려우며 세 번째는 가장 어렵다고 하더군. 하지만 셋 중 하나만 성공해도 전쟁에선 승리했다고 했소."

"무슨… 뜻이죠?"

"북검맹주는 말할 것도 없거니와 성라원의 원주들께서는 강호인이 모두 우러러보는 절정고수요. 그런 거물들이 쉽게 죽었을 리 없소. 북검맹의 맹도 삼천여 명이 몰살을 당했다는 건 더더욱 어불성설이지. 아시다시피 북검맹은 수년 전부터 오늘과 같은 상황을 대비하고 있었소. 놈들의 거병(擧兵)이 제아무리 기습적이었다고는 하나 백건악 같은 지자(智者)들을 비롯해 구름처럼 많은 고수를 거느린 북검맹이 한 달 만에 완전 궤멸되는 건 불가능하다는 게 내 생각이오."

"북검맹이 궤멸되지 않았을 수도 있다는 뜻인가요?"

"그런 소문이 난 걸 보면 무슨 일이 있긴 있겠지. 최소한 항주의 장원이 적에게 점령된 것만은 사실일 것이오. 하지만 분명 맹주님과 성라원의 장로들을 중심으로 뭉친 생존자들이 어딘가에 분명 있을 것이오."

"하면 그들이 어디로 갔다는 말이죠?"

"나도 모르겠소. 거듭 말하지만 대망혈제회의 힘이 제아무리 대단하다고 해도 한 달 만에 궤멸될 정도로 북검맹에 사람이 없지는 않소. 우리가 북검맹으로 가는 것도 그들의 흔적을 찾기 위해서고."

"그건 남악련도 마찬가지입니다."

가장 뒤쪽에서 따라오고 있던 단금도가 말했다.

빙소소와 백미랑의 시선이 동시에 단금도를 향했다. 보다 자세한 설명을 요구하는 눈빛이었다. 단금도의 말이 이어졌다.

"아시다시피 남악련은 사천성과 운남성에 걸쳐 있는 다섯 개의 산중문파가 연합한 세력입니다. 삼백 년이 넘는 장구한 역사로 말미암아 사천성과 운남성 일대에서는 막강한 영향력을 행사하고 있지요. 대망혈제회의 발호만큼은 아니었으나 남악련은 지난 삼백 년 동안 숱한 세력과 전쟁을 치르면서 굳건히 그 자리를 지켜왔습니다. 피의 경험은 결코 가볍지 않습니다."

단금도의 표정과 음성은 단호했다.

남악련처럼 장구한 역사를 지니진 못했지만 북검맹 역시
약하지 않았다. 규모면에서는 오히려 남악련을 압도했고, 맹
을 구성하는 문파들 또한 그 나름의 숱한 전쟁을 치러본 경험
이 있었다. 그런 사람들이 이렇게 쉽게 무너질 리는 없는 것
이다.

장개산과 단금도의 말에 빙소소는 조금은 안심이 되었다.
궤멸만 하지 않았다면, 사람들의 목숨이 붙어 있기만 하다면
북검맹은 얼마든지 다시 일으킬 수 있었다. 그러기 위해선 내
가 먼저 포기하지 말아야 한다. 빙소소가 자리에서 벌떡 일어
났다.

"이제 그만 갈까요?"

*   *   *

저녁노을이 서산을 붉게 물들일 무렵, 네 사람은 촉도의 사
천쪽 출구인 검문관(劍門關)에 당도했다. 사천과 섬서를 잇는
교통의 요충지답게 검문관은 언제나 상인이나 표국 사람들로
북적거렸다.

한데 어쩐 일인지 지금은 개미 새끼 한 마리 보이지 않았

다. 심지어 검문관을 상시 지켜야 할 관병들조차 없었다.

촉도의 사정에 정통한 백미랑도 이런 경우는 난생처음이라고 했다. 을씨년스러운 검문관을 지난 지 얼마 지나지 않아 네 사람은 왼쪽이 절벽처럼 뚝 끊어진 산허리를 걷고 있었다.

저만치 습막이 엷게 낀 골짜기 아래로 촉도의 연장인 길이나 있고, 그 오른편으로 산과 산 사이에 자리 잡은 큼지막한 마을이 어슴푸레 보였다. 백미랑의 사문이자 촉도를 호령하던 만검산장이 있는 삼강촌(三岡村)이었다.

불과 한 달 전 백미랑과 단금도는 이곳에서 벽사룡이 이끌고 내려온 일만여 병력과 싸우다 처참한 패배를 겪었다. 두 사람에게는, 특히 백미랑에게는 감회가 남다를 수밖에 없었다.

아니나 다를까, 백미랑의 표정은 어느 때보다 무거웠다. 적들의 말발굽 아래 유린된 사문을 지나칠 생각에 가슴이 미어지는 탓이다. 그러다 어느 순간 백미랑이 걸음을 멈추고 사색이 되었다. 무언가 심상치 않음을 알아차린 장개산, 단금도, 빙소소가 덩달아 걸음을 멈추었다.

"무슨 일이죠?"

장개산이 물었다.

"뭔가 이상해요. 원래 이 시간쯤이면 산자락 사이에 자리 잡은 여곽들이 손님들을 맞이하기 위해 일제히 등롱을 켜면서 삼강촌 전체가 별들이 내려앉은 것처럼 반짝거렸어요."

"지금도 그런 것 같습니다만."

"그러니까 이상하다는 거죠. 폭룡채의 녹림도들이 출몰하면서 야곽주들이 삼강촌을 떠나 버린 지 오래예요. 게다가 촉도를 지나오면서 상인이나 표국 사람은 거의 보지 못했는데……"

사람들은 천천히 삼강촌으로 시선을 던졌다. 뿌연 습막 사이로 등롱을 내건 여곽들이 보였다. 그 광경이 정말로 수십 개의 별이 내려앉은 것 같았다. 뿐만 아니라 여곽 곳곳에서 밥 짓는 연기가 피어올랐는데 그 덕분에 협곡 전체에 불이라도 난 것 같았다.

하지만 백미랑의 말처럼 광원을 지나 이곳까지 오는 동안 표국이나 상인의 행렬은 거의 보지 못했다. 그럼에도 불구하고 저토록 많은 불빛과 밥 짓는 연기가 보인다는 것은 무얼 의미하는 걸까?

"놈들이 떠나지 않았군."

장개산이 말했다.

그가 말한 놈들은 당연히 대망혈제회의 사마외도였다. 벽사룡이 이끌고 내려왔다는 일만의 병력 중 일부가 삼강촌에 주둔한 모양이었다.

"표국이나 상인들이 발길을 끊은 것도 그 때문이었군요."

빙소소가 말했다.

"표국이나 상인들은 그렇다 쳐도 검문관의 관병들까지 철수를 한 것은 조금 의외입니다. 필시 무림인들 간의 싸움에 말려들지 않겠다는 뜻일 텐데, 그렇다고 해도 이런 식으로까지 물러난다는 건 좀……."

단금도가 말했다.

고래로 관과 무림은 우물과 강처럼 서로 침범하지 않는 관습이 전해 내려오기는 하지만 이건 경우가 달랐다. 관이 무림의 일세에게, 정확하게 말하면 엄청난 살육을 자행하고 있는 사마외도들에게 자신들의 영역 중 일부를 양보한 것이었기 때문이다.

"상계로군."

장개산이 말했다.

"제 생각도 같아요."

빙소소가 말했다.

금화선부를 이용해 오랜 세월에 걸쳐 상계를 장악한 대망혈제회가 바로 그 상계의 힘을 행사해 관을 움직인 것이다. 아니면 인근의 지방관들이 상계와의 마찰을 피하기 위해 알아서 기고 있는 것이거나.

사람들은 새삼 대망혈제회가 지닌 힘의 크기에 소름이 끼쳤다. 촉도는 엄청난 물동량이 오고가는 교통의 요충지, 그걸 관리하는 지방관들조차 움직일 정도라면 황실이라고 힘이 미치지 말란 법이 없었다.

"저 정도 규모라면 삼백 명은 될 거예요."

백미랑이 말했다.

삼강촌의 사정한 정통한 그녀답게 밥 짓는 연기만으로도 적 병력을 간파했다. 그녀의 한마디는 단금도와 빙소소를 아연실색케 만들었다. 대망혈제회의 병력 삼백이 삼강촌에 버티고 있다.

그리고 자신들은 사천성으로 들어가기 위해 반드시 삼강촌을 지나야 한다. 삼백의 적 병력이 우글거리는 소굴을 단 네 명이 통과한다는 것은 목숨을 걸어야 할 만큼 위험한 일이었다.

"지금 상황에서 정면돌파는 필패예요. 밤이 깊어질 때까지 기다렸다가 잠행을 하는 게 좋겠어요."

백미랑이 말했다.

"왜 그렇죠?"

빙소소가 물었다.

단순히 삼백이라고 해도 매우 위험한 일이긴 했다. 하지만 백미랑의 음성에선 그 이상의 어떤 위험을 감지한 듯한 분위기가 느껴졌다.

"대망혈제회가 거병을 하고 난 이후 곳곳에 숨어 있던 사마외도가 대거 세상에 모습을 드러냈다고 들었어요. 지난번에도 말씀드렸지만 풍문에 따르면 그 숫자가 십만을 헤아린다고 하더군요. 일천 명 중에서 삼백을 골랐을 때와 십만 명중에서 삼백을 골랐을 때는 의미가 크게 달라요. 저들 삼백명 중에 어떤 미치광이 괴물이 섞여 있을지 알 수가 없지 않겠어요?"

백미랑은 자신의 생각을 담담하게 설명했다.

빙소소는 저도 모르게 고개를 끄덕였다. 백미랑을 무시한건 아니었지만, 젊은 나이 때문에 다소 경시한 건 사실이었다. 한데 지금 보니 통찰력이 예사롭지 않았다. 아버지 촉도검왕이 죽고 난 후 홀로 만검산장을 이끌었다고 들었는데 어느새 그녀는 진짜 일문의 문주가 되어가고 있었던 것이다.

그래서 마음이 아팠다. 놈들이 삼강촌을 장악했으면서, 삼강촌에서 가장 큰 규모를 자랑하는 만검산장을 그냥 놔두지는 않았을 터. 사문을 코앞에 두고도 잠행을 통해 조용히 빠져나가자고 해야 하는 백미랑의 처지가 어쩐지 남의 일 같지않았다.

"어떡하죠?"

빙소소가 장개산을 돌아보며 물었다.

백미랑과 단금도도 장개산의 입을 응시했다. 장개산과 조우한 이후 두 사람은 은연중에 그를 좌장으로 여기고 있었다.

결국 그가 최종 결정을 내려야 했다. 한데 장개산은 엉뚱한 이야기를 했다.

"이런 촌구석에 왜 삼백씩이나 되는 병력을 배치한 거지? 촉도를 장악하고 통제해서 그들이 얻는 게 무엇이길래."

장개산의 난데없는 질문에 모두가 말문이 막혔다. 듣고 보니 이상하지 않은가. 대망혈제회는 지금 백도무림을 상대로 대대적인 전쟁을 벌이고 있다. 십만이라는 대병력을 지녔다는 풍문이 사실이라고 해도 이런 촌구석에 삼백씩이나 되는 병력을 묶어둘 이유가 없었다.

"장주, 인근에 대망혈제회에 위협이 될 만한 백도의 방파나 문파가 있습니까?"

장개산이 백미랑에게 물었다.

"아시다시피 촉도를 중심으로 한 인근 천육백 리에는 북검맹이나 남악련처럼 대망혈제회와 맞설 만한 세력이 없어요. 군소방파가 많이 있기는 했지만 대부분은 무관의 수준을 갓 벗어난 정도에 불과하고요. 그나마 조금 힘이 있는 문파는 오히려 대망혈제회와 한통속이 되어 만검산장을 공격하는 데 앞장서기까지 했어요. 단언컨대 지금 촉도상에는 언감생심 그들을 위협할 만한 세력이 없어요."

"분명 뭔가가 있어."

장개산이 혼잣말처럼 중얼거렸다.

삼백씩이나 되는 병력을 산길 한가운데 주둔시켰다는 것은 공격해야 할 상대가 있거나 아니면 지켜야 할 무언가가 있다는 뜻이었다. 문제는 그게 무엇인지 모른다는 것이었다.

그때였다.

네 사람이 서 있는 소로의 앞쪽 모퉁이에서 갑자기 말발굽 소리가 들려왔다. 소리로 보아 매우 다급하게 달려오고 있음이 분명했다. 네 사람은 누가 먼저랄 것도 없이 오른편의 숲으로 뛰어들어 커다란 바위 뒤에 몸을 숨겼다. 어떻게 행동할지 결정하기 전까지는 일단 놈들에게 모습을 드러내지 않아야 한다.

잠시 후, 한 사람이 모퉁이를 돌아 맹렬하게 달려오는 것이 보였다. 예순 살이나 되었을까? 옷이랍시고 걸친 건 넝마가 따로 없고, 반백의 머리카락은 죄다 풀어져 아무렇게나 휘날렸다.

초로의 나이가 무색할 정도로 날쌘 움직임을 보이는 노인은 죽어라 달려오는 와중에도 뒤를 힐끔힐끔 돌아보았다. 누군가에게 쫓기고 있는 것이다.

장개산은 두 눈을 번쩍 떴다.

노인은 한 달여 전 삼강촌을 찾았을 당시 만검산장의 호원무사로 꽂아주겠다면서 자신에게 사기를 쳤던 천금객점의 점주 노지량이었다.

장개산이 아는 사람을 백미랑이 몰랐을 리 없었다. 백미랑과 장개산이 시선을 맞추며 의아해하는 사이 네 명의 기마인이 모퉁이를 돌아 모습을 드러냈다.

첫 번째는 호리호리한 체격에 백의 장삼을 차려입은 미공자였는데 창백한 얼굴과 뾰족하게 빠진 턱이 묘하게 어울리어 어딘지 모르게 비열한 인상을 주었다. 두 번째는 탄력적인 몸매에 맑은 피부를 가진 스무 살가량의 여자였고, 세 번째는 얼굴에 검상을 아로새긴 마흔 줄의 중년인이었고, 네 번째는 부릅뜬 호목에 건장한 체구가 인상적인 장한이었다.

공통점은 모두가 검을 등에 멘 상태라는 점이었다. 백의공자와 여자만이 채찍과 비도라는 보조병기를 허리에 하나씩 더 패용하고 있다.

"저 사람들은……!"

백미랑이 노지량에 이어 삼남일녀까지 알아보았다.

"아는 자들입니까?"

장개산이 속삭이듯 물었다.

"백양문(白楊門)의 제자들이에요."

"백양문? 혹시 면양(綿陽)에 있다는 그 검문 말입니까?"

강호의 사정에 어두운 장개산이었지만 백양문에 대해서는 지난번 이곳으로 오는 동안 들은 기억이 있었다.

"맞아요. 바로 그 백양문이에요. 백의 장삼을 입은 자가 백양문주의 차남이자 주면악이라 불리는 이제자고, 검상의 사내가 삼제자 곽금소, 여자가 사제자 이용설, 사나운 인상의 거한이 최근에 입문한 오제자 서문동이에요."

면양은 이곳 삼강촌에서 불과 오십여 리 떨어져 있는 촉도상의 작은 검문이었다. 무맥의 역사는 수백 년을 거슬러 올라갈 정도로 깊지만 한 번도 이름난 고수를 배출한 적이 없었다.

반면 불과 백 년의 역사를 지닌 만검산장은 백인명이라는 걸출한 검사를 배출함으로써 일약 촉도를 중심으로 한 일천육백 리를 대표하는 문파가 되었다. 백양문은 자연히 만검산장의 그늘에 가려질 수밖에 없었다.

"거리가 멀지 않으니 만검산장과는 꽤 교류가 있었을 것 같습니다만."

교류가 있었던 정도가 아니었다.

어린 시절부터 백미랑은 저들과 어울렸다. 어른이 된 이후에는 백양문주가 매파를 보내와 백미랑과 주면악과의 혼례를 타진하기도 했다.

혼례는 백미랑의 거절로 무산되어 버렸다. 한 번도 거절의 이유를 말한 적 없지만 알 만한 사람들은 다 알았다.

주면악은 소문난 화류공자였다. 면양 땅이 들썩거릴 정도로 염문이 나돈 것도 여러 번이었고, 심지어 남편까지 버젓이 있는 여자를 꾀어 데리고 놀다가 차버리는 바람에 상심한 여자가 절벽에서 뛰어내린 적도 있었다.

그리고 한 달여 전, 폭룡채의 녹림도로 위장한 사마외도들이 만검산장을 공격한다고 했을 때 백미랑은 바로 저 백양문을 찾아가 함께 싸워달라며 도움을 호소했었다.

결과는 당연하게도 거절이었다.

그때는 전날 혼례를 거절한 것에 대한 앙갚음이라고 생각했다. 대망혈제회에 대한 공포도 있었을 거라고 믿었다.

하지만 아니었다. 시간이 흘러 벽사룡이 일만의 병력을 이끌고 촉도를 지나 삼강촌으로 쳐들어왔을 때, 그들을 인도한 사람들이 바로 백양문의 무인이었다.

"그들은 더 이상 예전의 백양문이 아니에요."

"무슨 뜻입니까?"

"백양문의 무공은 이미 더럽혀졌어요."

"아까 삼강촌을 공격하는 데 앞장섰다는 문파가……?"

"맞아요. 백양문이었어요."

"……!"

장개산의 표정이 얼어붙었다.

수년 전부터 강호에 은밀히 나돌기 시작한 좌도방문의 비급들, 그 비급 중 일부가 백양문으로 흘러 들어간 것이다. 이제야 청화부인이 십만이라는 대병력을 일으킬 수 있었던 이유를 알겠다. 그들은 좌도방문의 비급들을 이용해 백양문과 같은 군소방파들을 파고들었다.

규모가 작다고 해서, 고수를 배출한 적 없다고 해서 야망까지 없는 것은 아니다. 오히려 짓밟히고 수모를 당한 사람들일수록 높이 오르고자 하는 욕망은 강해진다.

수백 년의 역사를 지녔으면서도 큰소리 한번 쳐보지 못하고 숨죽여만 살아온 백양문의 문도들에게 청화부인이 내민 좌도방문은 거절할 수 없는 달콤한 꿈이었을 것이다.

곁에서 듣고 있던 빙소소는 문득 백미랑의 한마디가 아프게 다가왔다. 이미 더렵혀졌다는 말, 그건 곧 자신에게도 해당되는 말이었다. 졸지에 대망혈제회 최고수 중 한 명인 후동관의 제자가 되어 무맥을 전수해야 하는 처지에까지 처했으니 말이다.

한편 백양문의 네 제자가 모습을 보이자 노지량은 사색이 된 얼굴로 더욱더 속도를 냈다. 하지만 사람이, 그것도 늙은이가 질주하는 말을 따돌릴 수는 없는 노릇이었다. 순식간에 노지량을 따라잡은 주면악이 허리춤에 매어둔 채찍을 뽑아 힘차게 뿌렸다.

짝! 소리와 함께 등에 정통으로 채찍을 맞은 노지량의 상체가 활처럼 휘었다. 하지만 그것도 잠시, 놀랍게도 노지량은 또다시 죽으라고 달리는 것이 아닌가. 저 정도의 가격이면 등

가죽이 터지고도 남았을 것이다.

바위 뒤에 숨어 있던 장개산은 속으로 조금 놀랐다. 전날 보았을 때도 산전수전 모두 겪어 질기기가 쇠심줄 같은 노인일 거라고는 생각했지만 무인이 내지른 채찍을 맞고도 계속 달릴 생각을 하다니.

하지만 노지량은 그쯤에서 멈췄어야 했다.

그랬으면 최소한 두 번째 채찍은 맞지 않았을 테니까.

짝!

이번에 가해진 채찍질엔 바위 뒤에 숨은 네 사람이 보기에도 예사롭지 않은 경력이 실려 있었다. 아니나 다를까, 노지량은 고통을 이기지 못하고 벌러덩 뒤집어지더니 바닥을 데굴데굴 굴렀다.

잠시 후, 네 필의 말이 노지량의 앞에서 밟아버릴 것처럼 앞발을 높이 치켜들었다가 멈추었다. 노지량은 몸을 벌레처럼 웅크려 혹시라도 떨어질지 모를 채찍에 대비하며 벌벌 떨리는 음성으로 말했다.

"살려주십시오, 대인."

"대인?"

이제자 주면악이 말했다.

"젊은 나이에 그토록 고절한 무공을 익히셨으니 소인같이 무지한 놈들의 눈에는 까마득한 대인이십죠."

"푸하하, 장사치들은 늙으면 내공이 입으로 모인다더니 그 말이 사실이었군."

주면악의 한마디에 한 걸음 떨어져 있던 자들이 너털웃음을 터뜨렸다. 특히 여자는 배꼽까지 잡고 죽겠다며 깔깔거렸다. 주면악이 다시 물었다.

"그건 그렇고, 왜 우리를 보고 그렇게 도망간 거지?"

"그야 다짜고짜 말을 달려 저를 잡으러 오시는 바람에."

"우리가 왜 노인장을 잡으러 갔을까?"

"그러게요. 저도 내내 그게 궁금하던 참이었습니다요."

"내 기억엔 노인장이 우리를 보고 먼저 도망간 것 같은데. 그런 상황에선 누구라도 수상하게 생각하지 않을까?"

"제가요? 그럴 리……."

짝!

채찍이 노지량의 허리를 스쳐 갔다. 순간 옷자락이 쫙 뜯겨 나가며 보퉁이를 길게 뱅뱅 돌려 만든 전대가 모습을 드러냈다. 추호의 망설임도 없었다. 노지량은 번개처럼 전대를 풀어 높이 치켜들며 말했다.

"소인이 빼돌린 건 이게 전부입니다요."

백의인이 눈짓을 하자 후미에 있던 여자가 말을 몰아 앞으로 나갔다. 많게 보아야 스무 살을 갓 넘긴 듯한 여자였다. 백미랑의 말에 따르면 사제자 이용설이었다.

그녀는 말을 탄 채로 노지량이 떠받들 듯이 들고 있는 전대를 발등으로 툭 차올리더니 허공에서 가볍게 낚아챘다. 이어 전대를 풀어 내용물을 확인하자 놀랍게도 어린아이 주먹만 한 은원보가 세 개나 나왔다.

바위 뒤에 숨어 있던 장개산과 세 사람은 깜짝 놀랐다. 대망혈제회의 재물을 훔쳐 달아나려다 놈들에게 발각되어 추격을 당한 모양인데, 무공도 모르는 노인이 간담이 제법이지 않은가.

"사형, 소매(小妹)가 은원보 세 개를 다섯 개로 바꾸는 신기를 보여드릴까요?"

이용설이 말했다.

"또 무슨 장난을 치려고?"

주면악이 말했다.

이용설은 싱글싱글 웃더니 말에서 훌쩍 뛰어내렸다. 이어 허리춤에서 삼 척에 달하는 검을 뽑아 노지량에게 척 겨누었다. 사색이 된 노지량은 엉덩방아를 찧으며 주저앉았다. 이용설은 검을 노지량의 가랑이 사이로 가져가더니 사타구니 아래를 툭툭 두들겼다. 그러자 '딱딱' 하며 인체의 일부라고는 볼 수 없는 소리가 났다.

"내 이럴 줄 알았지."

이용설의 말이 끝나기 무섭게 노지량이 한 손으로 바짓가

랑이를 잡아 벌리더니 다른 손으로는 속곳 속까지 쑥 넣었다
가 뺐다. 그러자 은원보 두 개가 또다시 모습을 드러냈다.

"이 매의 눈썰미는 언제 봐도 대단하단 말이야. 저 늙은이
의 고환이 은으로 만들어졌다는 건 또 어떻게 알았어?"

삼제자 곽금소가 말했다.

주면악과 서문동이 파안대소를 했다.

노지량은 민망스럽다는 표정으로 어서 가져가라는 듯 두
개의 은원보를 높이 치켜들었다. 이용설은 더러운 물건을 만
지기라도 하듯 얼굴을 귀엽게 찡그리더니 품속에서 손수건을
꺼내 애써 손이 닿지 않도록 하면서 은원보를 감쌌다.

바위 뒤에 숨어 있던 장개산은 노지량의 욕심보에 혀를 내
둘렀다. 목숨이 경각에 달린 와중에도 잡힐 경우를 대비해 저
런 꼼수를 쓰다니.

"사형, 이 은원보 두 개는 제게 주시면 안돼요?"

이용설이 마상의 주면악을 올려다보며 말했다.

"은원보는 회의 물건이다. 내가 함부로 유용할 수 있는 게
아냐."

"어차피 제가 아니었으면 몰랐을 거잖아요."

"회의 재물에 손을 댔다가 형님께서 아시기라도 하는 날엔
경을 치실 게야. 그걸 어떻게 감당하려고 그래."

"저 늙은이가 절벽으로 뛰어내리는 바람에 두 개는 회수를

못했다고 하면 되죠."

말인즉슨 살인멸구를 하겠다는 것이다.

고작 은원보 두 개를 얻기 위해 무공도 모르는 늙은이를 절벽으로 밀어버리자는 여자의 악랄함에 바위 뒤편에 숨어 있던 네 사람은 눈살을 찌푸렸다. 네 사람은 그저 눈살을 찌푸린 정도에 불과했지만 생사가 달린 노지량은 사색이 되었다.

"저 늙은이는 삼강촌에서 이십 년을 굴러먹었어. 우리에게도 그렇고 회의 일에도 그렇고, 아직은 여러모로 쓸모가 많아."

"소매의 부탁이 고작 늙은이 하나만 못하다는 건가요?"

"왜 갑자기 재물에 욕심을 내는 거냐? 돈이 필요한 일이라도 생긴 것이더냐?"

"재물이야 없어서 못 쓰는 거지. 있기만 하다면야 어디 쓸데가 없을까 봐서요. 정말 안 되나요?"

이용설이 시무룩한 표정으로 주면악을 올려다보았다. 은원보 두 개를 빼돌리기 위해 노인을 절벽으로 밀어버리자는 악녀라고는 믿어지지 않을 만큼 말간 표정과 눈동자였다. 달리 말하면 그건 교태였다.

"그렇게 하시죠. 은원보 두 개 더 찾아간다고 무슨 큰 공을 세우는 것도 아니잖습니까? 그럴 바에야 이 매의 소원이나 풀어주시죠. 그동안 고생도 많았는데."

곽금소가 이용설의 편을 들었다.

주면악은 잠시 생각하더니 마지못한 듯 말했다.

"난 모르겠다. 마무리나 잘들 하라고."

말과 함께 주면악이 말머리를 돌려 또각또각 걸음을 옮겼다. 졸지에 은원보를 두 개나 손에 넣은 이용설은 싱글벙글 웃으며 말에 오르더니 아무렇지도 않게 주면악의 뒤를 따랐다.

곽금소가 여태 말없이 사태를 지켜보고 있던 건장한 체격의 서문동에게 눈짓을 했다. 육 척은 족히 될 것 같은 서문동은 말에서 훌쩍 뛰어내리더니 노지량을 향해 저벅저벅 다가갔다.

놀란 노지량이 벌떡 일어나 달아나려 했지만 소용없었다. 눈 깜짝할 사이에 뒷덜미를 잡힌 노지량은 산비탈 왼편에 난 깎아지른 절벽으로 질질 끌려갔다.

"사, 살려주십시오, 대인. 시키는 건 뭐든 다하겠습니다."

노지량이 주면악의 뒤통수를 향해 죽어라 외쳐댔지만 소용이 없었다. 백양문의 세 제자, 주면악, 곽금소, 이용설은 뒤도 돌아보지 않고 태연히 말을 타고 갔다. 그사이 절벽 끄트머리에 선 서문동이 노지량을 번쩍 들어 올렸다.

오 척을 겨우 넘기는 작은 체구의 노지량은 두 다리가 땅에서 한참이나 떨어진 채 허공에 대롱대롱 매달렸다. 이 상태에서 서문동이 힘껏 던져 버리기만 하면 육십여 년을 살아온 노지량의 삶은 종지부를 찍게 된다. 하지만 언제나 그렇듯 사람의 운명은 저승 문턱을 밟기 전까지는 알 수가 없다.

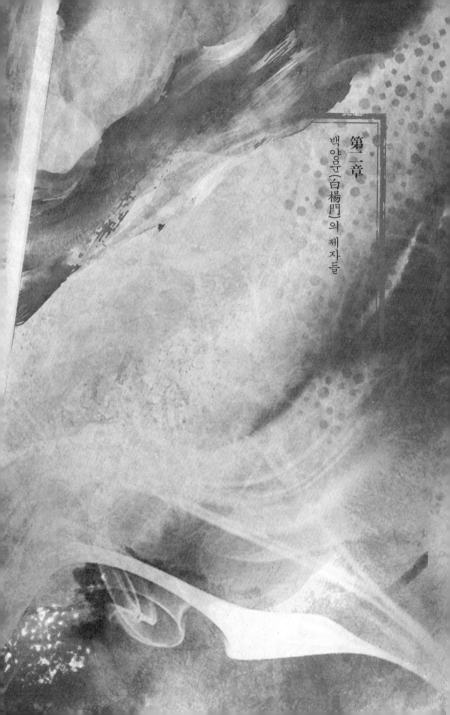

第二章

백양문(白楊門)의 제자들

핑!

날카로운 파공성과 함께 서문동이 한쪽 무릎을 털썩 꿇었다. 허공에 대롱대롱 매달려 있던 노지량은 땅에 두 발이 닿는 순간, 젖 먹던 힘까지 쥐어짜 무릎으로 서문동의 턱을 올려 쳤다. 퍽! 소리와 함께 서문동의 고개가 돌아가는 순간 노지량은 냅다 줄행랑을 쳤다.

그러다 문득 뭔가 이상한 생각이 들어 걸음을 멈추고 뒤를 돌아보았다. 하늘을 향해 대(大)자로 뻗은 서문동은 죽었는지 살았는지 꿈쩍을 하지 않았다. 얼굴에선 검붉은 피가 철철 흘러내리고 있었다.

노지량은 장한의 얼굴과 자신의 무릎을 몇 번이나 번갈아 보았다. 자신의 무릎이 이렇게 셌나 하는 표정으로. 그때 앞서 가던 세 사람이 소리를 듣고는 황급히 말머리를 돌려 달려왔다.

말이 채 멈추기도 전에 곽금소가 나는 듯 훌쩍 뛰어내려 쓰러져 있는 서문동의 목에 손가락을 대보았다. 그의 표정이 말할 수 없이 일그러졌다.

"절명했습니다."

"그, 그럴 리가."

노지량은 그야말로 사색이 되었다.

얼떨결에 내지른 무릎치기에 저런 덩치가 죽어버릴 줄이야. 주면악이 분노로 두 눈을 치떴다. 그때 이용설이 훌쩍 뛰어내리더니 머지않은 곳에서 피 묻은 돌멩이 하나를 주워 들었다.

"사형."

주면악과 곽금소의 얼굴이 차갑게 굳었다.

서문동은 자신들 백양문에 들어오기 전에도 십 년 이상을 수련한 고수였다. 돌팔매질에 맞을 위인도 아니거니와 설혹 맞았다 하더라도 즉사한다는 건 말이 안 된다. 필시 고인이 근처에 있는 것이다.

주면악이 주변을 무섭게 노려보며 소리쳤다.

"어떤 놈이냐!"

바위 뒤에 숨어 있던 네 사람이 그제야 천천히 걸어 나갔다. 오 척의 장검을 메고 초립을 눌러쓴 장개산, 이민족의 기이한 복장을 한 빙소소가 등장할 때까지만 해도 백양문의 제자들은 두 사람을 알아보지 못했다. 얼굴을 제대로 볼 수도 없었거니와 설혹 보았다고 해도 일면식조차 없는 처지에 알아볼 리가 만무했다.

하지만 백미랑이 등장하자 세 사람은 귀신이라도 본 것처럼 사색이 되어버렸다. 특히 주면악의 얼굴이 그랬다. 그건 단순히 죽었어야 할 사람이 살아 돌아온 놀라움과는 조금 달랐다.

세 사람의 시선이 천천히 단금도에게로 옮겨졌다.

남악지룡(南嶽之龍) 단금도, 한 달 전 일천여 명의 병력을 이끌고 삼강촌에 주둔했다가 벽사룡이 이끌고 온 일만 병력에 대패해 달아났던 남악련 최고의 후기지수가 살아서 삼강촌에 다시 나타났다.

"믿을 수 없군."

주면악이 참담한 음성으로 말했다.

백미랑이 살아서 돌아왔다는 게 당혹스럽기는 했지만 그건 만나고 싶지 않은 사람을 만난 것에 대한 당혹감일 뿐, 그 이상도 이하도 아니었다.

하지만 단금도는 달랐다. 그는 백미랑과는 비교도 할 수 없는 일류고수. 은원보를 훔쳐 달아난 노지량을 잡으러 왔다가 뜻밖에도 대적을 만난 것이다.

그때 주면악은 단금도의 옆구리를 친친 감은 광목천을 발견했다. 배와 등 양쪽에 핏기가 남아 있는 걸로 보아 창이나 검 같은 병기에 관통상을 입은 게 분명했다. 어느 정도 치료는 한 모양이지만 저 정도의 부상이라면 운신이 자유롭지 못할 터, 지금 이 순간만큼은 단금도는 자신의 상대가 될 수 없었다.

그 외 장대한 체구를 자랑하는 초립인과 이민족의 기이한 복장을 한 여자가 있었지만 크게 신경 쓰지 않았다. 그들이 단금도보다 강할 리 없는 데다 자신에게는 든든한 두 명의 사형제가 있었기 때문이다.

'정면승부를 해도 밀리지 않는다.'

단금도의 출현으로 찔끔했던 주면악은 비로소 마음의 여유가 생겼다. 속으로 상황을 정리하고 나자 이제는 의문이 생겼다.

벽사룡은 삼강촌의 전투를 승리로 이끈 후 장병사마라는 거물들에게 단금도를 끝까지 추격해 제거하라는 추살령을 내렸다. 단금도는 남악련주의 유일한 혈족, 용혈(龍血)을 제거

함으로써 혹시나 있을지 모르는 남악련 패잔병들의 결집을
미연에 방지하기 위해서였다.

단금도를 제거하는 일은 그만큼 중요했다.

장병사마씩이나 되는 고수들이 실패를 했을 리 없다.

그들이 실패했을 때는 한 가지 경우밖에 없다.

죽은 것이다.

단금도가 사천과 운남 등지에서 상당한 명성을 떨치는 고
수라고는 하나 아직은 후기지수에 불과했다. 반면 장병사마
는 일문의 장로들도 발아래 본다는 고수들이었다. 그런 장병
사마가 어쩌다 목숨을 잃었을까?

"미랑 언니, 용케도 살아 있었네요."

이용설이 백미랑을 보며 말했다.

"마인이 다 됐구나. 겨우 은원보 두 개에 사람을 죽일 줄도
알고. 천금객점의 노곽주는 너와도 적지 않은 안면이 있을 텐
데 말이야."

백미랑이 말했다.

"호호호, 아무렴 언니만큼 죽였겠어요?"

"난 사람을 죽인 적 없다. 다만 짐승들을 죽였을 뿐."

"그런 건 누가 결정하는 건가요? 언니가 짐승이라고 하면
짐승이 되는 건가요?"

"은원보 두 냥을 손에 쥐기 위해 무공도 모르는 사람을 죽

이는 게 짐승이 아니면 도대체 뭐가 짐승이지?"

"은자 백 냥 때문에 죽이는 건 어때요?"

"무슨 말을 하고 싶은 거냐?"

"백 년 전, 하일검(下日劍) 백철심이라는 인물이 삼강촌에 뿌리를 내릴 당시 촉도의 여러 문파와 전쟁을 방불케 하는 싸움을 벌였다고 하더군요. 그때 백철심에게 죽은 사람이 스무 명도 넘는다고 들었어요. 백철심은 그들을 왜 죽였을까요?"

"그건……."

"촉도를 장악함으로써 얻게 될 이득, 곧 재물이죠."

하일검 백철심은 백미랑의 증조부였다.

이용설은 지금 만검산장의 유래에 대해 말하고 있었다. 그녀의 말처럼 백철심이 처음 삼강촌에 문파를 세우고 뿌리를 내리려 할 때 촉도를 장악하고 있던 인근 문파들의 거센 저항을 받았다.

무림인들의 분쟁이 입으로만 오고 갔을 리 없다. 적지 않은 칼부림이 있었고 또 적지 않은 사람이 죽어 나갔다.

"죽은 사람들은 안타깝지만, 그건 문파의 탄생 과정에서 어쩔 수 없이 치러야 할 분쟁이었어. 먼저 도전을 해온 것도 그들이었고."

"다른 문파들의 입장에선 갑자기 낯선 사람이 나타나 자신들의 터전을 빼앗으려는 것처럼 보이지 않았을까요?"

"대망혈제회의 주구 노릇을 하는 게 그 이유 때문이야? 마공을 익혀서라도 지난날의 복수를 하기 위해?"

"여전히 자기중심적이군."

이용설은 말을 해놓고 웃었다.

"뭐가 그렇게 우습지?"

"아직도 모르겠어? 강자의 말은 언제나 진리고, 약자의 말은 무슨 명분을 내세워도 결국엔 변명일 수밖에 없는 거야. 사마외도니 하는 것 따윈 애초부터 관심도 없었어. 이기고 나면 감히 누가 우리에게 사마외도를 말할 수 있겠어? 그건 너희도 마찬가지 아닐까? 백도니 사마외도니 하는 것들도 결국엔 적아를 구분 짓기 위한 구실에 지나지 않을 뿐."

이용설의 말투가 하대로 바뀌었다.

무언가 울컥하고 올라온 백미랑이 더 말을 하려는데 단금도가 조용히 그녀의 손을 잡아끌었다. 쓸데없이 열을 올리지 말라는 뜻이었다.

"지금이라도 조용히 돌아가면 못 본 척해주겠소."

주면악이 말했다.

이용설은 믿을 수 없다는 표정으로 주면악을 돌아보았다. 입문한 지 오래되지 않아 정 붙일 시간이 없었다고는 하나 서문동은 엄연한 그의 사제가 아닌가. 그런데도 사제를 죽인 흥수들을 살려 보내주려고 한다.

백미랑을 향한 마음이 아직도 뜨거웠던 탓이다. 그래서 더화가 났다. 그의 마음을 얻고자 그토록 노력했건만 정작 자신에게는 눈길 한번 주지 않으면서 그를 벌레처럼 바라보는 백미랑만 여태 마음에 품고 있었다니.

"마성이 깊어졌군요. 사제를 죽인 원수들을 그냥 보내주겠다니. 아니면 마공으로 맺은 사형제는 사형제가 아니라고 생각하는 건가요?"

"마지막 기회요."

"우습군요. 삼강촌은 원래 만검산장의 것이었어요. 나가야할 사람은 내가 아니라 당신들이에요."

"흥. 아직도 네가 만검산장의 장주인 줄 아나 보지!"

화를 참지 못한 이용설이 허리춤에서 비도를 뽑아 날렸다. 백미랑이 황급히 고개를 꺾어 비도를 아슬아슬하게 흘려보내는 순간 이용설은 어느새 뽑아 든 검으로 백미랑의 허리를 베어가고 있었다. 그야말로 전광석화와 같은 일수. 그때 묵직한힘이 그녀의 검등을 때렸다.

깡!

바닥으로 곤두박질치는 검신을 붙잡으며 곁을 돌아보니곽금소가 무서운 눈으로 서 있었다.

"물러서라."

"사형."

"시키는 대로 해!"

이용설은 속이 부글부글 끓어올랐지만 전에 없이 심각한 표정을 짓고 있는 곽금소의 얼굴을 대하자 어금니를 꽉 깨물며 물러나는 수밖에 없었다.

채앵.

곽금소는 장검을 뽑아 검봉을 아래로 늘어뜨린 채 단금도를 향해 허공에서 두 손을 마주잡아 보였다. 무림인들이 서로의 어깨를 견주어 보기 전에 치르는 인사, 포검식이었다.

"단 대협의 명성은 오래도록 들어왔습니다. 부상을 당하신 듯합니다만, 상황이 상황이니만큼 피차가 그냥 넘어가기에는 늦은 것 같습니다. 어떻습니까? 제가 귀하의 일검을 받아보고 싶습니다만."

곽금소 역시 이용설만큼이나 막내사제인 서문동의 죽음에 격분해 있었다. 다만 적들이 보는 앞에서 사형의 뜻을 거스를 수 없어 화를 속으로 억누르고 있었을 뿐. 그런 차에 백미랑이 끝까지 고집을 피워주니 더없이 고마웠다.

이렇게 된 이상 사형도 놈들을 곱게 보내주진 못할 것이다. 그렇다고 해도 백미랑을 치는 건 께름칙했다. 그녀의 생사여탈은 사형의 몫이었다.

대신 곽금소는 단금도를 죽여 백미랑의 기를 꺾고, 죽은 서문동의 원수도 갚을 생각이었다. 멀쩡한 상태의 단금도라면 언감생심 상대가 되질 않겠지만 부상을 당했다면 얘기가 달라진다. 게다가 자신 역시 그 옛날의 곽금소가 아니질 않는가.

"짐승이면 짐승답게 굴어. 사람 흉내 내지 말고."

단금도가 한 걸음 앞으로 나서면서 말했다.

방금까지 무공도 모르는 촌부의 목숨을 노리던 놈들이 이제 와서 웬 격식이냐는 뜻이었다. 백미랑이 걱정스런 눈길로 단금도를 바라보았다. 단금도는 걱정 말라는 듯 가볍게 고개를 끄덕여 보였다.

"귀하의 칼도 혀만큼이나 매섭길 바라겠소."

곽금소가 거침없이 신형을 쏘았다.

흡사 먹구름이 쇄도하는 것처럼 위협적인 모습, 단금도는 가볍게 한 발자국을 물러나며 곽금소의 장검을 좌상방에서 우하방으로 흘려보냈다. 바닥을 스친 곽금소의 장검이 벼락처럼 솟구치며 단금도의 상단을 베어왔다.

단금도는 번에도 딱 한 걸음을 물러나며 상체를 뒤로 꺾었다. 곽금소의 검이 드러누운 그의 가슴 위를 아슬아슬하게 흘러갔다. 곽금소의 장검에 실린 경력은 예사롭지 않아서 검풍으로 말미암아 단금도의 옷자락이 푸르륵 솟구칠 정도였다.

두 번의 기습적인 공격에도 단금도를 베지 못하자 곽금소

가 표정을 일그러뜨렸다. 그가 출수한 두 개의 검초는 평생
수십만 번을 더 수련해 이제는 손을 드는 것보다 더 익숙해진
절초였다. 한데 단금도는 부상을 입은 상태에서도 가볍게 피
해 버리는 것이 아닌가. 그것도 칼조차 뽑지 않은 상태에서
말이다.

단숨에 피를 보아 상대의 기를 꺾어놓고자 했던 곽금소는
입맛이 조금 썼다. 하지만 전혀 걱정하지 않았다. 단금도가
일부러 동작을 짧게 취하는 것을 알아차렸기 때문이다. 부상
이 완쾌되지 않았다는 확실한 증거였다.

"갈!"

귀가 먹먹한 일갈과 함께 곽금소는 왼발을 단금도의 좌방
으로 깊숙이 내딛으면서 그의 전권을 파고들었다. 그와는 반
대로 장검은 우방에서 좌방을 향해 대각선으로 떨어지고 있
었다.

이렇게 하면 상대가 좌방으로 물러나며 막는 동시에 우방
으로 튀어 나가는 것도 방지할 수 있었다. 본래부터 있던 백
양문의 검공에 십수 년 전 새롭게 얻은 좌도방문의 무학을 접
목시킨 것으로 앞서의 두 초식보다 훨씬 커진 동작이었다.

상대에게 주어진 유일한 방법은 검으로 정면승부를 보는
것인데, 지금 단금도는 불행하게도 칼조차 뽑지 않은 상태였
다.

이제와 뒤늦게 칼을 뽑아 반격을 한다고 해도 우방에서 무시무시한 속도로 떨어지고 있는 자신의 검을 막아낼 수는 없었다. 남악지룡이라 불리며 숱한 후기지수의 흠모를 한몸에 받았던 단금도의 목숨도 오늘로 끝이었다.

당연하게도 그건 곽금소의 착각이었다. 단금도는 모두의 예상을 깨고 곽금소의 장검이 날아오는 방향으로 신형을 쏘았다. 이는 벼락을 향해 마주 달려가는 것이나 마찬가지였다. 하지만 곽금소의 장검은 단금도의 어깨를 아슬아슬하게 스쳐 바깥으로 흘러가 버렸다. 그야말로 바람과도 같은 신법이었다.

검로를 벗어나 눈 깜짝할 사이에 곽금소의 등 뒤에 서게 된 단금도가 질풍처럼 회전했다. 그 순간, 그의 칼이 허리춤으로부터 벼락처럼 뽑혀져 나왔다.

팡!

경쾌한 소리와 함께 한줄기 섬광이 곽금소의 등허리를 훑고 지나갔다. 발도과 함께 상대를 베는 이 수법은 눈으로도 쫓지 못할 만큼 빨라서 장개산과 빙소소를 제외하고는 누구도 정확한 투로를 보지 못했다.

곽금소의 등이 활처럼 휘었다. 피가 뿜어지고, 불에 덴 것처럼 서너 걸음을 물러나던 그가 풀썩 쓰러진 것은 그다음의 일이었다. 무슨 신경이라도 건드렸는지 엎어진 상태에서 피를 흘리며 푸덕푸덕 경련을 일으키는 곽금소의 모습은 비참하다 못해 섬뜩할 지경이었다.

"사형!"

이용설이 고함을 지르며 달려갔다. 곽금소는 백양문 내에서도 서열 오 위의 고수, 그런 그가 세 합이나 선공을 하고도 옷자락 한 번 건드려 보지 못한 상태에서 상대가 펼친 단 일초에 쓰러져 버렸다.

단금도의 도법이 예사롭지 않을 줄은 알았지만 이 정도였을 줄이야. 곽금소는 잠시 더 푸덕거리더니 이내 축 늘어져 버렸다. 즉사였다.

이용설과 주면악은 충격에 빠졌다.

"사형제가 둘이나 죽었는데도 보고만 있을 텐가?"

단금도가 아직도 마상에 앉아 있는 주면악을 칼끝으로 가리키며 말했다. 주면악의 표정이 착 가라앉았다.

"죽여 버리겠다!"

주면악이 말 잔등을 박차며 솟구쳤다. 백양문의 검은 패도를 추구한 나머지 검초가 무겁고 위력적인 반면, 동작이 지나치게 크다는 단점이 있었다.

상대가 하수일 때는 이렇게 큰 동작이 아무런 문제가 되질 않았다. 오히려 상대의 몸통을 일검에 두 동강 내어 버리는 위력으로 말미암아 촉도상에 자주 출몰하는 노상강도들에게는 공포의 대상이었다.

하지만 딱 거기까지였다. 하수들에게는 무시무시한 검공이었지만 고수들에게는 빈틈을 적나라하게 드러내는 삼류무공에 불과했다. 백양문이 그토록 깊은 역사에도 불구하고 대검문으로 성장하지 못하고 촉도상의 작은 문파로만 머물렀던 이유가 거기에 있었다.

그러나 이제는 아니었다. 십여 년 전 정체를 알 수 없는 인물의 방문을 받은 후 백양문의 용음검(龍音劍)은 비약적인 발전을 거듭했고, 지금에 이르러서는 남악련의 그 어느 문파의 절기와 겨루어도 손색이 없었다. 그 선봉에 주면악이 있었다.

눈 깜짝할 사이에 대여섯 장을 날아 단금도의 눈앞까지 닥친 주면악의 신형이 한순간 허공에 그대로 정지된 듯했다. 등 뒤로 넣었다가 빼는 그의 한 손에 시퍼런 빛을 발하는 장검이 쥐어져 있었다.

쒜액!

귀청을 찢는 파공성과 함께 장검은 단금도의 정수리를 향해 무시무시한 속도로 떨어졌다.

백미랑은 대경실색했다. 한 달 전 이곳에서 전투가 벌어졌을 때도 주면악은 엄청난 신위를 보였었다. 한데 지금의 기세는 그때와 또 달랐다. 본신의 실력을 숨기고 있었던 모양이다.

단금도도 이번만큼은 경시할 수가 없었다. 왼발을 내밀어 단단하게 축을 세운 그는 상체를 좌방으로 비틀면서 칼을 힘차게 휘둘러 갔다.

까앙!

귀청을 찢는 굉음과 함께 엄청난 반탄력이 몰려왔다. 그 힘을 이기지 못한 단금도는 세 걸음이나 주르륵 밀려났다. 부상을 당한 옆구리가 묵직하게 울려왔다.

단금도는 속으로 적지 않게 놀랐다. 사형제 간이라 들었는데, 주면악의 일초는 앞서 쓰러진 곽금소와 너무나 현격한 차이가 있었다. 자신이 부상을 입지 않았더라도 승부를 장담할 수 없었을 만큼.

뿐만이 아니었다. 격돌의 순간 바닥에 착지를 한 주면악은 그 반동을 이용해 또다시 도약했다. 그러곤 눈 깜짝할 사이에 해를 가리며 쇄도해 왔다. 그 모습이 흡사 먹이를 노리고 낙하하는 솔개와도 같았다. 순간, 주면악의 검신에 시퍼런 빛이 어렸다.

'검기(劍氣)!'

불과 일 년 전까지만 해도 존재조차 희미했던 백양문의 제자가 검기를 뽑아내다니. 대체 어떤 좌도방문의 무공을 받아들였기에.

순간, 좌방에서 시커먼 그림자가 날아와 단금도의 시야를 가렸다. 검기까지 뽑아내며 일도양단의 기세로 떨어지던 주면악의 검은 그 커다란 그림자에 가로막혔다.

꽝!

굉음과 함께 터질 듯 작렬하던 검기가 산산이 흩어졌다. 막강한 반탄력을 이기지 못한 주면악이 삼 장이나 날아간 다음 착지를 했다. 그의 장검을 막아선 것은 오 척에 이르는 참마검이었다.

여태 말없이 상황을 지켜보던 육척장신의 초립인이 등장한 것이다. 주면악은 쭉 뻗은 그의 검신에서 귀에 익숙한 다섯 글자를 발견했다. 그건 한 달 전 느닷없이 나타나 무림을 경동시키다 조용히 사라져 버린 한 사람을 지칭하는 병기의 이름이었다.

"십만대적검……!"

육척장신에 돌덩이 같은 근육, 짐승을 연상케 하는 거친 기도, 오 척에 이르는 참마검. 풍문으로 듣던 모습과 꼭 닮았다. 이제야 상대가 누구인지를 알아차린 주면악의 얼굴에서 핏기가 사라졌다.

뒤늦게 글자를 발견한 이용설도 사색이 되었다. 그는 분명 벽사룡에 의해 지저빙호에서 죽었다고 들었거늘, 어찌하여 살아 있는 걸까?

"당신이 어떻게……!"

"저승사자라고 해두지."

장개산은 주면악을 향해 천천히 돌아서며 검봉을 아래로 늘어뜨렸다. 단금도를 대신해 자신이 직접 상대해 주겠다는 뜻이다. 순간 그의 전신에서 흡사 산악과도 같은 기도가 뿜어져 나왔다. 엄청난 존재감에 한순간 좌중의 공기가 쩌정쩡 얼어붙는 것 같았다.

직접 마주해 본 장개산은 소문으로 듣던 것 이상이었다. 기세뿐만이 아니다. 비록 패했으나 그는 벽사룡과 일전을 겨루었던 가공할 무인이었다. 이렇게 살아서 돌아온 걸 보면 벽사룡에게 패했다는 소문도 어쩌면 진실이 아닐지 모른다는 생각이 들었다.

'장병사마가 설마 이자에게……'

"분명히 말해두건대, 그냥 보내줄 수는 없다."

장개산이 말했다. 심장이 철렁 내려앉을 정도로 차가운 음성. 주면악이 승부를 포기하고 도주할 것을 미연에 방지하기 위해 엄중히 경고를 한 것이었다.

주면악은 정신을 다잡았다. 무인들 간의 승부는 검을 검갑에 꽂기 전까지 알 수 없는 법이다. 빈틈을 노려 단 한 수만 성공시킬 수 있다면 놈도 사람인 이상 쓰러질 수밖에 없다.

만에 하나 놈을 쓰러뜨린다면 자신은 단금도를 능가하는 명성을 얻게 되고 백양문은 일약 대문파로 거듭나게 될 것이다. 이것이야말로 그토록 바라던 일이었다. 결정적으로 물러나기엔 이제 늦어버렸다.

"갈!"

쩌렁한 일갈과 함께 주면악이 도약했다. 한순간 그의 신형이 쭉 늘어나며 장개산을 향해 쇄도했다. 대기를 가르며 무시무시한 속도로 뻗어 나가는 그의 검신에 또다시 시퍼런 검기가 맺혔다.

순간, 장개산의 신형이 그 자리에서 사라져 버렸다. 사람들이 본 것이라곤 한줄기 검은 그림자가 쇄도하는 주면악의 옆구리를 갑절은 빠른 속도로 스쳐 갔다는 것, 그리고 그림자를 지나쳐 대여섯 걸음을 더 달려 나간 주면악이 그대로 얼어붙어 버렸다는 게 전부였다.

장개산이 모습을 드러낸 것은 그때였다.

눈 깜짝할 사이에 두 사람은 위치를 바꾼 채 서 있었다. 하지만 모습은 극명하게 갈렸다. 주면악의 검이 여전히 맑은 검광을 흘리는 데 반해 장개산의 참마검에서는 검신을 따라 흘러내린 피가 바닥으로 뚝뚝 떨어지고 있었다.

장개산이 검을 바깥으로 휘둘러 피를 털어낸 다음 다시 등 뒤에 검갑에 꽂는 순간 그 이유가 밝혀졌다. 주면악의 옆구리에서 붉은 피가 분수처럼 터져 나온 것이다.

때마침 근처에 있던 백미랑이 뜨거운 피를 흠뻑 뒤집어썼다. 격돌의 순간 주면악과 장개산이 위치를 바꾸는 바람에 일어난 불상사였다.

주면악이 한쪽 무릎을 털썩 꿇었다. 검을 바닥에 꽂으며 쓰러지는 것만큼은 애써 피하려 했지만 이미 승부는 끝이 나버렸다.

"사형!"

이용설이 비명을 지르며 달려갔다. 그녀는 황급히 자신의 옷자락을 찢어 주면악의 옆구리에 난 검상을 싸매려 했다. 주면악이 가만히 이용설의 손을 밀어냈다.

"대사형에게 알려……!"

주면악의 눈동자에 기광이 맺혔다. 죽어가는 자가 지나온 삶을 반추하는 생의 마지막 불꽃, 회광반조(回光返照)였다. 주면악은 눈꺼풀을 파르르 떨다 이용설의 품 안으로 털썩 쓰러졌다.

이용설의 두 뺨 위로 뜨거운 눈물이 흘러내렸다. 두 명의 사형과 한 명의 사제를 한순간에 잃었다. 그들과 함께 지내온 시간들이 주마등처럼 스쳐 갔다.

군소방파라고는 하나 삼백 년의 역사를 지닌 만큼 백양문의 무공은 녹록지 않았다. 적어도 만검산장이 삼강촌에 뿌리를 내리기 전까지는 촉도의 어느 문파도 그들을 넘보지 못했다.

하지만 이용설은 무공에 소질이 없었다. 열두 살에 입문해 죽어라고 검공을 익혔지만 그녀는 언제나 삼류를 벗어나지 못했다.

무공이 늘지 않는 무림방파의 제자를 무엇에 쓸 것인가. 그럼에도 불구하고 이용설은 파문을 당하기는커녕 사부와 사형제들의 사랑을 한몸에 받았다. 이를 두고 사람들은 이용설의 용모가 뛰어나기 때문이라고 수군거렸다. 소문은 사실이었다. 그녀는 꽃에 불과했다.

그러던 어느 해, 한 사람이 백양문을 방문했다. 이용설은 아직도 그날의 일을 똑똑히 기억했다. 푸른빛이 도는 얼굴을 검은 죽립으로 감추고 나타난 괴인은 불과 반 시진 만에 문주를 비롯해 백양문의 고수를 모두 쓰러뜨려 버렸다.

패배의 아픔보다 더 기가 막힌 것은 그가 펼친 다섯 개의 초식이었다. 놀랍게도 그건 백양문의 무공이었다. 백양문도도 아닌 자가 백양문의 무공으로 백양문의 최고수를 모두 쓰러뜨려 버린 일대사건. 백양문도들은 망연자실할 수밖에 없었다.

괴인은 말했다. 한 가지를 포기하고 한 가지를 취하면 능히 일성을 호령할 것이라고. 그는 한 권의 비급을 던져주고는 홀연히 사라졌다.

괴인이 남긴 비급은 믿을 수 없게도 백양문의 모든 무공을 재해석한 것이었다. 한데 수련 과정에서 필수로 동반하는 것이 있었으니, 바로 혼음(混淫)을 통해 태어날 때부터 가진 특유의 기운을 교란시켜 무성무질(無性無質)의 정기로 바꾸어야 한다는 것이었다.

말할 것도 없이 좌도방문이었다, 차마 입에 담기조차 혐오스러울 정도로 지독한. 사람들은 침을 뱉고 비급을 불태워 버렸다.

그로부터 한 달여의 시간이 흐른 후 백양문이 관리하고 있던 면양의 주루 열 곳을 넘기라며 오룡방(五龍幇)이 싸움을 걸어왔다. 오룡방은 그 이름처럼 면양을 중심으로 활동하던 흑도의 우두머리 다섯 명이 연합해 만든 세력이었다.

만검산장이 촉도를 사실상 독점하면서 상당수 문파는 주루나 객점 등으로 눈을 돌렸다. 백양문 역시 그런 곳 중 하나였다. 오룡방의 요구는 한마디로 백양문이 가진 모든 것을 내놓으라는 것이었다.

한 달여에 걸친 전쟁이 일어났고, 그 과정에서 문주 주굉록이 오룡방에서 고용한 정체 모를 고수의 칼에 목숨을 잃었다. 주루 열 곳의 관리권을 넘겨주는 대가로 전쟁은 끝이 났다. 백양문은 하루아침에 문주를 잃고 존폐의 기로에 섰다.

살아남은 제자는 겨우 삼십여 명, 그나마 절반은 사흘이 지나지 않아 야반도주를 해버렸다. 오룡방의 뒤에 상계가 버티고 있으며, 그들이 백양문을 아예 무림에서 지워 버리려 한다는 소문이 나돌았기 때문이다.

길을 잃고 헤매던 어느 날 밤, 이용설은 이사형의 부름을 받고 적전제자들만 모이는 은밀한 회동에 참석했다. 그곳에서 그녀는 놀라운 광경을 목격했다. 다섯 명의 적전제자 앞에 전날 백양문을 찾아왔던 괴인이 남긴 비급이 놓여 있었던 것이다.

분명 불태워 버렸던 그 비급이 어찌하여 다시 나타났는지는 중요하지 않았다. 이용설은 사람들의 눈동자에 어린 기광을 보았다. 그것은 강자가 되고 싶어 하는 강렬한 열망이었다. 그날 밤 이용설은 남몰래 연모했던 이사형과 다른 사형제들이 지켜보는 앞에서 스스로 옷을 벗었다.

일 년 후 백양문의 적전제자 다섯은 오룡방을 습격, 다섯 명의 우두머리를 그 자리에서 참하고 방파를 궤멸시켜 버렸다. 열 개의 주루를 다시 찾아왔음은 물론이었다. 며칠이 지난 후에는 면양에 있는 모든 흑도방파가 백양문에 무릎을 꿇었다. 심지어 백도의 문파들도 그들의 눈치를 보았다.

그러자 도망치다시피 사라졌던 제자들이 돌아왔다. 백양문에 고수가 일류고수가 다섯 명이나 있다는 소문이 돌면서 방도가 되기를 자처하는 사람들도 구름처럼 몰려들었다.

백양문의 행보는 계속되었다. 걸림돌이 되는 자들은 철저하게 응징했으며, 원하는 건 모두 취했다. 머지않아 다섯 사람은 면양을 비롯해 덕양(德陽)을 거쳐 성도(成都)에까지 영향력을 미쳤다.

백양문은 벼랑 끝에서 모두가 두려워하는 방파로 거듭났다. 누군가에게 두려운 존재가 된다는 것, 모두가 내 눈치를 살피게 만든다는 것, 그리하여 원하는 것은 무엇이든 취할 수 있다는 것은 강력한 중독이었다.

수년이 흐른 후 지금, 백양문은 대망혈제회의 보호 아래 만검산장을 밀어내고 촉도를 장악했다. 이제 촉도는 백양문의 것이었다.

그런데 저들이 나타난 것이다. 저들이 나타나 이사형을 죽여 버린 것이다. 여자로서의 삶을 포기하면서까지 모든 걸 주었던 이사형을 말이다.

이용설은 주면악을 바닥에 고이 눕혀놓고는 천천히 일어섰다. 한 손에는 삼 척에 달하는 검이 쥐어져 있었다.

"검을 버려."

백미랑이 말했다.

백미랑의 경고에도 불구하고 이용설의 눈동자는 광기로 번들거렸다. 그녀는 정면승부로는 저들을 이길 수 없음을 알고 있었다. 십만대적검이 나타났는데 무슨 수로 이길 것인가. 하지만 살아서 여기를 빠져나가는 것은 가능했다. 그 제물이 저들 중 가장 약해 보이는 백미랑이었다.

그녀를 뚫고 산으로 들어간 후 곧장 만검산장으로 돌아가 십칠대 백양문주가 된 대사형에게 소식을 전하면 된다. 하면 대사형이 병력을 이끌고 와 저들을 쓸어버릴 것이다.

그러나 그건 이용설의 착각에 불과했다. 그녀가 공격을 하려는 순간, 좌방에서 섬광이 번쩍이는가 싶더니 옆구리를 스쳐 갔다.

이용설은 화끈한 불맛을 느끼며 그 자리에 멈춰 섰다. 천천히 고개를 떨구어 보니 옆구리에서 붉은 피가 콸콸 흘러나왔다. 멀지 않은 곳에 단금도가 피묻은 칼을 쥔 채 오연한 모습으로 서 있었다.

"너희에게 죽은 만검산장 사람들의 혈채다."

단금도가 한 걸음을 옮겨 디디며 이용설의 등에 또다시 일도를 내려쳤다. 뒤로 꺾어지는 등에서 핏줄기가 터졌다. 털썩 쓰러져 신음하는 이용설을 향해 단금도가 조용히 내뱉었다.

"이건 남악련도들의 혈채다."

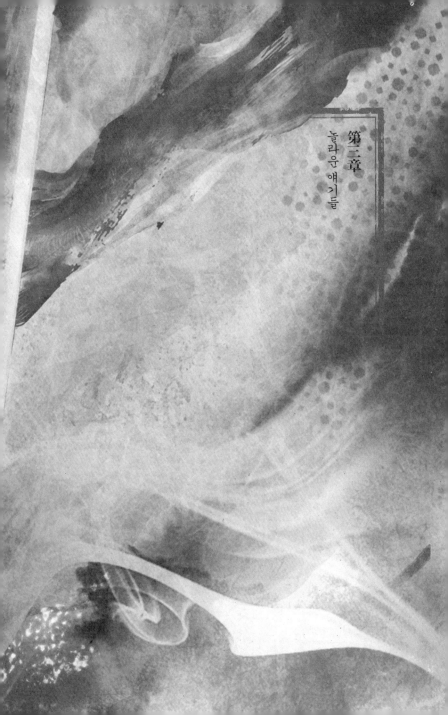

第二章

놀라운 얘기들

　노지량은 아직도 믿지 못하겠다는 표정으로 백미랑과 장
개산을 번갈아 보았다. 한 달 전 사마외도들에게 쫓겨 삼강촌
을 떠난 백미랑이 어떻게 살아 있으며, 설혹 살아 있다고 해
도 여긴 왜 돌아왔는가.

　더욱 놀랄 일은 그녀와 함께 돌아온 사람이었다. 십만대적
검. 한 달여 전 삼강촌에 나타나 홀로 폭룡채를 소탕하고 떠
난 정체불명의 검객, 후일 그가 장안의 금화선부에서 벌였다
는 일들은 그야말로 전설이 되었다.

　그 가공할 사내가 다시 돌아왔다. 남악지룡 단금도, 만검산

장의 장주 백미랑, 그리고 이민족의 복장을 한 정체 모를 여인과 함께.

"어떻게 된 거죠?"

백미랑이 물었다.

"말도 마십시오. 장주님께서 떠나시고 난 후 여태 놈들에게 잡혀 있었습니다."

"노 곽주님은 무인도 아닌데 왜?"

"아까 놈들이 말하는 것 들으셨지 않습니까? 제가 삼강촌의 사정에 밝다는 이유로 발을 묶어놓고는 어찌나 부려먹는지 원. 어디 그뿐인 줄 아십니까? 그동안 제가 겪은 일들을 생각하면 지금도 치가 떨립니다. 오죽하면 고작 은원보 다섯 개에 목숨을 걸고 탈출했겠습니까?"

"도대체 무슨 일이 있었던 거죠?"

노지량은 한숨을 푹푹 쉰 후 그동안 있었던 일들을 설명하기 시작했다. 장개산이 폭룡채를 섬멸하고 떠난 후, 노지량은 이주를 하려던 계획을 접고 다시 삼강촌에서 객점을 열었다. 폭룡채는 전멸당했겠다, 경쟁 여곽들은 모두 떠나 버렸겠다, 이보다 더 좋은 기회는 없었다.

대망혈제회인지 뭔지 하는 놈들이 쳐들어올 거라는 말이 돌기는 했지만 백미랑이 남악련에 도움을 청하러 갔으니 그 역시 걱정할 게 없었다.

그러다 그만 날벼락을 맞았다.

삼강촌이 초토화되고 난 이후 노지량은 포로나 다름없는 신세가 되었다. 대망혈제회 놈들은 삼강촌을 장악하더니 대로변에 늘어선 오십여 개의 여곽을 숙소로 썼다.

삼강촌의 사정에 정통한 노지량은 그때부터 억류를 당한 채 몇몇 사람과 함께 사마외도들의 뒤치다꺼리를 했다. 수백 명이나 되는 인원을 먹이는 건 보통 일이 아니었다.

먼저 새벽 동이 터오기도 전에 일어나 계곡으로 가서 물을 길어다 사마외도들이 먹을 밥을 짓는다. 한바탕 전쟁을 치르고 나면 또다시 물을 길어다 점심을 지어야 하고, 정신을 차릴 틈도 없이 또 저녁을 지어야 한다.

저녁을 먹이고 나서 조금 숨을 돌릴라 치면 그때부터는 이놈저놈 술을 찾는 통에 술시중 들기가 바쁘다. 그렇게 눈코 뜰 새 없는 하루를 보내고 잠깐 눈을 붙이면 또다시 새벽이 찾아오는 것이다.

"양민을 잡아다 공짜로 부려먹다니. 뒷골목의 파락호도 그런 비열한 짓은 않는 법이거늘, 아무리 사마외도라지만 명색이 일세(一勢)를 자부하는 자들이 하는 짓이 참으로 가관이군요."

빙소소가 말했다.

"공짜는 아닙니다."

노지량이 눈을 동그랗게 뜨고 말했다.

"공짜가… 아니라고요?"

"한 사람당 매일 백 냥씩 줍니다."

쌀 한 가마니에 쉰 냥 정도 하는 시절이니 백 냥이면 매일 쌀 두 가마니를 버는 셈이다. 하룻밤에도 수천 냥을 만지는 문파들에게는 대수롭지 않은 돈일지 몰라도 오직 몸뚱어리 하나만 믿고 사는 밑바닥 사람들에게는 엄청나게 큰돈이었다.

그 돈을 받고 저렇게 욕을 한다고?

사람들은 한순간 벙 쪘다.

"그렇게 욕을 할 정도는 아니네요."

"아닙니다. 아니지요. 백 냥이 아니라 천 냥을 받는다 한들 죽고 나면 무슨 소용입니까? 어찌나 사나운지 놈들은 걸핏하면 칼을 뽑아 들고 사람을 베어버립니다. 우리야 호굴에 갇혔으니 그렇다고 쳐도 인근 마을 사람들은 또 무슨 죄랍니까?"

"무슨… 뜻이죠?"

백미랑이 물었다.

"놈들이 삼강촌에 둥지를 튼 이후 인근 마을에 성한 여자들이 남아나질 않습니다. 보복이 두려워 다들 쉬쉬하지만 색공(色功)을 익힌 놈들이 밤마다 마을로 내려와 여자들에게 못

된 짓을 하고 돌아간다는 건 알 만한 사람들은 다 알지요."

"강간을 한단 말인가요?"

"그렇게만 하면 그나마 낫지요. 여자가 저항이라도 할라 치면 살인도 서슴지 않습니다. 심지어 일가족 다섯 명이 한꺼번에 증발해 버린 사건도 있었습니다. 사람들이 쑥덕거리는 말을 듣자 하니 밤늦게까지 일을 하고 돌아온 남편이 아내가 겁탈당하는 장면을 보고는 낫을 들고 뛰어들었다가 색마에게 목숨을 잃었다는군요. 아이들이 그 장면을 보고 크게 소리내어 울기 시작했고, 색마는 내친김에 일가족을 모두 죽여 시체를 치워 버리고는 홀연히 사라졌다고 합니다."

"찢어죽일 놈들!"

빙소소가 어금니를 빠드득 갈았다.

빙소소뿐만이 아니었다. 노지량의 말을 모두 들은 사람들은 사마외도들의 패악질에 모두가 치를 떨었다.

"놈들과 함께 생활했으면 무림의 돌아가는 사정에 대해서도 적지 않게 들었겠군요."

단금도가 끼어들었다.

"매양 듣는 게 그런 것들이지요."

"혹시 남악련에 관해 들은 게 있습니까?"

"남악련은 이제 없습니다."

단금도의 눈동자가 가늘게 떨렸다.

남악련은 사천성과 운남성에 걸쳐 있는 다섯 개의 산중문파가 연합한 세력이다. 북검맹처럼 큰 규모는 아니지만 각 문파가 지닌 유구한 역사로 말미암아 사천성과 운남성 일대에서는 막강한 영향력을 행사했다. 남악련이 무너졌다 함은 그들 오악문파가 모두 무너졌다는 소리다.

　　풍문으로 들은 게 있어 어느 정도는 각오를 했지만 막상 단금도에게 직접 그 사실을 확인하고 나니 하늘이 무너지는 것 같았다.

　　"련주님과 오악의 문주님들에 대한 소식은 못 들으셨나요?"

　　백미랑이 다시 물었다.

　　남악련이 궤멸했다고 해도 절정고수들까지 모두 죽지는 않았을 것이다. 단금도의 망연자실한 표정을 보자 조금이라도 달래주고 싶었다.

　　"그것이……."

　　노지량은 선뜻 말을 못하고 단금도의 눈치만 살폈다.

　　"주저 말고 말씀해 주십시오."

　　단금도가 말했다.

　　"남악련주이신 삼무신도(三無神刀) 단금성 대협은 련도들에게 활로를 열어주기 위해 삼백의 결사대와 함께 마지막까지 남아 항전을 하다가 벽사룡이 쏜 강전에 맞아 서거하셨다고 들었습니다. 가까스로 탈출에 성공한 오악의 장로님들과 일천의 련도들은 운귀고원(雲貴高原)을 지나던 중 뒤따라온 추살대 오천에게 둘러싸여 한바탕 일전을 치루었다고 하더군요. 그 과정에서 오악의 문주님들을 비롯해 련도 대부분이 죽거나 뿔뿔이 흩어졌다고 들었습니다."

절망이 깊어지면 놀랄 힘도 없어진다.

단금도는 조용히 눈을 감아버렸다. 그의 몸에서 생기가 빠져나가는 것 같았다. 백미랑은 남악련이 이렇게 된 게 전날 촉도를 봉쇄하기 위해 일천 병력이 삼강촌으로 출동한 탓인 것 같아 마음이 편칠 않았다. 그녀가 가만히 손을 뻗어 단금도의 손을 잡는 사이 이번엔 장개산이 빙소소를 대신해 노지량에게 물었다.

"북검맹에 대한 소식도 들은 게 있습니까?"

"벽사룡이 남악련을 친 후 다음으로 노린 게 북검맹입니다. 놈이 항주에 도착했을 때는 병력이 배로 불어 있었다고 하더군요. 그 때문이었는지 모르겠습니다만, 북검맹의 맹도들은 제대로 싸워보지도 못하고 뿔뿔이 흩어져 버렸다고 들었습니다. 운귀고원에서 전멸당한 남악련도들을 반면교사 삼았는지 무리를 짓지 않고 각자가 알아서 도주를 했다는 말도 있더군요. 그 덕택에 누가 죽고 누가 살았는지에 대한 얘기는 없었습니다."

"그게 무슨 말이죠?"

빙소소가 물었다.

"저도 자세히는 모르겠습니다. 남악련은 여기서 이틀의 거리에 있어 소식을 듣는 게 어렵지 않지만 아시다시피 북검맹은 대륙의 동쪽 끝에 있어서 말이지요. 아무튼 제가 들은 건 그랬습니다."

본래 북검맹의 장원에는 삼천 명 정도가 상주했다. 남악련에 나타날 당시 벽사룡의 병력이 일만이었고, 북검맹이 있는 항주에 도착할 무렵에는 배로 늘었다고 했으니 이만에 육박했을 것이다.

삼천의 병력으로 이만의 대적을 상대한다는 건 사실상 불가능에 가까운 일이기는 했다. 그렇다고 해도 제대로 된 전투한번 치러보지 못하고 공중분해되었을 줄이야. 빙소소는 말문이 막혀 버렸다.

"삼강촌에 주둔한 자들의 우두머리가 누굽니까?"

장개산이 화제를 돌렸다.

"주경학입니다."

"백양문의 십칠대 문주예요."

백미랑이 덧붙였다.

장개산이 고개를 돌려 백미랑을 바라보았다. 보다 자세한 설명을 요구하는 눈빛이었다.

"전대 문주인 주굉록은 두 명의 부인을 두었는데 첫 번째 부인에게서 주경학을 얻고, 두 번째 부인에게서는 주면악을 얻었어요. 외탁을 해서인지 주경학은 동생 주면악과는 모든 것이 달랐어요. 사람들을 압도하는 거대한 체구에 뱀처럼 차가운 성정을 지녔으며 야망이 컸죠. 무공 또한 출중해서 어린 시절부터 신동이란 소리를 듣고 자랐어요."

"백양문도들이 그런 짓을 하는 겁니까?"

장개산이 다시 노지량을 돌아보며 물었다.

"아닙니다. 백양문도는 백여 명 정도밖에 되질 않고, 대부분이 대륙 전역에서 몰려온 사마외도입니다. 촉도에서 여곽을 운영하다 보면 온갖 흉신악살들에 대한 소문을 듣게 되지요. 제 귀에도 낯이 익은 사마외도의 고수들이 적지 않았습니다."

"어쨌거나 백양문이 삼강촌의 책임자가 되어 그들을 통제하고 관리한다는 뜻이군요."

"그렇지요."

"그런데도 그걸 방치해 둔단 말입니까?"

대망혈제회는 어느 날 갑자기 나타났다가 노략질을 하고 사라지는 마적의 무리가 아니다. 장차 무림을 일통하고 경영하려는 야망을 가진 엄연한 일세다.

그런 자들이 양민들을 괴롭혀서 좋을 게 없었다. 독보강호하며 흩어져 있을 때야 온갖 패악질을 하고 다녔겠지만, 대망혈제회라는 이름 아래 하나로 뭉쳤다면 저런 짓거리들은 응당 통제를 해야 마땅했다.

"웬걸요. 주경학은 좀처럼 화를 내는 법이 없지만, 일단 한 번 마음을 먹으면 행보에 거침이 없습니다. 적지 않은 사마외도들이 모두가 지켜보는 대로에서 참수형을 당했습니다. 주경학이 직접 그들의 목을 쳤지요."

"소용이 없었군요."

"그렇습니다. 잠시 잠잠하다 싶으면 어느새 또 인근 마을의 누군가가 몹쓸 짓을 당했다는 소문이 돌았습니다. 놈들이 조심하는 바람에 오히려 전보다 범인 색출만 더 어려워졌지요. 심지어 대범하게도 여인을 간살해서는 보란 듯이 삼강촌에 가져다 놓는 자도 있습니다."

"주경학의 지도력을 시험하고 있군."

"그렇습니다. 아직 마음으로 승복을 못한 것이지요. 아니면 주경학의 방식이 마음에 들지 않거나."

"주경학의 방식이 마음에 들지 않는다고요?"

"놈들은 도시나 사람들을 약탈의 대상쯤으로 여기는 것 같습니다. 전쟁에서 승리한 자가 모든 걸 취하겠다는데 뭐가 문제냐는 거지요. 일종의 전리품인 셈이지요."

"그 정도입니까?"

"한마디로 통제불가입니다. 가장 큰 원인은 삼강촌에 주둔한 사마외도들이 너무 많다는 데 있습니다. 백도문파에서 출발한 백양문도들을 놈들이 형제로 인정하지 않는 것도 한몫을 하고요."

홀로 독보강호하며 살아온 자들이 갑자기 하나로 뭉쳤으니 하루아침에 통제가 될 리 없다. 통제가 될 놈들 같았으면 애초 사마외도라고 불리지도 않았을 것이다.

일개 삼강촌의 사정이 이러할진대, 대망혈제회가 무림을 일통하고 나면 어떻겠는가. 벽사룡이 엄한 기강과 강력한 지도력을 발휘한다고 해도 전 무림을 통제한다는 건 불가능한 일이었다.

언젠가는 가능할지도 모른다. 하지만 그건 먼 미래의 일, 그때까지 수없는 희생을 치러야 하리라.

"그래서 도망친 건가요?"

백미랑이 물었다.

"그렇습니다. 만검산장에 들어갔다가 우연히 놈들의 금고를 보게 되었지요. 해서 몇 개 집어 들고는 냅다 줄행랑을 쳤는데, 하필 산비탈에서 산책을 나온 저놈들을 만날 줄이야."

말미에 노지량이 길바닥에 널브러져 있는 네 구의 시체에 시선을 주었다.

"놈들이 삼강촌에서 하는 일이 무엇입니까?"

장개산이 다시 물었다.

어쩌면 가장 중요한 문제였다.

"대부분 빈둥빈둥 놀다가 갑자기 수십 명씩 떼를 지어 어디론가 사라지곤 합니다. 많은 때는 백여 명씩 두 개의 대(隊)가 아침과 저녁에 각기 다른 방향으로 사라지기도 하더군요. 대개 사나흘 후면 돌아오는데 열흘씩 걸릴 때도 가끔은 있습니다. 돌아올 땐 조금씩 숫자가 줄더군요. 소수로 사라진 사람들 중 일부가 아예 안 돌아오는 경우도 있고요. 들리는 소문엔 모두 죽었다고 합니다."

"무슨 뜻입니까?"

장개산이 착 가라앉은 음성으로 물었다.

곁에서 대화를 지켜보던 사람들의 표정도 차갑게 가라앉았다. 노지량의 말에서 무언가를 예측했기 때문이었다. 사람들의 예상은 적중했다.

"알고 보니 인근에서 삼삼오오 무리를 지어 북상 중이던 백도무림인들을 사냥하러 나간 것이라고 합니다. 그들이 노린 사람들 중에는 무림에서 상당히 명성을 떨친 인물도 적지 않았습니다. 백여 명씩 출동을 한 것은 잡으려고 하는 자들 중에 고강한 자가 섞여 있거나, 아니면 백도무림인들의 숫자가 많은 경우였고요."

"고래로 촉도는 사천과 섬서성을 잇는 교통의 요충지였어요. 전쟁에서 살아남은 백도인들 중 일부가 촉도를 넘어 섬서성으로 도망가지 못하도록 놈들이 길목을 지키고 있었던 것 같아요."

백미랑이 장개산을 돌아보며 말했다.

"다른 각도에서 보자면 진령 이북의 백도인들이 촉도를 통해 사천성으로 들어가 남악련을 지원하지 못하게 만들 수도 있고요."

빙소소가 말했다.

"같은 이유로 삼강촌에 주둔한 병력이 인근에서 백도무림의 패잔병들을 발견했을 경우 즉시 지원병력을 보내 천라지망을 펼칠 수도 있죠. 삼강촌을 손에 넣음으로써 놈들은 섬서성과 사천성의 경계를 중심으로 일천육백 리를 사실상 장악하고 통제하고 있는 겁니다."

단금도가 덧붙였다.

장개산은 고개를 끄덕였다.

사천과 섬서를 잇는 길이 어디 촉도뿐이랴만은 다른 길들이 수천 리를 우회해야 한다는 걸 감안하면, 촉도를 점령한 것은 적은 병력으로 엄청난 효과를 발휘할 수 있는 작전이었다. 이는 혈도를 짚은 것과 같다.

필시 대륙 곳곳에 이런 주둔지가 있을 터. 한마디로 말해 벽사룡은 무림 전역을 봉쇄해 버린 것이다. 그 옛날 상왕이 도주하는 사마외도들을 잡기 위해 대륙 곳곳에 포진한 무림 문파들을 활용한 것처럼.

"글쎄요. 꼭 그것 때문만은 아닐걸요."

노지량이 중얼거렸다.

"무슨 뜻입니까?"

장개산이 물었다.

"삼강촌을 기점 삼아 백도 무림인들을 사냥하는 건 맞지만 그들이 가장 인력을 쏟아붓는 일은 따로 있습니다. 바로 말과 식량을 실어다 나르는 일이지요."

"자세히 말씀해 주십시오."

"사흘에 한 번 정도 수백 필의 말이 짐을 잔뜩 싣고 촉도를 지나옵니다. 장안의 금화선부에서 오는 것이라 하더군요. 그러면 삼강촌에 주둔해 있는 자들이 그 짐들을 미리 준비해 둔 수십 대의 마차에 나눠 싣고는 말과 함께 어디론가 사라집니다. 군량미의 양이 많을 때면 백여 명 정도의 병력이 일 대(隊)를 구성해 호위가 붙을 때도 있죠. 놈들이 나누는 얘기를 듣자 하니 사천 인근에서 대치 중인 전선이나 주둔지에 보내는 전마와 군량미라고 하더군요."

십만은 결코 적은 병력이 아니다. 그 많은 병력이 이동을 할 때는 엄청난 양의 전쟁물자가 필요하다. 사천성에서 활동 중인 병력은 실제로 그렇게 되지 않겠지만, 일만이라고 해도 적은 숫자가 아니었다. 전투는 무력으로 하지만 전쟁은 금력으로 하는 것이란 말이 그래서 나왔다.

놈들은 금화선부에서 기른 전마와 군량미 등을 이곳 촉도를 통해서 사천성 곳곳으로 운송하고 있었다. 전쟁을 일으키기 전에 삼십여 년이라는 긴 세월 동안 공을 들여 금화선부를 장악한 이유가 여기에 있었다.

삼강촌은 전쟁에서 패해 도주하는 백도 무림인들을 사냥하기 위한 주둔지인 동시에 강서지방에서 활동 중인 사마외도들에게 전쟁물자를 공급하기 위한 병참기지였던 것이다.

일전쌍조(一箭双鵰), 그야말로 화살 한 대로 두 마리의 독수리를 잡는 격. 모두가 청화부인의 머리에서 나온 계략일 것이다. 그녀가 아니라면 누가 이토록 정교하고 위력적인 전략을 구사할 것인가.

장개산은 청화부인의 치밀함에 새삼 혀를 내둘렀다. 비록 적이었지만 그녀는 최고의 전략가였다.

"지금 삼강촌에 주둔한 병력은 얼마나 됩니까?"

"최소 오백은 될 겁니다."

"……!"

사람들은 깜짝 놀랐다.

이건 백미랑이 밥 짓는 연기를 보고 어림잡아 추산했던 것보다 훨씬 많은 병력이었다.

"확실합니까?"

"원래는 삼백여 명 정도 선이었지요. 한데 일다경쯤 전에 이백여 명 정도의 기마인이 말에 무언가를 잔뜩 싣고 삼강촌으로 들어왔습니다. 무슨 급한 일이라도 있는지 삼강촌에 있는 다른 말들에게 짐을 옮겨 싣는 일이 끝나는 대로 바로 출발할 모양입니다."

일다경 전이라면 바로 자신들 앞에 지나갔다는 말이 아닌가. 그럼에도 말발굽 소리를 듣기는커녕 흔적조차 발견하지 못했다. 정확하게 말하면 너무나 많은 흔적들 덕분에 조금 전에 난 발자국을 식별하지 못한 것이다.

삼백의 적 병력만 있어도 맞서 싸우는 게 쉽지 않은 일이었다. 한데 거기에 이백을 더해 오백씩이나 된다면 그야말로 목숨을 걸어야 했다. 현재로서는 그들이 빨리 떠나주기를 바라는 게 최선이었다.

"그들이 출발하는 데 얼마나 걸릴 것 같나요?"

백미랑이 물었다.

"글쎄요. 이백여 명이 대규모로 지원을 나갔다가 사흘 만에 돌아왔습니다. 아시다시피 촉도는 암맥이 많아서 십 리만 달려도 편자를 손봐야 하지요. 지금 그 일을 하고 있습니다. 모두 끝나려면 반 시진 정도는 걸릴 것 같습니다만."

"반 시진 후면 해가 떨어질 거예요. 그때를 기다렸다가 어수선한 틈을 타 조용히 지나치는 게 좋겠어요."

백미랑이 장개산에게 말했다.

"그건 안 돼요. 이미 네 사람이나 죽였어요. 장주님의 말대로 그들이 삼강촌에서도 상당한 영향력을 행사하는 백양문의 제자라면 해가 떨어져도 돌아오지 않는 걸 이상히 여기고 누군가 찾으러 오지 않겠어요? 그러다 정말 사라진 걸 알면 일이 더욱 복잡해질 수도 있어요."

빙소소가 반기를 들었다.

하지만 백미랑도 지지 않았다.

"벌써 해가 뉘엿뉘엿 지고 있어요. 산중의 밤은 생각보다 빨리 찾아와요. 반 시진은 그리 길지 않아요."

"촉도는 외길, 삼강촌은 바로 그 길목에 관문처럼 버티고 있어요. 거기에 오십여 곳의 여곽에서 뻗어 나오는 등롱과 대낮처럼 밝힌 횃불들을 감안하면 밤은 의미가 없어요."

"그럼 어떻게 해야 하죠?"

"다른 길은 없나요?"

"보시다시피 삼강촌은 왼편에는 깎아지른 낭떠러지를, 오른편에는 까마득한 절산을 두고 있어요. 검문관을 지나온 사람들은 모두 삼강촌을 통과할 수밖에 없는 지형이죠. 삼강촌이 융성한 것도 그 때문이고요. 굳이 길을 찾자면 아래로 내려가 협곡의 작은 물줄기를 따라가는 방법이 있긴 한데……."

"협곡 아래로 지나가는 건 불가능합니다. 초저녁만 되면 사마외도들이 잔뜩 협곡 아래로 몰려나와 아수라장이 벌어지니까요. 밤에는 협곡 아래가 삼강촌 전체를 통틀어 가장 위험한 곳일 겝니다."

다시 노지량이 말했다. 그는 대화로 미루어 이들 네 사람이 삼강촌을 지나 사천으로 들어가려 한다는 걸 알았다.

"그렇다면 왔던 길을 되돌아 중앙산을 타는 방법밖에 없어요. 세 개의 산릉과 네 개의 커다란 협곡을 가로지른 다음에야 비로소 다시 촉도로 들어설 수 있죠. 아무리 경공을 펼쳐도 하루는 꼬박 지체될 거예요."

"저 조그만 마을을 우회하는 데 하루나 지체된다고요?"

"그래서 절벽을 따라 잔도가 있는 것이죠. 쉽게 길을 낼 수 있는 지형이었다면 누가 그 까마득한 벼랑 한가운데 길을 냈겠어요?"

"질 좋은 말도 있겠다. 저걸 네 명이 나눠 타고 전속력으로 질주해 지나쳐 버리는 건 어떨까요? 약간의 충돌은 있겠지만 장 대협이 앞장서서 돌파하면 그리 어렵지도 않을 텐데, 그래, 그게 좋겠어요."

빙소소가 말한 네 필의 말은 백양문의 제자들이 타고 온 것을 말하는 것이었다. 빙소소는 왜 그 생각을 이제야 했는지 모르겠다는 듯 밝은 표정을 지었다.

지난날 금화선부에서 이천여 명의 사마외도가 겹겹이 에워싼 상태에서도 살아 나왔다. 비록 중상을 입고 죽을 위기에 처했을망정 그때 장개산이 보인 엄청난 신력이라면 무방비 상태에 있는 적 오백을 뚫고 지나가는 것쯤은 생각보다 쉬울 수도 있었다.

"불가해요."

백미랑이 다시 제동을 걸었다.

"왜 그렇죠?"

"빙 소저께서도 말씀하셨다시피 측도는 외길이에요. 오백이나 되는 적 병력이 일제히 말을 타고 질주해 오면 우리는 밤낮을 쉬지 않고 달려야 해요. 그러면 말이 버티질 못해요. 결정적으로 놈들이 전서구를 통해 남쪽의 주둔지에 지원 요청을 보내면 우리는 측도 한가운데서 포위당하게 될 거예요."

"……."

빙소소는 꿀 먹은 벙어리가 되었다.

급한 마음에 돌파를 주장하기는 했지만 역시 삼강촌의 사정에 정통한 백미랑의 말이 옳았다. 자존심이 은근히 들어간 두 여자의 입씨름은 백미랑의 완승으로 싱겁게 끝나 버렸다. 살짝 미안해진 백미랑이 좋은 생각이 났다는 듯 말했다.

"시체와 함께 격전의 흔적을 지우고 백양문의 제자들이 검문관을 지나 북쪽으로 간 것처럼 말 발자국을 만들어 위장하면 어떨까요? 그럼 반 시진 정도는 벌 수 있을 것 같은데."

"그게 좋겠어요."

사내들은 입도 벙긋하지 않는 가운데 한참 갑론을박을 벌이던 두 여자가 마침내 의견의 일치를 보았다. 그러곤 마지막으로 장개산을 바라보았다. 자신들의 계획이 어떠냐는 듯. 하지만 장개산은 딴소리를 했다.

"놈들이 말에 싣고 가려는 게 무엇일까?"

"군량미겠죠. 말은 전마로 쓰고요."

빙소소가 말했다.

"만약 놈들이 오늘 출발을 못한다면?"

"무슨… 뜻이죠?"

"만약 삼강촌에 있는 사마외도들의 씨가 마른다면?"

"장 소협……!"

빙소소와 백미랑은 망치로 뒤통수를 맞은 것 같았다.

장개산은 자신들과는 처음부터 생각의 방향이 달랐다.

자신들은 어떻게든 놈들의 공격을 피해 적진을 무사히 통과할까를 궁리한데 반해 장개산은 놈들을 어떻게 처치할까를 생각했다.

이건 말이 안 된다. 그렇다고 해도 어떤 미치광이들이 섞여 있을지 모르는 오백의 사마외도를 상대로 정면승부를 벌일 수는 없었다. 하지만 같은 사내인 단금도는 생각이 다른 모양이었다.

"작전이 있습니까?"

"단 대협……!"

백미랑이 아연실색한 표정으로 단금도를 바라보았다. 사실 지금 이 순간 누구보다도 저들을 상대로 싸우고 싶은 사람은 백미랑 자신이었다.

놈들이 병참기지로 삼아 유린하고 있는 장소가 바로 자신의 사문이 있는 삼강촌이었기 때문이다. 만검산장은 삼강촌에서 가장 큰 규모를 자랑하는 장원, 삼강촌을 장악한 놈들이 만검산장을 그냥 두었을 리 만무했다.

백미랑은 몰랐지만 바로 그 이유 때문에라도 단금도는 놈들과 정면승부를 벌이고 싶었다. 그래서 만검산장을 장악한 저 도둑들을 몰아내고 비록 껍데기만 남았을지언정 장원을 백미랑에게 돌려주고 싶었다.

지난 한 달 동안 장병사마에게 쫓겨 생사고락을 함께하면서 단금도는 백미랑을 특별하게 생각하게 되었다. 단금도에게 그녀는 무림의 동도가 아닌 여자였다.

"단순히 타격을 입히기 위한 것이라면 작전이 필요할 수도 있겠지요. 하지만 삼강촌에서 놈들을 몰아내려면 어떤 작전을 펼치더라도 결국엔 저들 모두를 상대해야 할 겁니다."

장개산이 말했다.

정면승부를 벌여야 한다는 뜻이었다.

오백을 상대로 한 네 명의 대결, 무모하기 짝이 없는 빙소소와 백미랑은 하얗게 질렸다.

"다시 한 번 생각해 줘요."

빙소소가 말했다.

금화선부에서 그가 어떤 신위를 보였는지는 안다. 누구보다 잘 안다. 창산 아래의 지저빙호에서 각성을 통해 예전과는 비교도 할 수 없을 정도로 강해졌다는 것도 안다. 하지만 이천여 명을 뚫고 달아나는 것과 오백의 적을 모두 쓸어버리는 건 전혀 다른 문제였다. 더구나 금화선부에서는 목숨을 잃을 위기까지 겪지 않았던가.

"초저녁이 되면 놈들이 협곡 아래로 몰려간다고 하셨습니까?"

장개산은 빙소소를 외면한 채 노지량에게 또 질문을 했다. 그때까지만 해도 장개산은 물론이거니와 나머지 세 사람 모두 이 질문이 어떤 파급력을 가져올지 전혀 예측하지 못했다.

"그렇습니다."

"숫자가 얼마나 됩니까?"

"글쎄요? 경계를 서는 백양문도들을 제외하고는 대부분이 몰려가지요."

"거기서 무얼 합니까?"

"싸움 구경을 하지요."

"싸움?"

"놈들끼리 시비가 붙어 자웅을 겨루는 경우도 있지만, 가장 인기 있는 것은 포로로 잡은 백도인과 사마외도 중 한 명이 생사결을 치를 때입니다."

"포로가 있습니까?"

"그렇습니다."

"얼마나 됩니까?"

"이백 명쯤 되려나?"

"……!"

네 사람은 누가 먼저랄 것도 없이 깜짝 놀랐다.

포로가 있을 줄은 꿈에도 생각지 못했다. 하물며 그 숫자가 이백에 육박할 줄이야.

"왜 이제야 그 말을 하는 겁니까?"

"그 정도는 당연히 짐작하실 줄 알고."

"어떤 사람들이 포로로 잡혀 있습니까?"

"가장 많은 사람들은 한 달 전 이곳에서 전쟁이 벌어졌을 때 사로잡힌 백여 명입니다. 대부분은 남악련도였고, 만검산장의 무사도 일부 있었죠. 이후 놈들이 인근의 백도문파들을 습격해 잡아오기도 했지요. 대부분은 전날 백양문과 대척관

계에 있던 문파들이었습니다. 또 앞서 말씀드린 대로 인근에 출몰했다는 백도무림인들을 사냥하러 갔던 자들이 포로로 잡아오기도 했고요."

네 사람은 찬물을 뒤집어쓴 것 같은 표정이 되었다. 특히 단금도와 백미랑이 그랬다. 모두 죽은 줄 알았던 남악련도와 만검산장의 무인들이 포로로 잡혀 있다는 말에 두 사람은 가슴이 찢어질 것 같았다.

"밤마다 그들을 협곡 아래로 끌고 가 생사결을 핑계로 죽인다는 겁니까?"

다시 장개산이 물었다.

"그렇습니다."

"어떤 식으로 진행이 됩니까?"

"일대일의 승부를 볼 때도 있고, 사마외도 한 명이 서너 명의 백도인을 상대로 혼자 싸울 때도 있습니다. 웃기는 건 생사결이라는 말이 백도무림인에게만 해당된다는 것이지요. 말인즉슨, 협곡 아래로 끌려나온 백도인이 아무리 많은 사마외도를 죽인다고 해도 싸움은 끝나지 않습니다. 백도인이 죽어야 비로소 끝나는 것이지요. 때문에 협곡으로 끌려 나온 백도인은 무조건 죽습니다."

한마디로 놈들은 포로로 잡힌 백도인을 밤마다 한 명씩, 많게는 서너 명씩 불러다 그들이 죽어가는 모습을 보면서 유희를 즐기는 것이다.

"어떻게 그런 비열한 짓을……!"

빙소소가 어금니를 깨물며 말했다.

"통제를 위한 수단입니다."

단금도가 말했다.

"무슨 뜻이죠?"

"대망혈제회가 전면에 나서기 전까지 놈들은 천하를 떠돌며 온갖 악행을 서슴지 않던 사마외도였습니다. 피에 굶주린 짐승들 말입니다. 짐승을 한곳에 모아두면 처음엔 본성을 숨기다가 어느 순간이 되면 표출을 하죠. 인근 마을의 여자들을 간살하는 것도 그런 것들 중 하나입니다. 그걸 통제하기 위해서는 다른 놀잇감을 주어야 합니다. 포로로 잡힌 백도인들이 그 놀잇감이고요. 놈들은 처음부터 그걸 목적으로 포로들을 살려두었을 겁니다."

"어떻게 그런 생각까지……."

"주경학의 솜씨일 거예요."

백미랑이 말했다.

장개산은 속으로 적지 않게 놀랐다. 주경학이 어떤 자인지 모르지만 분명 보통의 인물은 아닌 듯했다. 벽사룡이 그에게 촉도를 맡긴 것만 보아도 알 수 있었다.

"한데 아주 재밌는 일이 있습니다."

다시 노지량이 말했다.

네 사람의 시선이 앞다투어 그를 향했다.

"협곡으로 끌려 나온 사람들은 모두 죽지만 그렇지 않은 사람들이 있습니다. 그들은 싸우는 족족 사마외도들을 죽여 버렸죠. 심지어 혼자서 하룻밤에 일곱 명을 상대해 모두 죽인 적도 있었습니다. 보다 못한 누군가가 팔 하나를 잘라놓고 생 사결을 치르게 하자고 주장했지만, 싸울 때만큼은 놈들도 무 인이랍시고 그런 치졸한 짓은 하지 않더군요."

"그래서 살아남았다는 겁니까?"

장개산이 물었다.

"어쩌겠습니까? 일대일의 승부로는 그들을 죽일 만한 고수 가 이곳 삼강촌에 없는 것을요. 그러자 언제부턴가는 아예 그 들을 협곡으로 끌고 가지 않더군요. 그래서 계속 뇌옥에 갇혀 있는 신세이지요."

"그토록 강한 고수들이 어떻게 해서 사로잡힌 겁니까?"

"보름쯤 전이었나? 대범하게도 네 명의 무인이 야음을 틈 타 기습을 했습니다. 미루어 짐작하건대 이곳에 백도무림인 이 상당수 갇혀 있다는 소식을 듣고 파옥(破獄)을 하려 했던 것 같습니다. 때마침 주둔해 있던 백여 명 정도가 중앙산에서 패주하는 백도무림인들을 잡기 위해 출정하느라 삼강촌을 비 운 상태였지요. 나중에 알고 보니 그들 네 명이 꾸민 계략이었지만 말입니다."

"그래서 어떻게 되었습니까?"

"그때 저는 포로들에게 주먹밥을 주기 위해 뇌옥이 있는 만검산장으로 들어가던 참이었는데, 갑자기 어디선가 경종이 요란하게 울리더니 포로들이 잡혀 있는 후원에서 복면을 쓴 네 명이 튀어나오는 겁니다. 이게 뭔 일인가 싶어 일꾼들과 함께 밥통을 들고 우왕좌왕하고 있는데, 병장기를 꼬나 쥔 사마외도들이 사방에서 고함을 지르며 우르르 몰려나와 삽시간에 네 명의 복면인을 에워싸더군요. 마치 기다렸다는 듯이 말입니다. 그때부터 한바탕 난리가 벌어졌습니다. 나중에 알고 보니 주경학이 오히려 함정을 판 거였습니다."

네 사람은 목이 탔다.

제발 쓸데없는 얘기들은 빼고 알맹이만 말해주면 좋으련만, 노지량은 여곽을 찾는 사람들에게 혀로 사기를 치던 예전의 습관이 나오는지 구구절절이 설명을 했다.

"그들 네 명의 무예는 정말 무시무시했습니다. 순식간에 백여 명이나 되는 사마외도에게 포위를 당했지만 눈 하나 깜짝하지 않고 수십 명을 베어 넘기면서 전진했지요. 삼강촌의 여곽에 흩어져 있던 사마외도들까지 가세해 겹겹이 에워싸기까지 적어도 오십 명은 베어 넘겼을 겁니다. 단 네 명이서 말이죠. 듣자 하니 그들에게 죽은 사마외도들 중에는 무림인이라면 누구나 알 만한 유명한 고수도 적지 않았다고 합니다. 정말 대단하지 않습니까?"

"그래서 어떻게 되었습니까?"

장개산이 어금니를 깨물며 말했다.

"사태가 예상했던 것보다 심각해지자 일대(一隊)가 강궁을 가져왔고, 네 사람을 가운데 몰아넣은 상태에서 백여 명이 강전을 겨누면서 싸움이 끝났습니다. 몸에 벌집이 생기지 않으려면 항복을 하는 수밖에요."

느닷없이 나타나 삼강촌에 주둔한 사마외도들의 간담을 서늘케 한 백도인들의 무용담에 네 사람은 가슴이 뜨거워졌다. 대범하기도 하지만 그만한 실력이라면 필시 대단한 고수들일 것이다.

"그들이 누구인지 아십니까?"

"들리는 말로는 북검맹의 무인들이라고 하던데……."

"방금… 뭐라고 했습니까?"

"그들에게 패한 사마외도들이 수군거리는 얘길 분명히 들었습니다. 북검맹에서도 알아주는 고수들이니 억울해 할 것 없다고. 그 이상은 저도 모르겠습니다. 그들의 신분이 알려지면 무슨 큰일이라도 생기는지 다들 쉬쉬하는 바람에 말이지요."

"그들을 가까이서 본 적 있습니까?"

장개산의 목소리가 전에 없이 다급해졌다.

"물론이죠. 주먹밥을 주기 위해 뇌옥으로 찾아갔을 때 복면을 벗은 얼굴을 얼핏 보았습니다. 놀랍게도 모두 스물대여섯 살가량의 청년이더군요. 그간의 고생을 말해주듯 허름하기 짝이 없는 복장이었지만 용모만큼은 다들 출중했습니다."

"어떻게 생겼습니까?"

"한 사람은 남색 장포에 상투를 틀어 올렸는데 포로로 잡힌 와중에도 눈빛이 예사롭지 않았습니다. 한 사람은 얼굴에서 핏기를 찾을 수 없을 만큼 창백했고, 한 사람은 호리호리한 체격의 미공자였습니다. 그리고 마지막으로 한 사람은 이렇다 할 특징은 없는 대신 말이 좀 많았습니다. 간수들의 눈을 피해 바깥 사정에 대해 들은 바가 없냐고 저에게 쉴 새 없이 캐물었거든요."

"혹시 그 말 많다는 자의 팔뚝에 기이한 모양의 검상이 새겨져 있지 않았습니까? 생긴 지 한 달 정도 된 것 같은."

"그걸 어떻게 아십니까?"

"설강도!"

장개산의 입에서 나직한 신음이 흘러나왔다.

빙소소는 석상처럼 굳어버렸다.

금화선부에서 탈출해 북검맹으로 갔어야 할 그들이 왜 이곳에 있는 것인가. 포로로 잡혔을망정 살아 있으니 기뻐해야 하는 걸까? 아니면 북검맹에 합류도 하지 못하고 포로로 잡힌 것을 통탄해야 하는 것일까? 혼란스러움에 빙소소는 머리를 세차게 흔들었다.

"한데 왜 네 명이지?"

장개산이 말했다.

빙소소가 두 눈을 번쩍 떴다.

남색 장포에 상투를 틀어 올린 사람은 남궁휘다. 얼굴에서 핏기를 찾을 수 없었다는 사람은 백건악, 호리호리한 체격의 미공자는 적인명, 말 많은 녀석은 설강도다. 하지만 노지량은 육척장신에 엄청난 팔뚝을 지닌 구양소문에 대한 말은 하지 않았다. 누구보다 눈에 띄었을 텐데도 말이다.

"분명 네 명이었습니까?"

장개산이 다시 물었다.

"처음부터 그랬습니다."

"어깨가 산악처럼 벌어졌고 팔뚝이 어지간한 장정만큼 굵은 거한을 정녕 보지 못했습니까?"

노지량은 장개산을 아래위로 훑어보며 의아한 표정을 지었다. 바로 당신이 그렇지 않느냐는 듯.

틀림없다.

구양소문에게 무슨 일이 생긴 것이다.

빙소소의 얼굴이 노래졌다.

"포로들이 잡혀 있는 곳이 어딥니까?"

장개산이 다시 노지량에게 물었다.

목소리가 전에 없이 서늘했다.

"용두동(龍頭洞)이라는 암동입니다."

"장원 뒤쪽 협곡에 선조들을 모신 묘실을 기억하시나요? 그 묘실의 맞은편에 있는 동굴이에요. 깊고 넓은 데다 사철 서늘한 한기가 뿜어져 나와 식량 창고로 썼던 곳이죠."

백미랑이 말했다.

장개산은 살짝 당황했다. 자신이 묘실을 다녀갔다는 사실을 백미랑은 처음부터 알고 있었던 모양이다. 잠시 백미랑을 응시하던 장개산이 이번엔 빙소소를 돌아보며 말했다.

"소저는 장주와 단 공자를 따라 만검산장으로 침투한 후 포로들을 구출하시오. 알아서들 잘하겠지만 파옥을 한 다음에는 전면전을 벌일 생각 말고 병장기를 습득하는 데 모두 전력을 쏟으라고 말해주시오."

"당신은 어쩌고요?"

"놈들의 시선을 끌겠소."

"저도 함께 가겠어요."

빙소소는 결의에 찬 표정으로 말했다.

북검맹에서 장개산이 혼자 말없이 떠나 버린 일을 그녀는 똑똑히 기억하고 있었다. 금화선부와 지저빙호에서 그 일을 겪고 난 후 결심했다. 다시는 헤어지지 않겠다고.

그래 봐야 만검산장 안에 있는 것이라고 할지도 모르겠지만 이건 문제가 다르다. 물리적인 거리가 아니라 홀로 사지로 들어가겠다는 말이었으니까. 손바닥만 한 공간 안에 함께 있어도 둘 사이에 생사의 갈림길이 있다면 그건 천리만리 먼 거리였다.

장개산이 빙소소의 어깨에 한 손을 척 올렸다.

"지금까지의 행적으로 보면 주경학은 비범한 인물이오. 그는 분명 이중 삼중의 방비를 해두었을 것이오. 단 공자와 백장주의 무예를 무시하는 건 아니지만 두 분이 부상에서 아직 회복을 하지 못했다는 걸 감안하면 소저의 도움이 꼭 필요할 것이오. 가서 녀석들을 구하시오."

빙소소는 자신이 무슨 말을 해도 장개산의 고집을 꺾을 수 없을 거라는 걸 잘 알고 있었다. 북검맹에 입맹을 할 때부터 그가 한 일들을 지켜보지 않았던가. 그는 하겠다면 하는 사람이었다. 빙소소는 조용히 고개를 끄덕였다.

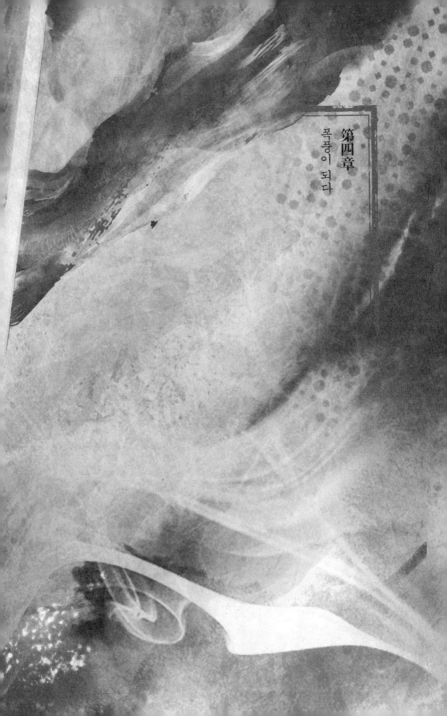

第四章

폭풍이 되다

무림을 일통한다는 건 그리 간단한 일이 아니다.

풍문에 따르면 강호엔 수천 개의 문파와 수백만에 달하는 무림인이 있다고 한다. 그들 중 이 할은 어느 문파에도 속하지 않고 독보강호 하는 자라는 말도 있었다.

무림일통을 대류 전역에 산개한 그들을 모두 제압하거나, 최소한 맞설 엄두를 내지 못하도록 만들어야 비로소 입에 올릴 수 있는 말이었다. 그게 한 달 만에 가능할 리 없지 않은가.

해서 대망혈제회는 북검맹과 남악련을 제물로 삼았다. 강동과 강서를 대표하는 수십 개의 방파가 각각 하나로 뭉친 두 세력이야말로 백도무림의 일차 방어선이었다. 그들 두 세력이 무너지면 나머지 문파들은 해일에 휩쓸린 바닷가 마을처럼 저절로 무너지게 되어 있었다.

한데 북검맹과 남악련은 어떻게 그처럼 쉽게 무너져 버린 걸까? 금화선부가 상계를 움직여 목을 조인 탓이다. 소림사나 무당파와 달리 종교적 색채를 띠지 않은 두 세력은 수천 명을 먹이고 살리는 데 들어가는 모든 비용을 전적으로 상계에 의존할 수밖에 없었다.

속 모르는 사람들은 북검맹과 남악련에 이름을 올린 문파들이 지원을 하면 되지 않겠냐지만 그들의 돈 역시 상계에서 나온다. 한마디로 상계의 자금줄이 끊어지면, 나아가 상계에서 대농장이나 전장, 광산 등을 움직여 보다 적극적인 방식으로 자금유입을 방해한다면 북검맹이나 남악련과 같은 거대세력은 채 한 달을 버틸 수가 없었다.

그건 대망혈제회도 마찬가지다. 상계의 전폭적인 지원을 받는다지만 전시에 십만의 병력이 타고, 먹고, 입고, 마시는 것들을 모두 지원하려면 여간 힘든 게 아니다.

다른 건 다 제쳐두고서라도 번쩍이는 도검을 두려워하지 않는 전마(戰馬)처럼 특별히 조련된 말은 지금쯤 씨가 말랐을 것이다.

때문에 오늘 삼강촌을 쑥대밭으로 만들어 버리면 놈들의 가장 큰 보급로 중 하나를 끊게 된다. 대륙의 서쪽에 형성되어 있는 곳곳의 전선과 주둔지에 영향을 미치리라. 장개산이 삼강촌을 치기로 결심한 첫 번째 이유였다.

그 과정에서 이백의 백도인과 창랑사우가 갇혀 있다는 걸 알게 된 건 순전히 덤이었다. 첫 번째 이유보다 더 중요해져 버린 덤.

삼강촌에 발을 들여놓는 순간 가장 먼저 보인 것은 대로를 따라 매어놓은 백여 필의 말이었다. 커다란 체구에 흑갈색의 갈기를 흩날리는 것이 한눈에 보기에도 잘 훈련된 전마임이 분명했다.

노지량이 말한 그 말들이었다.

처음부터 마차를 이용하지 않는 이유는 간단하다. 마차는 검각의 잔도를 지나올 수가 없기 때문이다. 해서 이곳 삼강촌 까지는 말로 운송한 다음 다시 마차에 선적을 하는 것이다.

하지만 지금은 마차가 아니라 또 다른 전마에 짐들을 옮겨 싣고 있는 중이었다. 이것 역시 노지량이 얘기한 것이었다.

한데 뭔가 좀 이상했다. 노지량의 말대로라면 놈들은 촉도를 통해 전마와 군량미를 운송한다고 했다. 그러나 지금 저들이 옮겨 싣고 있는 것은 군량미라고 하기에는 양이 지나치게 적었다.

게다가 말로 군량미를 운송한다는 건 지극히 비효율적인 방식이었다. 전마 한 필이 사람을 태운 상태에서 운반할 수 있는 군량미의 양은 서른 근 정도가 최대이다. 쌀 서른 근이면 전투로 지친 장정 다섯 명이 열흘을 겨우 먹을 양이었다.

말이 이백 필이니 천 명분의 식량이지만 금화선부에서부터 시작해 이 먼 거리를 운송할 정도의 양은 아니었다. 저 정도 양이라면 인근 상계의 지원을 받아서라도 얼마든지 공급할 수 있지 않겠는가.

결정적으로 운송하는 사람이 쓸데없이 많았다.

보통 마방들이 서장으로 여행을 할 때 나귀 열 필에 사람 한 명 정도의 비율을 둔다. 한데 지금 출발을 준비하는 자들은 말 한 필당 사람이 한 명씩이다.

군량미의 운송을 위해서라면 무게를 줄이기 위해서라도 한 사람이 두세 필의 말을 이끄는 것이 훨씬 낫지 않을까? 저들 하나하나가 운송대 겸 새로 투입되는 병력이라면 더더욱 이상했다. 이미 병력이 차고 넘치는 터에 또 병력을 투입할 리 없지 않은가.

'뭔가 이상한걸.'

장개산은 말을 타고 태연자약하게 삼강촌으로 들어섰다. 말과 연결된 밧줄에는 통나무를 엮어 만든 들것을 묶어 질질 끌고 있었다. 들것 위에는 높게 싼 정체불명의 짐 위로 피풍의를 덮어 내용물을 알 수 없게 했다.

육척장신에 엄청난 근육, 등에 가로질러 맨 오 척의 장검, 얼굴을 알 수 없을 정도로 깊이 눌러쓴 초립의 사내가 괴이하게 생긴 들것을 끌고 다니는 건 쉽게 볼 수 있는 그림이 아니었다. 더구나 산악 같은 풍채에서 뿜어져 나오는 엄청난 기도는 모두의 시선을 끌기에 충분했다.

사람들은 누가 먼저랄 것도 없이 하던 일을 멈추고 장개산을 바라보았다. 그때까지도 장개산은 또각또각 말을 몰아 삼강촌 깊숙이 들어서고 있었다.

그 모습이 너무나 여유자적한지라 사람들은 한순간 어떻게 반응해야 할지 생각이 나지 않는 듯했다. 그때 말을 타고 주변을 돌아다니던 누군가가 장개산을 발견하고 불러 세웠다.

"거기 너!"

잠시 후, 대도를 등에 멘 장한이 수하로 보이는 두 명의 기마인과 함께 장개산의 앞을 막아섰다. 그는 장개산의 모습을 아래위로 한참이나 훑어보고는 말했다.

"처음 보는 자 같은데."

"피차일반이야."

사내의 표정이 묘하게 일그러졌다.

주변에 있던 사람들이 일에서 완전히 손을 떼고 몸이 긴장

을 불어넣기 시작했다. 장개산의 도발적인 태도와 서늘한 음
성에서 뭔가 불길한 예감을 느낀 것이다.

"축도를 지나왔나?"

"그렇다."

"어디로 가는 길이지?"

"사천."

"무림인인가?"

"보시다시피."

"우리가 누구인지 아는가?"

"온갖 잡놈들이 모여 있다고 하더군."

사내의 표정이 또 한 번 일그러졌다.

평소 같았으면 당장 칼부터 뽑았겠지만 상대가 워낙 태연
자약하게 나오자 사내는 한순간 대망혈제회의 고수가 삼강촌
에 왕림한 것이 아닐까 하는 생각을 했다. 결정적으로 사내에
게서는 자신들과 같은 냄새가 났다. 분명 세상 사람들이 사마
외도라 부르는 길을 가는 자였다.

"정체를 밝혀주겠소?"

"이곳의 책임자가 주경학이라는 자라고 했던가?"

"그렇… 습니다만."

"그에게 줄 선물을 가져왔다."

말과 함께 장개산이 말잔등에 묶인 밧줄을 풀었다. 팽팽하

게 당겨진 밧줄에 의해 비스듬히 누워져 있던 들것이 쿵 소리를 내며 떨어졌다.

사내가 뒤를 돌아보며 턱짓을 했다. 수하 중 한 명이 말에서 훌쩍 뛰어내리더니 서둘러 들것으로 다가가 피풍의를 열어젖혔다. 순간, 피칠갑이 된 네 구의 시체가 모습을 드러냈다.

"헛!"

놀란 사내가 황급히 뒷걸음질을 쳤다.

마상에서 지켜보고 있던 사내 역시 놀란 눈을 치켜떴다. 장내에 있던 모든 사람들의 얼굴이 얼어붙어 버렸다. 쥐죽은 듯한 침묵이 흐르길 잠시, 마상의 사내가 대도를 뽑아 들며 소리쳤다.

"적이다!"

사내가 고함을 지르기 전에 장개산은 이미 고삐를 힘차게 잡아당겼다. 놀란 말이 앞발을 치켜들었다가 놓기 무섭게 질풍처럼 달려가기 시작했다. 마상의 사내를 지나치는 순간 섬광이 번쩍였다.

팟!

피가 허공에 뿌려지면서 마상의 사내가 앞으로 꼬꾸라졌다. 쿵! 소리를 내며 바닥에 떨어진 그의 가슴에선 시뻘건 선혈이 콸콸 흘러내렸다. 장개산이 어느새 참마검을 뽑아 출수한 것이다.

곁에 있던 사내가 대도를 수평으로 휘둘러 왔다. 장개산은 상체를 착 가라앉히며 사내의 가슴을 베어버린 후, 전방에서 닥쳐오는 또 다른 사내의 가슴을 쪼개 버렸다. 그야말로 눈 깜짝할 사이에 벌어진 일.

구경을 하고 있던 사마외도들이 일제히 병장기를 꼬나 쥐고 달려들면서 삼강촌의 초입은 벌집을 쑤셔놓은 듯했다.

순식간에 세 명을 쓰러뜨린 장개산은 여기저기서 몰려오는 적들을 향해 주저없이 질주했다. 선두에서 달려오던 두 명이 동시에 번개처럼 튀어 오르며 칼을 휘둘러 왔다. 앞서 장개산이 상체를 숙여 대도를 피하는 걸 본 탓인지 이번엔 낮게 베어왔다.

장개산은 놈들의 칼이 이르기도 전에 참마검을 깊숙이 찔러 넣어 짧게 흔들었다. 따당! 소리와 함께 두 자루의 칼이 철퇴라도 맞은 것처럼 튕겨 나갔다. 그사이 어느새 검로를 되찾은 참마검은 놈들의 배를 갈라갔다.

"으악!"

"아악!"

장개산이 탄 말은 외마디 비명과 함께 쓰러지는 두 명을 밟고 넘으며 질주를 이어갔다. 몰려드는 적의 수는 계속해서 늘어나 잠깐 사이에도 백여 명은 될 것 같았다. 하지만 숫자가 아무리 많은들 장개산의 상대가 될 순 없었다.

처음 강호로 나온 이후 망구객점에서 백여 명에 달하는 적에게 둘러싸였던 적이 있었다. 그토록 많은 사람들과 싸움을 벌여본 적은 난생처음이었기에 살짝 겁도 먹었었다.

그러나 시간이 흐르면서 경험이 쌓이고, 급기야 금화선부에서 이천여 명에 달하는 사람과 싸운 후 많은 것이 변했다. 이제 더 이상 예전의 풋내기 무림인이 아닌 것이다.

장개산은 몰려드는 적들을 향해 폭풍 같은 검초를 난사했다. 검광이 난무하고, 불똥이 사방으로 튀었으며, 비명이 찢어지게 울렸다. 피와 살점과 살기의 향연은 눈 깜짝할 사이에 삼강촌을 피비린내 나는 전장으로 바꾸어 버렸다.

느닷없이 나타나 백양문의 네 제자를 죽이고, 대범하게도 그 시체를 백양문주에게 선물로 주겠다며 찾아온 정체불명의 사내. 그가 지닌 무력은 가히 위력적이었다. 누가 다른 곳에 신경 쓸 겨를이 있겠는가.

모두의 신경이 장개산에게 쏠려 있는 그때, 사마외도로 위장한 세 명이 몰래 사람들 틈에 섞여들어 만검산장 쪽으로 향했지만 본 사람은 아무도 없었다.

찰나의 순간 장개산은 빙소소와 눈을 마주쳤다. 걱정스런 표정이 가득한 그 눈동자를 보는 순간 왠지 모르게 가슴이 먹먹해졌다. 누군가에게 걱정의 대상이 된다는 건 이런 것인가

보다.

"삼강촌엔 정녕 인물이 없는가!"

장개산은 일부러 큰 소리로 외쳤다.

초목이 쩡쩡 울리는 일성에 사람들의 신경이 더욱더 자신에게로 쏠렸음은 물론이었다. 장개산은 계속해서 전진했다. 마상의 적을 베어 넘기기 바쁘게 땅 위에서 달려오는 자들을 쓰러뜨렸고, 땅 위에서 달려오는 자들을 쓰러뜨리기 무섭게 마상의 적들을 베어 넘겼다.

불과 오십여 장을 전진하는 사이 수십 명이 장개산의 검 아래 쓰러져 갔다. 대로에서 시작된 장개산의 질주는 여곽이 밀집한 지대를 가로질러 삼강촌의 중심에 이를 때까지 계속되었다.

무수히 많은 적을 베어 넘기며 폭풍처럼 질주하기를 한참, 마침내 만검산장의 높다란 담장을 마주하게 되었다.

그사이 적들은 벌 떼처럼 몰려들었고, 삽시간에 장개산을 새까맣게 에워쌌다. 그야말로 겹겹이 포위된 상황이었다. 그때 정문이 벌컥 열리며 산장 안에 있던 지원 병력들이 봇물처럼 터져 나오기 시작했다.

이제 말을 타고 질주하는 것은 불가능했다. 굳이 달리자면 못할 것도 없지만 장개산의 첫 번째 목적은 소란을 일으켜 만검산장 안쪽의 병력까지 모두 이끌어내는 것이었지 지금 당장 적을 모두 죽이는 게 아니었다. 그건 혼자서 할 수 있는 일도 아니었거니와 설혹 가능하더라도 포로를 모두 구출한 이후에 생각할 일이었다.

장개산은 말에서 뛰어내린 후 궁둥이를 찰싹 때렸다. 손바닥에 슬쩍 힘을 주자 놀란 말이 펄쩍펄쩍 뛰며 사람들 속으로 뛰어들었다.

사람들이 말을 피하느라 당황해하는 사이 주변을 둘러보던 장개산의 눈에 삼 층 건물의 처마 한쪽을 지탱하는 기둥이 들어왔다. 피가 뚝뚝 흐르는 검을 다시 검갑에 꽂아 넣은 후 왼발로 밑동을 슬쩍 치자 기둥이 우지끈 소리를 내며 부러졌다.

그걸 덥석 집어 들고는 사방을 향해 두어 번을 위력적으로 휘두르자 엄청난 기세에 놀란 적들이 일제히 물러나면서 방원 대여섯 장의 공간이 생겨났다.

하지만 그건 속임수였다. 눈동자를 번쩍인 장개산은 갑자기 전방을 향해 신형을 쏘며 선두에 중첩되어 있던 자들의 머리통을 한꺼번에 후려쳤다.

투두두둥!

흡사 통나무로 돌덩어리를 두드리는 듯한 소리와 함께 대여섯 명이 그 자리에서 의식을 잃었다. 그들이 쓰러지기 직전 장개산은 장반은 족히 될 것 같은 기둥을 방패삼아 양손에 수

평으로 나눠 쥐고 적들을 힘차게 밀어붙였다.

의식을 잃고 쓰러지던 자들이 배에 기둥을 받친 채 뒤로 떠밀려 갔다. 그들의 뒤에 있던 사람들이 앞 동료의 등에 떠밀렸고, 다시 뒤에 있는 자들이, 또 그 뒤에 있는 자들까지 떠밀리기 시작했다.

몇몇 인물이 칼을 휘둘러 보려 하지만 갑자기 뒤로 밀려오는 동료들 때문에 어떻게 손을 써볼 틈도 없었다.

장개산이 밀어붙이는 힘의 폭은 기둥의 길이까지만 해당했다. 그 힘의 영역 바깥에 있는 자들은 재빨리 좌우로 흩어지며 급작스럽게 떠밀려 오는 동료들로부터 탈출했다. 하지만 힘의 영역 안에 있던 자들과, 미처 피하지 못하고 쓰러진 자들은 동료의 발에 짓밟히고, 누구의 것인지 모를 칼에 찔리기를 반복했다.

그러면서 산더미처럼 밀려오는 거센 힘을 이기지 못하고 뒤로 밀려나기를 반복했다. 심지어 만검산장의 정문을 열고 뛰쳐나오던 지원병력까지 장개산의 근처에도 이르지 못하고 인간의 파도에 휩쓸려 버렸다.

곳곳에서 욕설과 비명과 의미를 알 수 없는 고함이 난무하는 사이 장개산은 사람들을 만검산장 안까지 순식간에 밀어붙이다가 마지막 순간에 괴력을 발휘해 기둥과 함께 내동댕이치다시피 던져 버렸다.

그러곤 자유로워진 양손을 이용해 정문을 쾅 닫았다. 뒤를 바짝 추격해 오던 자들 중 일부가 문틈에 끼어 어깨가 부서지고, 또 일부는 문에 부딪혀 나가떨어지는 사이 육중한 걸쇠를 걸어 잠갔다.

바깥에서 추격해 오던 병력은 어림잡아 삼백여 명, 그들은 발로 문을 쾅쾅 차며 고함을 질러댔지만 소용없었다. 장개산은 문을 열어줄 생각이 없었고, 지난날 폭룡채와의 일전이 있고 난 후 백미랑이 이중 삼중으로 덧댄 철문은 어지간해선 부서질 기미를 보이지 않았다.

적들을 순식간에 양분해 버림으로써 등 쪽의 안전을 확보한 장개산은 천천히 돌아서서 만검산장의 연무장을 가득 채운 채 우왕좌왕 대열을 갖추려 하는 적들을 오연하게 쓸어 보았다.

장개산이 사람들을 만검산장까지 밀어붙인 이유는 간단했다. 산장 안에 있는 본 병력을 조금이라도 빨리 불러내 무력을 자신에게 집중시키기 위해서였다. 그래야 빙소소가 파옥을 하고 포로로 잡힌 동료들로 하여금 무장을 시키기가 수월할 테니까.

사마외도들은 하나같이 방금 자신이 당한 일을 이해하지 못했다. 어떻게 백여 명이나 되는 사람을 기둥을 뽑아 홀로 밀어붙일 수 있단 말인가. 그런 인간이 존재할 수 있다는 애

기는 듣도 보도 못했다. 그제야 사마외도들은 천외천의 고수
가 삼강촌에 강림했음을 깨달았다.

하지만 적이 아무리 강하다 한들 안방을 내줄 수는 없었
다. 게다가 적은 혼자였다. 수십 명의 동료가 죽어나가도 그
중 한 명만 놈의 배에 칼을 쑤셔 넣으면 이 미친 싸움은 끝나
는 것이다. 피를 본 사마외도들은 광분하기 시작했다. 그때
였다.

"멈춰라!"

우렁우렁한 일갈과 함께 산장의 좌우 내원 쪽으로부터 일
단의 무리가 말을 달려 나왔다. 백여 명이나 되었을까? 하나
같이 은빛 비늘을 주렁주렁 매단 피갑에 장검으로 무장했는
데 바깥에서 만났던 기마인들과는 기세부터가 달랐다.

'드디어 나타났군.'

그들이 등장하자 장개산에게 떠밀려 산장 안까지 후퇴를
했던 사마외도들이 썰물처럼 갈라졌다. 그 사이로 일백의 기
마인이 달려와 장개산의 앞을 막아섰다.

잠시 후, 두령인 듯한 자가 또각또각 말을 몰아 다가왔다.
순간, 장개산은 터무니없이 거대한 사내의 체구에 할 말을 잃
었다.

전날 이곳에서 폭룡채의 녹림으로 위장한 칠척장신의 철
포와 일전을 겨룬 적이 있었다. 철포는 장개산이 여태 만나

본 사람들 중에 가장 컸다.

한데 눈앞에 나타난 사내는 그때 그 철포보다도 머리 하나는 더 컸다. 엄청난 덩치만큼이나 거대한 검을 허리에 찼는데 저 무게를 말이 버티고 있다는 게 불가사의할 지경이었다.

거한은 대여섯 장을 남겨두고 멈춰 서더니 먼저 장내를 굽어보았다. 바깥에서는 누군가가 산장 안으로 진입하기 위해 도끼로 정문을 부수고 있고, 일부는 정문의 좌우로 연결된 담장을 타고 넘어오는 중이었다.

거한의 얼굴이 참혹하게 일그러졌다. 그때 거한의 뒤쪽에 있던 자가 들것을 끌고 앞으로 가져왔다. 장개산이 잘 볼 수 있도록 한 것이다. 거한이 장개산에게 물었다.

"귀하가 한 짓인가?"

"선물이 제대로 전달되었군."

그 한마디로 장개산은 자신이 죽였다는 걸 시인했다.

"어디에서 온 누구인가?"

느닷없이 출현해 동생과 사형제들을 죽이고 삼강촌을 쑥대밭으로 만들었음에도 불구하고 주경학의 대응은 차분했다. 철포와는 달리 냉정한 두뇌의 소유자였다.

"내키지 않는걸."

"선택의 여지가 없을 텐데."

어차피 승부를 보아야 한다는 뜻이었다.

장개산은 대답 대신 등에 꽂아둔 참마검을 힘차게 뽑았다. 피를 잔뜩 머금어 붉게 변한 오 척의 참마검은 이제 섬뜩하다 못해 괴기스러울 지경이었다.

　만검산장의 입구에서 기둥을 뽑아 들기 전까지는 쉬지 않고 휘두르며 전진했기 때문에 지금처럼 검이 멈춘 상태로 있는 것은 처음이었다.

　덕분에 연무장에 운집한 사람들은 장개산의 검신에 새겨진 다섯 글자를 뒤늦게 발견했다. 음각된 글자를 따라 피가 고여 선명한 붉은색을 띠는 그것은 모두의 눈을 의심케 만들었다.

　"십만대적검……!"

　누군가의 입에서 가느다란 신음이 새어 나왔다.

　삽시간에 장내가 벌집을 건드린 것처럼 술렁이기 시작했다. 금화선부에서 이천여 명을 뚫고 달아났다는 괴력의 사내, 하지만 그는 도주하던 중 벽사룡에게 잡혀 창산 아래의 지저 빙호에서 목숨을 잃었다고 들었거늘 어찌하여 살아 돌아온 것인가.

　혹시 우연히 그의 검을 손에 넣은 가짜가 아닐까? 그러기엔 소문으로 돌던 말과 지금 그의 용모가 지나치게 흡사했다.

　육척장신에 돌덩이 같은 근육, 산악처럼 벌어진 어깨. 결정적으로 십만대적검이 아니라면 어떻게 그처럼 간단하게 기둥을 뽑아 휘두를 것이며 일백이나 되는 사람을 밀어붙일 수 있 겠는가.

틀림없다.

십만대적검이 죽지 않고 살아 돌아온 것이다.

그라면 백양문의 네 제자를 죽이고 삼강촌을 쑥대밭으로 만든 이유가 모두 설명이 된다. 풍문에 따르면 그는 북검맹의 맹도로서 활동할 당시 한 여자에 대한 복수를 위해 검을 들었 다가 종래에는 대망혈제회 전체를 상대로 선전포고를 했다고 한다. 그런 그가 대망혈제회의 서북 병참기지인 이곳 삼강촌 을 제물로 삼은 것은 너무나 당연한 일이었다.

여기까지가 사람들의 생각이었다.

주경학은 한 가지를 더 생각했다.

"벗들을 구출하러 왔군."

"그것도 이유지."

"가능할 거라고 보는가?"

"물론. 더불어 이곳도 접수하겠다."

"나를 너무 업신여기는군."

"한때는 유서 깊은 검문의 제자였다지?"

"지금도 백양문은 건재하다."

"영혼을 판 대가로 말이지."

장개산은 일부러 주경학을 자극해 시간을 끌었다. 높은 곳에 있는 사람들일수록 자존심을 건드리면 이성을 잃는 법이다. 이는 비범한 것과는 별개의 문제다. 한마디로 똑똑하고 자존심 센 자들의 약점인 것이다.

주경학은 눈동자를 착 가라앉혔다.

장개산은 벽사룡과도 자웅을 겨루던 초절정의 고수, 풍문으로 떠도는 일화들만 놓고 보면 그는 감히 자신이 상대할 수 있는 인물이 아니었다.

그러나 강호인으로 살면서 평생 자신보다 약한 사람들과만 싸울 수는 없다. 오히려 자신보다 강한 자들을 하나씩 쓰러뜨려 가면서 비로소 성장하고 명성을 떨친다. 세상 어느 무인이나 마찬가지다.

다만 지금의 경우는 격차가 너무 크다는 것이 문제일 뿐. 하지만 이조차 역으로 생각해 보면 천재일우의 기회일 수도 있었다. 그를 쓰러뜨리기만 하면 단번에 전 무림에 자신의 이름을 떨치고 나아가 백양문을 새로운 시대의 주역으로 만들 수 있을 것이다.

주경학은 오늘의 승부에 자신과 백양문의 운명을 걸기로 결심했다. 하지만 그는 일다경 전에도 누군가 똑같은 생각을 했다는 걸 알지 못했다.

그때였다.

쾅! 소리와 함께 정문이 벌컥 열리더니 바깥에 있던 사마외도들이 물밀듯이 밀려들어 왔다. 그들은 백양문의 고수들이 에워싼 가운데 장개산과 주경학이 팽팽하게 대치해 있는 것을 보고는 어리둥절한 표정을 지었다.

"승부가 끝날 때까지 아무도 나서지 마라!"

냉엄한 일갈과 함께 주경학이 허리춤에 꽂아둔 검을 힘차게 뽑아 들었다. 얼핏 보기에도 오 척은 족히 될 법한 대검이 위용을 드러냈다. 흥미롭게도 장개산의 것과 비슷한 크기의 참마검이었다.

하지만 장개산은 그때까지 들고 있던 자신의 참마검을 바닥에 힘차게 꽂고는 적수공권(赤手空拳)이 되었다. 상대가 병기를 뽑았는데 나는 오히려 손에 들린 병기조차 버린다? 이는 상대를 철저하게 무시하는 행동이었다.

"무슨 짓인가?"

"당신이 영혼을 팔고 얻은 무공이 얼마나 보잘것없는지 보여주겠다."

주경학의 얼굴이 시뻘게졌다. 그 어떤 순간에도 냉정함을 잃지 않던 그가 처음으로 사람들 앞에서 흥분한 모습을 보였다.

"끼럇!"

주경학이 박차를 가했다.

불과 대여섯 장의 거리임에도 불구하고 말은 순식간에 속도를 높였다. 흡사 무림인의 도약과도 같은 움직임. 눈 깜짝할 사이에 두 사람의 거리가 사라지더니 주경학의 참마검이 허공에서 섬광을 뿌리며 떨어졌다.

하지만 장개산은 이미 그 자리에 없었다. 한 걸음을 옮겨 뒤로 물러나는 것으로 주경학의 참마검을 가볍게 피해 버린 것이다.

저만치 달려 나가던 주경학은 급박하게 말 머리를 돌려 다시 달려왔다. 거대한 덩치의 그가 오 척에 달하는 참마검을 머리 위로 치켜든 채 달려오는 모습은 좌중을 압도하기에 충분했다.

지척에 이르는 순간, 주경학이 다시 한 번 참마검을 힘차게 휘둘렀다. 검신에서 한 자나 뻗어 나온 새파란 섬광은 분명 검기였다. 장개산의 머리 위로 벼락이라도 떨어지는 듯했다.

지켜보던 사람들은 주경학의 무예가 자신이 생각했던 것보다 훨씬 고강함에 속으로 적지 않게 놀랐다.

그때 믿을 수 없는 광경이 벌어졌다. 장개산은 너무나 간단하게 궤적을 피하더니 어깨로 달리는 말의 옆구리를 살짝 들이받아 버린 것이다. 별다른 힘을 준 것 같지도 않은데 말은 철퇴에 맞은 것처럼 튕겨 나갔다.

그사이 장개산의 우수는 참마검을 휘두르느라 상체를 잔뜩 숙인 주경학의 안쪽을 파고들어 멱살을 틀어쥐었다. 그 상태에서 아래로 힘차게 끌어 내렸다.

무얼 어떻게 해볼 틈도 없었다. 주경학은 한 번도 경험해 보지 못한 무지막지한 힘에 이끌려 아래로 곤두박질쳤다.

쿵!

땅이 흔들릴 정도의 충격과 함께 주경학은 땅바닥을 굴렀다. 등골이 짜르르 울리는 고통에도 불구하고 그는 벌떡 일어나며 장개산을 향해 참마검을 벼락처럼 휘둘러 갔다.

거대한 체구에 어울리지 않게 기민한 반격, 하지만 장개산은 한 발을 살짝 들어 올리는 것으로 그의 참마검을 또 한 번 간단하게 피해 버렸다.

연이은 실패에 광분한 주경학은 닥치는 대로 참마검을 휘두르며 장개산을 압박해 갔다. 발목을 베고, 옆구리를 베고, 어깨도 사선으로 베어보았지만 그때마다 장개산은 바람이라도 된 것처럼 이리저리 나부끼며 뒷걸음질을 쳤다.

무언가 크게 잘못되었다는 것을 알아차리는 순간, 장개산의 두 번째 반격이 시작되었다. 난무하는 참마검 사이로 주먹을 내뻗은 것이다.

뻐억!

둔중한 충격음과 함께 주경학의 고개가 팩 돌아갔다. 이가 우수수 튀어 나가고 턱이 빠져 버렸다. 입 주변이 피 칠갑이 된 것은 당연지사였다.

보통 사람이라면 정신을 잃고 쓰러졌어야 했지만 주경학은 그 와중에도 발작적으로 참마검을 휘둘렀다. 상대를 베지 못하면 자신이 죽을 걸 알기 때문이다.

그때 장개산은 주먹이 주경학의 하복부를 묵직하게 파고들었다. 묵직한 타격음과 함께 주경학의 상체가 고꾸라졌다.

장개산은 아래로 파고들어 정강이를 살짝 걷어찼다. 한순간 주경학의 신형이 허공에 떠오르자 목덜미와 허리춤을 양손으로 잡아 머리 위까지 번쩍 들어 올린 다음 땅바닥에 거꾸로 내리꽂았다.

빠악! 소리와 함께 주경학의 목이 비정상적인 각도로 꺾였다. 거대한 몸이 스르르 무너지더니 또다시 쿵! 소리를 내며 바닥에 대(大) 자로 널브러졌다.

주경학은 거대한 체구만큼이나 목숨 또한 질겼다. 턱이 빠지고 목뼈가 부러지는 와중에도 아직 숨이 끊어지지 않았는지 사지를 부르르 떨며 경련을 일으켰다.

하지만 승부는 이미 끝났다. 장개산은 바닥에 꽂아둔 자신의 참마검을 뽑아다 주경학의 목에 가져다 대고 말했다.

"지금부터 너희에게 죽은 사람들을 대신해 혈채를 받겠다. 내게 그럴 자격이 있는지는 훗날 염왕 앞에 불려가면 따져 보도록 하지."

참마검이 공중으로 치솟았다가 떨어졌다. 주경학은 한마

디 유언을 남길 사이도 없이 숨통이 끊어져 버렸다.

좌중이 찬물을 끼얹은 것처럼 조용해졌다. 백양문의 문주이자 삼강촌 병력 오백을 호령하던 주경학이 이토록 갑작스럽게 죽어버릴 줄이야. 게다가 적수공권인 상대에게.

사람들은 비로소 십만대적검이라는 이름이 지닌 무게를 실감했다. 그에 대해 떠도는 풍문은 하나도 거짓이 없었다. 아니, 오히려 풍문이 모자란 면이 있었다.

문제는 지금부터였다. 삼강촌 최강의 고수가 제대로 된 공방 한번 벌여보지 못하고 죽어버렸으니 누가 저 괴물을 상대할 것인가.

장개산은 넋 나간 표정을 짓고 있는 사마외도들을 서늘하게 쓸어보았다. 그 기세에 움찔 놀란 말과 사람들이 한순간 뒷걸음질을 쳤다.

"살려줄지도 모른다는 생각은 버려."

이 말이 지닌 의미는 명확했다. 살려줄 생각 따윈 눈곱만큼도 없으니 주저하지 말고 덤비라는 뜻이다. 아무리 강하다 한들 어느새 사백여 명으로 불어난 병력과 대치한 상태에서 한 사람이 할 수 있는 말은 아니었다.

그때, 사람들은 장개산의 눈동자에 어린 광기를 보았다. 그건 사람의 눈빛이 아니었다.

"십만대적검을 잡는 자 영웅이 되리라!"

주경학과 함께 말을 달려왔던 자들 중 하나가 외쳤다. 일갈에 실린 내공으로 보아 주경학 다음가는 백양문의 고수인 듯했다.

그가 외친 한마디는 당혹감에 어쩔 줄을 몰라 하던 사람들의 가슴에 불을 질렀다. 안 싸워도 죽고, 싸워도 죽는다. 그렇다면 싸우다 죽는 편이 낫지 않겠는가.

혼전을 틈타 누군가 놈의 등에 칼을 꽂을 수만 있다면 그는 영웅이 되고 나머지 사람들은 살 수가 있다.

"죽이자!"

"죽여 버리자!"

"와아!"

산장이 떠나갈 듯한 함성과 함께 벌 떼 같은 기세가 피어올랐다. 그 순간, 장원의 안쪽에서 또 다른 함성이 들려왔다.

"와아!"

암동에 갇혀 있던 백도무림의 포로들이 한꺼번에 쏟아져 나오고 있었다. 어디서 구했는지 저마다 병장기들을 꼬나 쥐고는 질풍처럼 달려오는데 그 기세가 예사롭지 않았다.

선두에 그들이 있었다. 협곡 아래에서 벌어진 숱한 생사결에도 끝까지 살아남았던 북검맹의 창랑사우였다.

느닷없는 포로들의 등장에 장개산을 향해 있던 사마외도들은 일제히 방향을 꺾어 달렸다. 장개산은 나중의 일이고 저들은 지금 당장의 문제였기 때문이다.

당황한 사백과 약이 오를 대로 올라 독기만 남은 이백의 무인이 하나로 뒤엉키며 격돌했다. 만검산장이 피비린내 나는 전장으로 변해 버린 건 시간문제였다.

"정문을 막아! 한 놈도 빠져나가선 안 돼!"

혼전 중에 남궁의 목소리가 울려 퍼졌다.

필시 누군가 여길 빠져나가 본대에 연락하는 걸 막기 위한 것일 게다. 다급한 와중에도 이후의 일을 걱정하는 걸 보니 역시 남궁휘답다는 생각이 들었다.

하지만 적들의 수가 워낙 많아 병력을 따로 빼 정문에 배치하기가 마땅치 않았다. 사정을 간파한 장개산이 신형을 쏘았다.

두어 번의 도약으로 순식간에 정문 앞에 떨어져 내린 장개산은 쑥대밭으로 변해가는 연무장을 쓸어보며 오연히 버티고 섰다. 정문은 이제 누구도 살아서 통과할 수 없는 절대 사지가 되어버렸다.

멀리서 남궁휘가 고개를 끄덕여 주었다. 그의 뒤에서 빙소소가 환하게 웃고 있었다. 그 미소를 보자 붉게 물들어 가던 장개산의 눈동자가 비소로 본래의 색을 되찾았다.

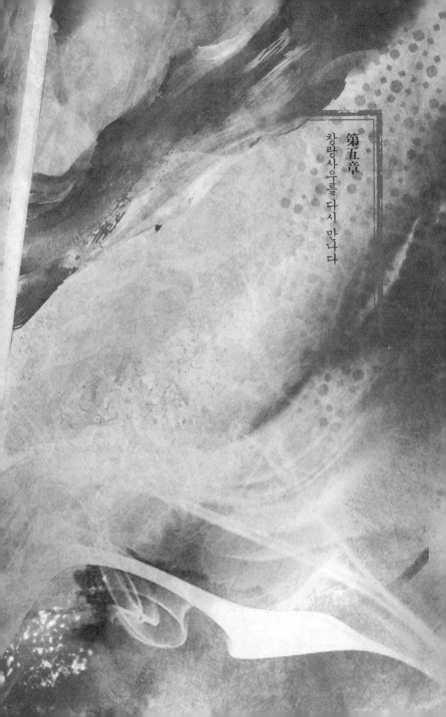

第五章

창랑사우를 다시 만나다

수세에 몰린 사마외도들이 만검산장 곳곳으로 흩어져 저항을 하는 바람에 전투는 밤이 깊도록 이어졌다.

놈들은 갑절이나 많은 병력을 지니고서도 죽기 살기로 싸우는 백도인들의 상대가 되질 못했다. 삼강촌 제일의 고수였던 주경학이 초반에 죽어버린 것이 결정적 타격이었다.

이후에도 장개산은 압도적인 무위를 발휘해 적진을 휩쓸었고, 공포에 질린 적들은 우왕좌왕하며 도망치다 백도인들이 휘두른 칼에 맞아 쓰러지기 일쑤였다.

자정이 가까워지자 전투가 끝날 조짐을 보였다. 막바지에 이를 무렵 장개산과 창랑사우 그리고 빙소소는 각자 한 명씩의 적을 쓰러뜨린 후 전장 한가운데 서서 비로소 서로를 응시했다. 얼굴이며 옷이 말이 아니었다. 아래로 늘어뜨린 검에서는 아직도 뜨거운 피가 뚝뚝 떨어져 내렸다.

"장개산, 이 자식……!"

설강도가 욕설을 뱉더니 갑자기 달려와 장개산을 부둥켜안았다. 남궁휘, 백건악, 적인명이 차례로 장개산에게 다가왔다.

"그만 떨어져."

장개산이 설강도를 억지로 밀어냈다. 그제야 설강도가 못 이기는 척 떨어졌다. 딴청을 피며 소매로 슬쩍 눈을 훔쳤지만 그의 눈동자에 어린 눈물을 보지 못한 사람은 없었다.

"어떻게 된 거야? 너희가 벽사룡에게 죽었다는 풍문이 도는 바람에 우린 까맣게 믿고 있었는데."

백건악이 장개산과 빙소소를 아우르며 물었다.

장개산이 빙소소를 돌아보았다. 그녀가 가만히 고개를 가로 저었다. 아직 설명을 해주지 못했다는 뜻이었다. 그렇기도 할 것이다. 한 사람이라도 더 구출하기 바쁜 터에 그동안 있었던 일을 설명할 시간이 있었겠는가.

"설명하려면 복잡해."

"아무튼 살아 있어줘서 고맙다."

남궁휘가 말했다.

"나도."

적인명이 덧붙였다.

두 사람 모두 가슴속 깊은 곳에서 우러나오는 말임을 느낄 수 있었다.

"한데 구양소문은 왜 안 보이는 거지?"

장개산이 물었다.

빙소소도 마침 물어보려 했다는 듯 창랑사우를 빤히 바라보았다. 남궁휘, 백건악, 설강도, 적인명의 표정이 갑자기 차갑게 굳었다.

장개산은 구양소문에게 무슨 일이 생겼음을 직감했다. 빙소소의 얼굴도 덩달아 하얘졌다. 그녀가 떨리는 음성으로 말했다.

"무슨… 일이에요?"

"소문은 죽었다."

남궁휘가 말했다.

"농담… 이죠? 그런 건 장난치는 게 아니에요."

"지하의 비밀통로를 통해 금화선부를 빠져나올 때 천장이 무너졌다. 다른 사람들은 가까스로 횡액을 면했는데 가장 뒤에서 따라오던 소문과 강도가 바위에 깔렸어. 곧 동굴 전체가 무너질 것 같은 상황이었는데 소문이 바위를 들어 올려 강도와 우리를 구한 다음 혼자 죽었다."

얼어붙어 버린 빙소소의 눈에서 굵은 눈물이 주르륵 흘러 내렸다. 흑풍조의 조원이 되고 난 이후 창랑사우는 빙소소에게 죽은 오라버니 대신이었다. 특히 구양소문은 빙소소의 말이라면 무조건 다 들어줄 정도로 잘 대해주었다.

한번은 대련 중에 실수를 하다 백건악에게 크게 혼이 난 적 있었다. 그러자 구양소문이 백건악에게 크게 화를 내며 그러는 네놈은 얼마나 잘하는지 보자며 결투를 신청한 일도 있었다.

지난 일들이 주마등처럼 스쳐 가며 빙소소는 오래도록 눈물을 멈추지 못했다.

빙소소만큼은 아니었지만 장개산 역시 슬픔을 억누르기 힘들었다. 짧은 시간이었지만 함께 생사를 오가면서 정이 깊이 든 녀석이었는데, 두고두고 친해지고 싶은 녀석이었는데.

"천장이 그냥 무너진 게 아니지?"

장개산이 물었다.

남궁휘가 어리둥절한 표정을 지었다.

"폭탄 맞지?"

"그걸 네가 어떻게……."

남궁휘가 되물었다.

장개산은 금화선부에서 싸움이 막바지에 이르렀을 무렵

벽사룡이 했던 말을 똑똑히 기억하고 있었다.

"토저(土猪)라는 놈이 있다. 인육을 먹여 키운 놈인데 십 리 밖에서 나는 사람 냄새도 귀신같이 맡고 달려가 물어뜯지. 하지만 아무리 토저라고 해도 무인을 당할 수는 없을 거야. 해서 놈의 몸에 폭약을 묶어 심지에 불을 붙인 다음 동혈로 들여보냈다. 어린아이 주먹처럼 작은 폭약인데 어지간한 전각채 하나쯤은 그냥 날려 버리지."

구양소문은 벽사룡이 죽었다.

'벽사룡, 넌 내 손에 죽는다.'

장개산은 아직도 눈물을 흘리고 있는 빙소소를 가만히 끌어안았다. 빙소소 역시 장개산의 품에 안겨 눈물을 흘렸다. 장개산이 큼지막한 손으로 빙소소의 머리카락을 가만히 쓸어 주었다.

구양소문의 죽음에 대한 슬픔과는 별개로 네 사람은 느닷없는 그림에 어안이 벙벙했다. 이건 마치 장래를 약속한 연인 같지 않은가. 할 말도 잊은 채 두 사람을 번갈아 보기를 한참, 사람들의 시선을 느낀 빙소소가 눈물을 훔치며 장개산의 품에서 벗어났다.

"너흰 어쩌다가 여기에 잡혀 있는 거야? 북검맹으로 곧장 달려갈 줄 알았는데."

장개산이 물었다.

"북검맹으로 향하는 중에 계속해서 문제가 생겼다."

남궁휘가 말했다.

구양소문은 죽었지만 설강도가 살아 있으니 그들은 여전히 네 명이었고, 그래서 창랑사우였다. 이어지는 남궁휘의 말은 창랑사우의 성품이 어떠한지를 알 수 있게 했다.

금화선부를 나온 후 창랑사우는 섬서무림인들을 비롯해 홍쌍표, 양각노호 등과 헤어져 곧장 북검맹으로 향했다. 그러다 대륙 곳곳에 산재해 있는 무림방파들이 정체를 알 수 없는 사마외도의 무리로부터 동시다발적인 공격을 받고 있다는 소식을 들었다.

북검맹도 예외일 수 없었다. 북검맹엔 적지 않은 병력과 세상을 떨어 울리는 고수가 즐비했다. 무엇보다 놈들의 발호에 대비해 오랫동안 준비를 해왔다.

남궁휘는 북검맹이 충분히 버텨주는 것은 물론, 오히려 놈들을 일망타진하며 금화선부를 향해 동진해 올 거라고 생각했다.

그러나 중소방파들은 달랐다. 평소 입으로만 협의를 외치는 문파들은 깜짝 놀란 나머지 백기투항을 하고 앞다투어 대망혈제회에 충성을 맹세했다는 소문이 들려왔다.

당연하게도 모두가 그런 것은 아니었다. 강호엔 비록 규모는 작지만 악을 원수처럼 미워하고 죽음을 불사하면서까지 협의를 행하는 강골의 문파들도 적지 않았다.

순양(旬陽)의 상선문(上仙門)이 그랬고, 홍산(興山)의 일도문(一刀門)이 그랬다. 그들은 선조들이 피와 땀으로 일군 터전을 사마외도의 피로 더럽힐 수 없다며 끝까지 항전했다. 그러다 몰살에 가까운 참화를 당하고 수대를 이어온 무맥마저 끊어질 위기에 처했다는 소식이 들려왔다.

새로운 무공이 탄생해 뿌리를 내리고 독자적인 하나의 무맥으로 인정받기까지는 오랜 세월이 걸린다. 그런 무맥 하나하나가 의로운 무인을 배출해 내는 강호무림의 재산이다. 백도무림은 그렇게 해서 만들어진다.

창랑사우는 행로를 변경, 일행과 함께 순양으로 달려가서 사마외도들의 추격을 피해 도주하고 있다는 상선문의 후예들을 구출했다. 그런 다음엔 홍산으로 가서 일도문의 제자들을 구했다.

그 와중에도 계속해서 위기에 처한 문파들과 협객들의 소식이 들려왔다. 조금만 돌아가면 되는 상황에서 도저히 모른 척할 수가 없었다.

하루에만도 수백 리를 달리며 대여섯 번의 크고 작은 전투를 치르다 보니 체력은 급속도로 고갈되고 시간은 어느새 보름을 훌쩍 넘겨 버렸다.

"그때 북검맹과 남악련이 모두 패했다는 소식을 들었다. 처음엔 우리의 귀를 의심했어. 대망혈제회의 세력이 대단한 것은 알겠지만 도무지 이해가 되질 않았거든. 북검맹에도 사람이 있는데 어떻게……."

하지만 소문은 사실이었다. 벽사룡이 이끄는 십만의 대병력이 대륙 곳곳으로 흩어져 북검맹과 남악련의 패잔병들을 추격하고 있다는 소식도 들려왔다. 심지어 사마외도들을 죽이고 위기에 처한 백도무림인들을 구하고 다니던 자신들의 목에는 엄청난 금액의 현상금까지 걸려 있었다.

창랑사우는 갈 곳을 잃었다. 북검맹이, 그 많은 사람이 공중분해되어 버렸다는데 어디로 갈 것인가.

"그러다 만검산장에 백도무림인 상당수가 포로로 잡혀 있다는 소식을 들었다. 그들 중에는 어찌 된 영문인지 운대산에서 헤어진 용두방주님과 양각노호 선배까지 포로로 잡혀 있다는 말이 있었어."

"……!"

"그냥 지나칠 수가 없었어. 그래서 건악과 작전을 짜서 놈들의 병력 중 삼 할을 바깥으로 유인해 낸 다음 침투했는데 그만 우리까지 포로로 사로잡히고 말았지."

"두 분은?"

"우리를 잡기 위해 놈들이 흘린 역정보였다. 보기 좋게 당한 거지."

"모두 내 탓이야. 입이 열 개라도 할 말이 없다."

백건악이 풀죽은 목소리로 말했다.

"네 탓이 아니야. 두 분 노사께서 안 계셨어도 우리는 다른 사람들을 구출하기 위해 침투했을 거야. 너 역시 함정일 수도 있다는 경고를 수차례 하면서 작전을 짰잖아. 그만하면 넌 최선을 다했어. 나머진 조장인 내 역량이 모자란 탓이지."

남궁휘가 백건악을 돌아보며 말했다.

"그건 전혀 위로가 되지 않아. 놈들의 수를 읽어 최악의 상황을 최선의 상황으로 만드는 게 군사의 역할이야. 부끄럽지만 난 주경학에게 졌어."

백건악에겐 이것이 첫 번째 실수였다.

지난날 장개산이 금화선부를 공격할 당시 방식을 두고 수차례 대립각을 세운 적이 있다. 결과적으로 보았을 때 모두 성공한 셈이었지만 그건 장개산의 저돌적인 추진력과 비정상적인 힘 때문이었지, 결코 백건악의 판단이 틀려서가 아니었다. 하지만 주경학과의 대결은 달랐다. 그건 명백한 백건악의 실수였다.

"이렇게 멋지게 복수를 했잖아요."

빙소소가 말했다.

"이후 두 분에 대한 소식은 들은 거 없어?"

장개산이 다시 물었다.

홍쌍표와 양각노호를 말함이었다. 불과 이틀 밤을 함께 보낸 사이였지만 생사의 갈림길을 함께해서인지 장개산에겐 무척 특별하게 느껴졌다. 특히 양각노호는 비록 한 지붕 아래에서 밥을 먹지 않았을지언정 무공을 전해준 사부나 다름없는 사람이었다.

"아무것도. 하지만 살아계신 것만은 분명해."

설강도가 말했다.

"그걸 어떻게 알지?"

"용두방주가 어떤 사람이야? 십만 개방도를 이끈다는 거물이잖아. 그런 사람이 잡혔다면 금방 소문이 났겠지. 하지만 용두방주께서 잡혔다는 소식은 들은 바가 없어. 양각노사는 더 말할 게 없지. 그 노인네가 어디 잡히고 말고 할 위인이야?"

용두방주까지는 모르지만 양각노사는 확실히 그렇다. 금화선부를 제집처럼 드나든 그를, 수십 년을 활동하는 동안 얼

굴조차 아는 이가 없을 정도로 신출귀몰한 대도를 누가 잡을
수 있겠는가. 그러다 문득 이상한 생각이 들었다.

"암동에 갇혀 있으면서 바깥소식을 어떻게 알 수 있었지?"

"그거야 간단하지. 첫 번째로는 신입이 잡혀올 때마다 최
신의 바깥소식에 대해 물었고, 두 번째로는 밤마다 간수들이
노닥거리는 얘기를 잠도 안 자고 들었어. 하다못해 산동의 이
름 없는 문주가 어떤 놈이 휘두른 철퇴에 맞아 머리통이 깨져
죽었다는 것까지 떠벌거리는 놈들이 용두방주의 죽음에 대해
입을 다물었을라고."

장개산은 북검맹의 뇌옥에서 처음 설강도를 만났을 때가
생각났다. 그때도 녀석은 그랬다. 어떤 상황에서도 갖은 요령
을 동원해 살길을 궁리하는 녀석이 바로 설강도다.

"제법인걸."

"내가 누구야. 앉아서 천 리, 서서 삼천 리를 보는 사람이
야. 건악이처럼 앉아서 머리만 쓰는 녀석들이랑은 질적으로
다르지."

설강도의 허풍을 듣고 있으려니 비로소 창랑사우를 만났
다는 게 실감났다. 더불어 두 분이 아직 생존해 있다는 사실
이 반가웠다.

"똑같은 이유로 맹주님과 대부분의 장로님들도 생존해 계
신다고 확신할 수 있어. 포검문주님도 마찬가지고 말이야."

설강도가 말미에 빙소소를 돌아보았다.

아버지와 사문에 대한 걱정이 태산 같던 빙소소는 설강도의 한마디에 눈을 번쩍 떴다.

"정말 그렇게 생각하세요?"

"확실해. 내 직감을 한번 믿어봐."

구양소문의 죽음에 슬퍼하던 빙소소의 얼굴이 그제야 조금은 환해졌다. 나쁜 소식을 먼저 듣고 후에 좋은 소식을 들어서일 게다.

"뿐만이 아니야. 내가 뭘 알아냈는지 알아?"

미끼를 던져 놓고 설강도는 뭐가 그리 좋은지 씬득씬득 웃었다. 이미 서로 얘기가 된 모양인지 남궁휘와 백건악도 모처럼 입가에 미소를 지었다. 좀처럼 감정을 드러내는 법이 없는 적인명 조차도 이번만큼은 상기된 표정을 감추지 못했다.

"뭔데 그래요?"

빙소소가 물었다.

"천검문(千劍門)을 기억해?"

"장난해요? 선배의 사문이잖아요."

"열흘 전, 천검문의 설인옥 문주께서 이끄는 생존자들을 추격해 광동성으로 들어간 대망혈제회의 병력 일천이 떼 몰살을 당했어. 더 신나는 건 급보를 듣고 달려간 지원 병력 삼천이 또다시 전멸을 당해 버렸다는 거야. 놈들이 수군거리는 말로는 단 한 명도 살아 돌아오지 못했다는군. 불과 사흘 만에 광동성에서만 사마외도 사천이 몰살을 당한 거야. 전쟁이 발발한 후 백도무림인들이 거둔 사실상 최초의 승전이자 대망혈제회 놈들에게는 첫 패전인 셈이지."

"그게… 무슨 뜻이죠?"

"알다시피 천검문의 문도는 모두 합해 봐야 이백이 채 안 돼. 전쟁이 발발할 당시 천검문이라고 횡액을 면했을 리 없으니 숫자는 절반으로 줄었겠지. 그런데 어떻게 사천 명이나 되는 병력을 궤멸할 수 있었을까? 천검문주의 용병술이 뛰어나서? 천만에, 내가 잘 아는데 우리 아버지는 그 방면에 젬병이야."

"그럼요?"

"사천이나 되는 병력을 궤멸하려면 적지 않은 병력이 필요해. 그만한 병력을 가지고도 놈들의 눈에 띄지 않고 기습전을 펼치려면 최고의 용병술도 필요하고. 한마디로 병력과 인재가 모두 필요하지. 그리고 그런 무력을 지닌 곳은 내가 아는 한 두 곳밖에 없었어. 그중 하나는 이미 궤멸되었으니 남은 건 이제 한 곳밖에 없지."

"그만 괴롭히고 시원하게 말해줘요. 안 그럼 다시는 선배와 말을 섞지 않을 거예요."

"북검맹은 궤멸된 게 아니야. 먹구름이 몰려오자 소나기를 피해 뿔뿔이 흩어졌다가 안전한 곳에서 다시 집결한 거지. 그곳이 어디냐면⋯⋯."

"광동성 밀림지대!"

장개산이 말했다.

"역시 눈치가 빠르군."

설강도가 흡족해하며 웃었다.

"건악, 네 생각을 듣고 싶다."

장개산이 다시 백건악을 돌아보며 물었다. 설강도가 저 정도의 소식을 들었다면 백건악은 녀석이 들은 단편적인 소식들을 분석하고 조합해 더 많은 것을 유추해 낼 수 있을 거라고 판단했기 때문이다. 장개산의 예상은 적중했다.

"나도 강도와 생각이 같아."

"왜 처음부터 맞서지 않은 거지?"

"앞산 뒷산 재 너머 산까지 모두 산불이 났는데 무슨 수로 당하겠어? 동시다발적으로 일어난 산불을 끄는 방법은 하나밖에 없어. 그 산불이 하나로 모아질 때까지 기다리는 것."

"광동성 밀림지대를 집결지로 선택한 건?"

"놈들은 금화선부와 상계의 강력한 지원 덕분에 일개 졸자들까지도 말을 타고 대륙을 휩쓸고 있어. 십만이라는 병력은 결코 작은 숫자가 아니지만 대륙 전역에 산개한 백도문파들을 동시에 모두 제압하기에는 턱없이 부족하지. 그래서 기동력을 높이기 위한 수단으로 말을 선택한 거야. 그리고 말은 밀림에서 무용지물이지."

"놈들이 그렇게 서두르는 이유는?"

"속전속결이 아니면 절대로 이길 수 없으니까. 초반에 백도무림인들을 일망타진하지 않으면 전쟁은 장기전으로 갈 수밖에 없어. 그러다 보면 반드시 영웅들이 나타나고, 흩어져 있던 사람들은 그 영웅들을 중심으로 다시 뭉쳐 반격을 하게 되겠지. 그리고 백도무림에는 그 어떤 상황에서도 기개를 잃지 않을 강골의 영웅들이 구름처럼 많아. 놈들은 그걸 누구보다 잘 알고 있어. 자신들이 그렇게 해서 살아남았으니까."

백건악은 삼십 년 전 상왕이 전 무림을 동원해 장장 십 년에 걸쳐 사마외도들을 사냥했던 일을 말하고 있었다. 상황만 바뀌었을 뿐 그때와 똑같다.

청화부인은 상왕의 실패를 되풀이 하지 않기 위해 초반에 모든 무력을 집중하고 있는 것이다. 사마외도들이 대륙 곳곳에서 동시다발적으로 일어난 것도 그 때문이다.

더 놀라운 것은 북검맹이 이렇게 전개될 걸 알고 있었다는 점이었다. 그래서 패해 달아나는 척하면서 소나기를 피한 다음 반격을 시작한 것이다.

일세란 이런 것이다. 겉으로 보기에는 무력하고 아무것도 하지 않는 것 같아도 일단 움직이면 한 사람의 천재로는 감당할 수 없는 잠력을 뿜어내는 것. 그게 바로 연맹이고 집단이다.

장개산은 놀라움을 금치 못했다. 더불어 저 깊은 곳에서부터 무언가 뜨거운 것이 복받쳐 올라오는 걸 느꼈다. 백도무림은 아직 패하지 않았다.

싸움은 이제부터였다.

그때, 촉도로 달아나는 적들을 추격해 갔던 단금도가 남악련의 무인들과 함께 돌아왔다.

"도주하는 자는 모두 처치했고, 전투가 발발한 이후 삼강촌을 떠난 전서구 역시 단 한 마리도 없습니다. 삼강촌의 입구와 출구 모두에 병력을 배치해 두었으니 일단은 오늘 밤 이곳에서 일어났던 일이 외부로 알려질 염려는 없습니다. 하지만 오래가지는 않을 겁니다."

단금도가 말했다.

삼강촌에서 전투가 일어났다는 소식이 들릴 경우 근동에 퍼져 있는 대망혈제회의 힘이 이곳에 집중될 수도 있었다. 그걸 막기 위해 단금도는 단 한 명의 적도 놓치지 않았다. 큰 지도자의 수업을 받으며 자란 사람답게 그는 상황을 보고 판단하는 능력이 뛰어났다.

"고생하셨습니다."

"그리고……."

단금도가 뒤를 돌아보며 고개를 끄덕였다.

남악련도로 보이는 자들이 한 사람을 거칠게 끌어다 장개산의 앞에 강제로 무릎을 꿇렸다. 마흔 살이나 되었을까? 얼마나 얻어터졌는지 몰골이 말이 아니었다. 눈은 퉁퉁 부어 뜬 건지 감은 건지 알 수가 없고, 이는 모조리 터져 나갔으며 귀는 반쯤 찢어진 채로 달랑달랑 매달려 있었다.

"이자가 할 말이 있답니다."

단금도가 말했다.

장개산이 고개를 꺾어 사내를 바라보았다.

사내 역시 고개를 쳐들고 장개산을 노려보았다. 끝까지 의연한 모습을 잃지 않으려고 애쓰는 모습이 역력했다. 하지만 그건 역설적으로 그가 겁에 질렸음을 말해주었다. 겁에 질린 눈동자 속에서 장개산은 뭔가 이질적인 것을 읽었다.

"나를 아는군."

"금화선부에서 보았소."

"금화선부의 사람인가?"

"그렇소."

"그곳에선 뭘 했지?"

"금수왕(禽獸王), 그게 내 별호요."

무슨 일을 했냐고 물었는데 자신의 별호를 말한다. 마치 그게 자신이 한 일을 말해주기라도 하듯. 아니나 다를까, 백건악이 단번에 알아차렸다.

"금수왕 공손술?"

"아는 사람이야?"

장개산이 백건악을 돌아보며 물었다.

"말 그대로 날짐승과 길짐승을 조련하는 데 관한 한 최고의 솜씨를 지닌 인간이야. 토저도 저 인간의 솜씨일걸."

설강도가 대번에 검을 뽑아 들고 달려왔다.

저자가 조련한 토저 때문에 구양소문이 죽었기 때문이다. 적인명이 번개처럼 달려가 설강도의 마혈을 짚지 않았다면 공손술의 목은 떨어지고 말았으리라. 설강도는 반쯤 달려오다가 그대로 적인명의 품에 쓰러져 버렸다.

"죽고 싶어! 어서 풀어주지 못해!"

설강도가 고래고래 고함을 지르자 적인명은 아혈까지 짚어 입을 막아버렸다. 끕! 소리와 함께 설강도는 그대로 뻣뻣한 통나무가 되어버렸다. 장개산은 적인명을 향해 가볍게 고개를 끄덕이고는 다시 공손술을 돌아보며 물었다.

"이곳에선 뭘 했지?"

"전서구를 통해 인근에서 일어나는 모든 일들을 상부에 보고하고 전달했소. 삼강촌은 병참기지이기도 하지만 진령을 중심으로 이남과 이북 사이의 연락을 담당하는 곳이기도 하오."

세상에 일방적으로 전달만 하는 정보란 없다.

전시엔 더더욱 그러했다.

전서구를 담당했던 자라면 대륙 전역에서 대망혈제회가 벌이고 있는 사정에도 정통할 것이다.

"내게 하고 싶다는 말은?"

이것만큼은 그리 간단한 문제가 아닌 듯 사내는 주저했다. 뒤쪽에 있던 남악련도 하나가 비호처럼 날아와 사내의 등을 발로 가격했다. 퍽 소리와 함께 앞으로 고꾸라진 사내가 벌떡 일어나며 말했다.

"목숨을 보장해 준다고 약속부터 해주시오!"

"당신의 입에서 나오는 게 그만한 가치가 있다면."

"분명 가치가 있을 것이오."

"그건 내가 결정한다."

"북검맹은 궤멸하지 않았소."

곁에 있던 창랑사우와 빙소소가 빙그레 웃었다. 이런 반응이 뜻밖인 듯 사내가 어리둥절한 표정을 지었다.

"그게 전부라면 당신은 살 수 없다."

"그들은 광동성 밀림에 집결해 있소."

모두 아무렇지도 않은 척했지만 속으로는 적지 않게 놀라고 있었다. 단지 추측에 불과했던 설강도와 백건악의 예상이 사실이라는 걸 확인하는 순간이었기 때문이다.

"더 들을 얘기가 없을 것 같군."

장개산이 시선을 거두고 돌아섰다.

뭐가 어떻게 돌아가는 건지 모르는 사내는 멍하니 주변 사람들만 돌아보았다. 단금도가 눈짓을 했고, 남악련도가 다가와 사내의 뒷덜미를 한 손으로 지그시 눌렀다. 높이 치켜든 다른 한 손에는 대도가 들려 있었다. 단칼에 뒷목을 쳐 죽이려는 것이다.

놀란 사내가 다급하게 외쳤다.

"하지만 곧 전멸할 것이오."

장개산이 걸음을 멈추고 뒤를 돌아보았다.

단금도가 남악련도를 향해 눈짓을 했고, 남악련도가 사내를 놓아준 후 다시 두어 걸음을 물러났다. 사내의 입이 재빠르게 터졌다.

"대망혈제회의 대대적인 반격이 있을 것이오. 보고에 따르면 염마천주께서 강남에서 활동하고 있는 모든 병력에게 광동성으로 집결하라는 명령을 내렸다고 하더이다. 또한 염마천주께서도 친히 일만의 병력을 이끌고 광동성으로 진격 중이시라고 들었소. 한 줌도 안 되는 북검맹의 병력으로는 절대 그들을 이길 수가 없소."

대륙의 모든 문파를 격파한다고 해도 북검맹이 건재하는 한 대망혈제회는 무림을 일통할 수 없다. 벽사룡은 광동성에서 무림의 운명을 가르는 최후의 일전을 치르려는 것이다.

"그 소식을 들은 게 언제지?"

"닷새 전이오."

"닷새 전이면 지금쯤 상당수 병력이 광동성으로 들어갔을 거야. 어쩌면 선두의 병력과 접전이 벌어졌을 수도 있고."

남궁휘가 말했다.

"집결지가 어디지?"

장개산이 다시 공손술에게 물었다.

"그건 나도 모르오. 다만 북검맹의 생존자들이 도주하고 있는 방향이 사실은 그들의 무덤이 될 거라는 얘기를 들었소. 미루어 짐작하건대, 천라지망이 단순히 포위망을 좁혀가는 게 아니라, 북검맹의 생존자들을 모종의 장소로 몰아가고 있는 듯했소."

"그곳도 모른다고 할 텐가?"

"난 전서구를 취급하는 사람일 뿐이오. 그런 고급 정보에 까지 접근할 수 있을 리 없지 않소. 그나마 지금까지 얘기해 준 것도 전서를 필사해 여러 곳으로 날리는 과정에서 알아낸 것이외다."

공손술은 거짓말을 하고 있지 않았다. 두려움에 떠는 와중에도 한 치의 흔들림도 없는 눈빛이 그것을 말해주고 있었다.

장개산이 백건악을 돌아보았다. 뭔가 알아낼 방법이 없겠냐는 듯. 백건악은 무거운 표정으로 고개를 가로저었다.

그때 삼강촌의 여곽을 살피러 갔던 백미랑이 만검산장의 무인들과 함께 돌아왔다. 그들은 두 개의 포대를 밧줄에 묶어 양쪽에 나눠 실은 전마 한 필을 끌고 왔다.

"보셔야 할 게 있어요."

백미랑이 만검산장의 무인을 향해 고개를 끄덕이자, 그가 전마의 잔등에 실린 포대 하나를 잘라 장개산과 창랑사우 앞으로 가져다 놓았다.

빙소소가 포대의 입구를 동여맨 줄을 풀었다. 그러자 이번엔 검은 가죽으로 만든 자루가 모습을 드러냈다. 쌀을 가죽자루에 담을 이유는 없었다. 포대까지 씌워 이중으로 포장할 이유는 더더욱 없었다.

빙소소가 이번엔 비수를 뽑아 가죽부대를 순식간에 아래로 그었다. 그러자 향긋한 냄새와 누르스름한 액체가 걸죽하게 흘러내렸다.

"이건⋯⋯!"

가죽부대에 담긴 것은 어유(魚油)였다. 금화선부에서 혈사가 벌어졌을 창월루에 갇힌 백도무림인들을 향해 놈들이 화공을 퍼부을 때 썼던 바로 그 기름. 발화점이 높고 꿀처럼 끈적거리기 때문에 한번 달라붙으면 좀처럼 떨어지지를 않는 저 기름 때문에 하마터면 창월루가 통째로 불바다가 될 뻔했었다.

"이백여 필의 말에 모두 이런 기름이 실려 있었어요. 이유는 모르겠지만 놈들은 이걸 전선으로 운반하려 했던 것 같아요."

백미랑이 말했다.

여러 가지 정황으로 미루어 볼 때 놈들은 이것을 광동성으로 가져가려고 했음이 분명했다.

"화공을 펼칠 작정이었을까요?"

빙소소가 말했다.

"놈들은 이미 십만에 가까운 병력이 있어. 절반으로 뚝 잘라 오만 명이 강남에 있었다고 치자. 그놈들이 불화살을 한 대씩만 쏘아도 어지간한 산 하나는 일다경 안에 화로로 만들어 버릴 거야. 지금 시점에서 화공은 놈들이 전투를 치르는 와중에 현장에서 유불리를 따져 즉흥적으로 취할 수 있는 선택이지 필수가 아냐. 그런데 총공격을 앞두고 금화선부에서부터 이만한 양의 기름을 운반해서까지 화공을 펼친다고? 그건 말이 안 돼."

남궁휘가 말했다.

"내 생각도 같아."

백건악이 남궁휘의 말에 힘을 실어주었다.

병법으로 보자면 빈틈이 없는 내용이었지만 두 사람은 한

가지를 간과하고 있었다.

"남만의 밀림은 중원의 숲과 다를 수 있어."

장개산이 말했다.

"……?"

"중원에서야 지금은 초목이 마르는 계절이지만 남만은 여전히 초목이 자라고 나무는 푸르지. 게다가 광동성이라면 열흘에 한 번 정도는 꼭 비가 내리고. 한 번 내린 비는 두껍게 쌓인 낙엽으로 말미암아 어지간해선 숲이 마르지 않아. 하지만 기름을 뿌리면 얘기가 달라."

백건악이 그럴듯한지 고개를 끄덕였다.

"그렇다면 이걸 어디로 가져가려 했는지 알면 놈들이 결전을 치르려던 장소를 알 수 있겠군. 더불어 그곳에 북검맹의 생존자들이 있고 말이지."

남궁휘가 상황을 정리했다.

북검맹과 남악련의 생존자들이 있는 곳을 알 수 있다는 생각에 사람들은 가슴이 벅차올랐다. 하지만 어떻게 그 장소를 알 수 있을 것인가.

"간단한 걸 뭘 고민해? 백 장주, 살아 있는 놈이 몇 명이나 되오. 그놈들 죄다 끌고 와보시오. 주둥이를 벌려 기름을 퍼부은 다음 횃불을 갖다 대면 제깟 놈들이 입을 안 열고 배기겠소?"

어느새 혈도가 풀린 설강도가 말했다.

"이미 물고를 내봤습니다."

"그랬더니?"

"아는 자가 없었어요. 심지어 운반자들까지 어디로 가져가는지조차 모르고 있었습니다. 놈들의 말이 운반자들을 이끄는 당주라는 인물만이 장소를 알 수 있을 거라고 했는데……."

"그놈은 어디 있소? 그놈을 잡아오면 되지 않소."

"지금 설 공자의 발아래……."

설강도의 발아래 한 사람이 두 눈을 부릅뜬 채 죽어 있었다. 몸에는 아랫배에서 시작해 왼쪽 어깨로 빠져나가는 번개 같은 검흔이 새겨져 있었는데, 아직도 식지 않은 피가 흘러내렸다.

"사혼구검(死魂九劍)의 검흔이군."

여태 지켜보기만 하던 적인명이 말했다.

그는 말수가 적었지만 대신 한마디를 하면 언제나 모두의 시선을 집중시키는 힘이 있었다. 지금도 그랬다. 당황한 설강도는 혀로 입술을 핥았다. 혼전 중에 닥치는 대로 베어 넘겼더니 하필이면 그렇게 중요한 인물이었을 줄이야.

사람들은 침묵에 잠겼다.

이렇게 되면 모든 걸 다시 원점에서 생각해야 한다. 속칭 남만이라 부르는 광동성은 대륙의 최남단에 붙은 지방으로 성(省) 전체가 광활한 밀림지대였다.

강남에 있는 병력은 모두 집결하라는 명령을 내렸다고 하니 최소 오만은 될 것이다. 오만이라도 해도 엄청난 숫자지만 일단 밀림이 집어삼켜 버리고 나면 어디에 있는지 종잡을 수가 없게 된다.

중원처럼 평지마다 마을이 있고 도시가 있다면 소문이라도 나겠지만, 밀림 속 깊은 곳에서 부족 단위로 살아가는 유령 같은 남만인들에게서는 그마저도 기대하기 어려웠다.

물론 찾으려고 하면 찾을 수는 있다. 아무리 밀림이 광활하다고 해도 오만이라는 병력은 결코 작은 숫자가 아니니까. 분명 소문도 나게 될 것이다. 문제는 시간이 지나치게 오래 걸린다는 점이다. 소문이 나돌 때쯤이면 이미 전쟁이 끝난 이후일 것이다.

뾰족한 방법이 없는 상태에서 사람들은 너 나 할 것 없이 서로의 얼굴만 바라보았다. 누구라도 이 난국을 타개할 수 있는 비책을 내놓아주길 바라면서. 그때 한참 장고에 잠겨 있던 장개산의 입에서 나직한 한마디가 흘러나왔다.

"건악, 네가 고립된 삼천 병력의 운명을 짊어진 군사(軍師)라면 어떻게 하겠어?"

"상대의 숫자가 압도적으로 많을 경우 전투의 첫 번째 원칙은 보다 유리한 위치를 점하는 거야. 다음엔 퇴로를 확보하고, 마지막으로 병사들의 사기를 드높이는 거지.”

“유리한 위치란 무얼 말하지?”

“은, 엄폐물이 충분한 곳, 화살을 상대보다 멀리 쏘아 보낼 수 있는 곳, 백병전이 벌어졌을 때 위에서 아래로 공격할 수 있는 곳. 야전이라면 바위가 많은 고지대가 그런 경우에 해당하지.”

“만약 고지대가 계속해서 이어진다면?”

“금상첨화지. 무엇보다 밀림 속에 숨어 움직이는 적의 동선과 위치를 고지대에서는 쉽게 파악할 수 있지. 적의 움직임을 알면 내가 취할 수 있는 작전의 폭은 당연히 넓어질 수밖에 없고.”

“반면 말을 탄 적들은 기동성이 떨어질 테고, 결국엔 말을 버릴 수밖에 없겠지? 그때가 되면 기습과 도주를 번갈아하며 장기전으로 이끌 수 있겠군.”

“하지만 그런 지형을 만나기란 쉬운 일이 아니지.”

“남만에 그런 곳이 한 곳 있어.”

“……?”

백건악의 동공이 차갑게 좁혀졌다.

사람들은 숨을 죽이고 장개산의 입을 주시했다.

“사철 울창한 밀림으로 뒤덮여 있으며 인간의 접근을 불허

하는 수천 개의 험준한 봉우리가 하늘을 향해 찌를 듯이 솟아 있는 산……."

"십만대산(十万大山)……!"

설강도의 입에서 나직한 신음이 흘러나왔다. 광서성 출신답게 그가 가장 먼저 장개산이 말한 산을 알아차린 것이다.

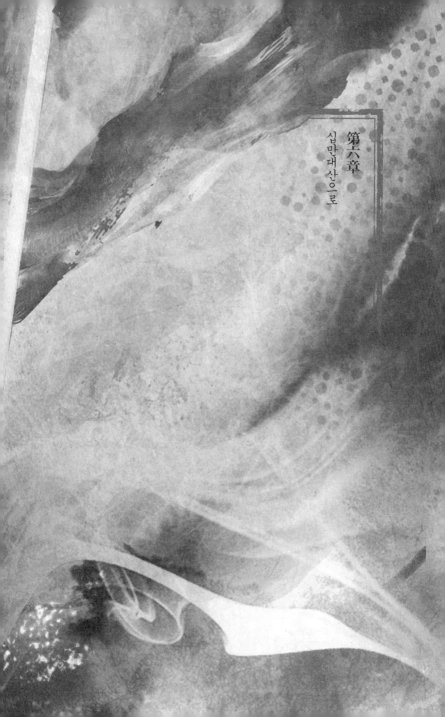

第六章

십만대산으로

북검맹의 생존자들도 눈과 귀가 있을 터이니 지금쯤이면 대망혈제화가 자신들을 향해 천라지망을 펼치고 있다는 걸 알 것이다. 아니, 처음부터 그들을 남만으로 끌어들이기 위해 천검문을 미끼로 광동성에서 첫 반격을 시도했다.

북검맹 역시 남만의 밀림에서 끝장을 볼 생각이었다. 이제 그들에게 남은 선택지는 수많은 봉우리를 거느린 십만대산이 유일했다.

십만대산은 단순히 수많은 봉우리를 거느린 하나의 산이 아니었다. 남만을 동서(東西)로 양분하며 달리다가 남해에 이르러 곤두박질치듯 떨어지는 산맥이었다.

북검맹은 십만대산을 타고 남진하면서 치고 빠지는 기습전을 펼치는 한편 유사시 바다를 통해 해남도로 도주할 생각인 것이다.

문제는 대망혈제회가, 아마도 청화부인이 북검맹의 이런 계획을 간파했다는 점이었다.

"십만대산을 불바다로 만들 작정이군."

백건악이 말했다.

산의 특성상 불길은 봉우리를 타고 오를 것이다. 살아남은 자들은 봉우리와 봉우리 사이의 밀림을 통해 산을 빠져나가려 할 것이고, 그때가 되면 길목 곳곳에 포진해 있던 사마외도들이 그들을 몰살하는 것이다.

사람들은 모골이 송연했다.

"그럼 우리가 놈들의 작전을 무산시켜 버린 거네. 사마외도도 죽이고, 병참로도 끊어버리고, 화공작전도 무산시켜 버리고. 이거야말로 일전삼조(一箭三鵰)로구나!"

설강도가 검을 높이 치켜들며 말했다.

그의 한마디에 사람들은 장원이 떠나갈 듯 함성을 질러댔다. 적지 않은 사람들이 목숨을 잃거나 중상을 입었지만 적들에게 갑절의 심대한 타격을 입혔다고 생각하니 가슴이 벅차올랐다. 빙소소와 백미랑은 눈물까지 그렁그렁 맺힐 지경이었다.

하지만 남궁휘, 백건악, 단금도 그리고 장개산의 표정은 어쩐 일인지 밝지가 않았다.

"왜 그래? 또 뭐가 문제야?"

설강도가 물었다.

"설마 이백 필의 말에 실린 기름만으로 십만대산을 불태울 수 있다고 생각하는 건 아니겠지?"

장개산이 말했다.

"놈들이 노리는 게 십만대산이 아니라는 거야?"

"아니, 남만의 밀림에서 북검맹의 생존자들이 선택할 수 있는 최후의 결전지는 십만대산밖에 없어. 놈들도 그걸 알고 화공을 준비하는 거고. 이건 확실해."

"왜 이랬다 저랬다 하는 거야?"

"청화부인이 바보 멍청이가 아닌 다음에야 금화선부에만 모든 걸 의지할 이유가 없어. 지금 우리가 손에 넣은 기름은 일부분일 뿐이야. 지금쯤이면 상계를 쥐어짜서 조달한 기름이 강남 전역에서 십만대산으로 향하고 있을 거야."

"그런 말도 안 되는……."

"더 심각한 문제가 있어. 노 곽주의 얘기로는 놈들은 우리보다 일다경 정도 먼저 도착했어. 그런데도 내가 삼강촌에 도착했을 때는 이미 떠날 채비를 하고 있더군. 삼강촌은 단지 말을 갈아타기 위한 곳에 불과했던 거야. 듣기로 밤에 말을 타고 속도를 달리는 것은 자살행위나 다름없다던데, 놈들이 밤을 새워서라도 달려야 했던 이유가 무엇이었을까?'

이건 남궁휘, 백건악, 단금도도 몰랐던 내용이었다. 세 사람의 얼굴이 딱딱하게 굳어졌다.

"마지막 결전이 임박했군."

남궁휘가 말했다.

"놈들은 중간에서 계속 말을 갈아타며 십만대산까지 쉬지 않고 달릴 생각이었을 거야. 그래야 겨우 제시간에 도착할 수 있었을 테니까. 그 말은 곧 북검맹의 생존자들이 이미 천라지망에 갇혔다는 뜻이지. 한데 우리는 놈들과 전투를 벌이느라 반나절을 소모해 버렸어. 지금 출발한다고 해도 제때에 도착하는 건 불가능해."

"설마, 이대로 두고만 보자는 얘기는 아니겠죠?"

빙소소가 말했다.

"그렇게 간단한 일이 아니야. 만약 우리가 도착했을 때 모든 게 끝나 버린 상황이라면 우린 남만의 밀림 한가운데서 십만병력의 추격을 받아야 할 거야. 하루 이틀은 도주할 수 있겠지. 하지만 한 달 두 달은 도망칠 수 없어."

백건악이 말했다.

언제나 바른말만 하는 녀석답게 상황을 냉철하게 보았다.

사람들은 공황상태가 되어버렸다. 간만에 대승을 거두어 이제야말로 십만대산에서 생존자들과 합류해 대대적인 반격을 시작하나 했더니, 오히려 백도무림의 궤멸을 지켜만 봐야 할 줄이야.

사람들은 갑론을박을 벌이며 우왕좌왕했다. 어떤 사람들은 그래도 끝까지 가보자고 했고, 어떤 사람들은 이럴 때일수록 냉정해져야 한다고도 했다.

백도무림의 궤멸만은 막아야 하지 않겠냐며, 차라리 놈들이 십만대산에 집중된 틈을 타 우리끼리 일대(一隊)를 만들어 백도무림의 또 다른 생존자들을 규합해 보자는 사람도 있었다.

또 어떤 사람들은 차라리 이곳 삼강촌을 중심으로 촉도의 위아래를 봉쇄한 다음 놈들과 일전을 벌이자고 했다.

모두가 한입씩 보태면서 좌중은 시장바닥처럼 시끄러워졌지만 누구 하나 뾰족한 해답을 내놓지 못했다. 갑론을박은 시간이 흐를수록 점점 심해졌고 급기야 고성이 오가기 시작했다.

서로의 생각이 달라서가 아니다. 서로를 미워해서도 아니었다. 오히려 모두의 가슴이 뜨거워서였다. 어떻게든 이 난국을 타개하고 싶은데 도무지 방법이 보이지 않았던 것이다.

그때 한 사람이 주저하며 손을 들었다. 무언가 발언권을 달라는 듯한 모습. 백건악이 소리쳤다.

"모두 조용히 하십시오!"

짧지만 좌중을 압도하는 굵직한 음성에 웅성거리던 사람들이 일시에 말문을 닫았다. 백건악은 그 모든 시선들을 뒤로하고 손을 든 사내를 응시했다.

사십 줄이나 되었을까? 왜소한 체격에 얼굴은 백짓장처럼 희어 어딘지 모르게 무인과는 거리가 먼 인물이었다.

"고견이라도 있으십니까?"

"만약 제시간 안에 도착한다면, 그러니까 격전이 벌어지기 전에 십만대산까지 갈 수가 있다면 놈들을 쓸어버릴 방법이 있는 겁니까?"

백건악은 장개산을 잠깐 일별한 후 말했다.

"현재로썬 없습니다."

"……."

"진인사대천명(盡人事待天命). 우리는 다만 최선을 다하고 나머지는 하늘에 맡기는 수밖에 없습니다."

사내는 한참을 생각하더니 말했다.

"잃어버린 반나절을 벌충할 방법이 한 가지 있습니다."

생각지도 않은 한마디에 좌중이 찬물을 끼얹은 것처럼 고요해졌다. 백건악이 다시 물었다.

"그게 무엇입니까?"

"보통 사람들은 모르지만 녹림도들 사이에는 오래 전부터 내려오는 숨은 길이 하나 있습니다. 이른바 암도(暗道)라 불리는 것인데 녹림도들이 관군이나 백도무림인들의 추격을 피해 달아나기 위해 만든 것으로 중원 전역의 산과 산을 가장 빠르고 은밀하게 연결하지요. 그중 진령에서 시작해 사천을 가로질러 초서산지(楚西山地)까지 이어지는 길을 제가 압니다. 단언컨대 상인이나 표국 사람들이 이용하는 길에 비해 반나절은 단축할 수 있을 겁니다."

사람들이 크게 술렁거리기 시작했다.

그런 길이 있다는 건 금시초문이었지만, 만약 사실이라면 지금의 난국을 타개할 수 있을 지도 모를 일이었다.

"어느 문파의 누구신지 물어도 되겠습니까?"

백건악이 다시 물었다.

살아남은 백여 명의 생사가 달린 일이다. 나아가 십만대산에서 항전하고 있을 북검맹 생존자들의 운명을 결정짓는 일이 될지도 모른다. 신분도 모르는 한 사람의 말만 믿고 무작정 움직일 수는 없는 노릇이었다.

사내는 한참을 주저하더니 어쩔 수 없다는 듯 입을 열었다.

"저는 임광이라고 합니다. 녹림의 형제들은 소백호(小白虎)라고 불렀지요."

"소백호 임광!"

백미랑의 입에서 나직한 음성이 터져 나왔다.

본시 진령에는 다섯 개의 녹림채가 산채를 열고 지나가는 상인과 표국들로부터 보호세를 받았다. 한데 어느 날 흑선룡 매소랑이라는 자가 나타나 수십 년 넘게 진령을 떨어 울리던 녹림채 다섯 곳을 순식간에 박살 내버렸다.

그들은 녹림의 도의도 없었고, 무림의 도의도 없었다. 그들에게 짓밟힌 다섯 산채의 채주들은 사지가 찢긴 채 들개 밥으로 뿌려졌고, 살아남은 자들은 뿔뿔이 흩어졌다. 이후 흑선룡은 가장 융성했던 산채의 이름을 따 자신들을 폭룡채라 칭하고 진령 일대를 호령했다.

소백호 임광은 바로 그 이전 폭룡채의 부채주였다.

장내에서도 소백호 임광의 이름을 기억하는 사람이 적지 않았다. 사람들은 유명한 녹림도가 어찌하여 자신들과 함께 섞여 있는지 몰라 어리둥절해했다. 적지 않은 자가 적의를 드러내며 임광을 쏘아보았다.

"어떻게 된 영문인지 물어야겠습니다."

백건악이 물었다.

"폭룡채는 오래전 흑선룡 매소랑이라는 자가 이끄는 무리에게 전멸을 당했습니다. 나중에 그놈들이 대망혈제회의 끄나풀이라는 걸 알았지요. 이후 저는 살아남은 수하들과 함께 홀로 돌아다니는 사마외도들을 골라 복수행을 하다가 닷새 전에 이곳으로 잡혀 왔습니다. 이후로는 여러분이 아시는 바와 같습니다."

"폭룡채가 겪은 일이 사실이라는 건 제가 보증할게요."

백미랑이 임광의 말에 힘을 실어주었다. 상대적으로 진령과 가까운 탓에 그녀는 폭룡채의 사정에 대해 여기 모인 다른 사람들보다는 아는 것이 많았다.

임광이 녹림도라는 것과는 별개로 사람들은 대망혈제회에 대한 임광의 적개심이 어떤 것인지 비로소 충분히 이해할 수 있을 것 같았다.

적의 적은 아군이라는 말이 있다. 사람들은 어느새 임광에 대한 적개심이 사라지고 공동의 적을 둔 동료의식을 느꼈다. 더구나 잃어버린 반나절을 벌충할 수 있는 방법까지 제공해 주겠다지 않는가.

선택의 폭이 훨씬 좁아졌다. 제때에 십만대산까지 도착할 수만 있다면 하지 않을 이유가 없지 않은가. 사람들은 또다시 서로를 바라보며 웅성거리기 시작했다. 이제야말로 결정을 내려야 할 때였다.

그때 남궁휘가 갑자기 장개산을 향해 무릎을 털썩 꿇었다. 남궁휘는 북검맹 흑풍조의 조장이자 강동무림에선 모두가 인정하는 최고의 후기지수였다. 사사로이는 장개산의 벗이라고도 했다.

그런 그가 갑자기 왜 무릎을 꿇는 걸까? 모두가 의아해하고 있는 그때, 남궁휘가 장개산을 올려다보며 말했다.

"너는 나와 흑풍조의 목숨을 두 번이나 구했다. 덤으로 얻은 목숨이니 너에게 주겠다. 부디 우리를 이끌어다오."

백건악은 남궁휘가 왜 이런 말을 하는 건지 너무나 잘 알고 있었다. 사람들은 길을 잃었다. 지금 저들에게 가장 필요한 것은 뛰어난 전략도, 적들과 싸울 용기도 아니었다. 그건 강력한 존재감을 지닌 지도자였다. 모두의 가슴에 불을 질러 이성을 마비시킬 정도로 강한 결속력을 불러일으킬 수 있는 지도자.

그건 장개산밖에 없었다.

그게 천하의 남궁휘가 무릎을 꿇은 이유였다.

백건악이 뒤를 따라 무릎을 꿇었다.

잠시 후에는 적인명까지 무릎을 꿇었다.

빙소소는 흑풍조의 조원이었다. 조장이 무릎을 꿇는데 그녀만 홀로 가만히 있을 수가 없다. 하물며 그 대상이 자신의 연인인 장개산이라면 더더욱 망설일 이유가 없었다. 결국 빙소소도 무릎을 꿇었다. 이제 북검맹의 사람 중 무릎을 꿇지 않은 사람은 설강도가 유일했다.

"전쟁이 끝날 때까지만이다."

단서를 달기는 했지만 설강도도 결국 무릎을 꿇고 말았다.

잠시 후에는 단금도와 백미랑까지 말에서 내려와 무릎을 꿇었다.

북검맹과 남악련을 통틀어 가장 뛰어난 후기지수들의 무릎을 꿇게 만든 사람이었다. 심지어 비록 어릴지라도 일문의 장주인 백미랑까지 무릎을 꿇게 만들었다.

그만한 인물이라면 자신들 또한 무릎을 꿇어도 흉이 되지 않을 터, 사람들이 여기저기서 하나둘씩 무릎을 꿇기 시작하더니 잠시 후에는 장개산만 홀로 서 있게 되었다.

문득 지저빙호에서 후동관과 나누었던 대화가 떠올랐다.

"한때는 세상 어느 누구의 눈치도 보지 않고 홀로 존재하는 것만이 군림천하라고 생각했지. 그러려면 반드시 세상을 정복하고 사람들에게 공포를 심어주어야 했네. 그래야 무릎을 꿇고 복종할 테니까. 하지만 이제는 생각이 달라졌네. 진정한 군림천하는 모든 사람들이 나를 우러러 스스로 무릎을 꿇게 만드는 것일세. 존경과 두려움을 담아서. 어리석게도 난 그걸 뒤늦게 깨달았네."

"거듭 말하지만 저와는 아무런 상관이 없는 일입니다."

"천만에, 자네는 이미 군림천하의 길을 가고 있네."

"개산."

남궁휘가 조용히 장개산을 불렀다.

어서 빨리 결정을 내리라는 뜻이다. 사백에 달하는 적을 죽이고 백여 명 정도를 포로로 잡았지만 아군의 피해도 만만치 않았다.

생존한 사람들은 겨우 백여 명 남짓, 그 모든 사람이 결의에 찬 표정으로 장개산을 응시하고 있었다. 장개산은 그들 하나하나를 눈에 담은 후 말했다.

"일각 후 출발합니다."

"와아!"

*　　　*　　　*

장개산은 백미랑과 만검산장의 무인들에게 삼강촌의 경계를 맡긴 다음, 부상을 입지 않은 자들로만 골라 사마외도처럼 거친 복장으로 변복을 시킨 다음 말을 타고 속도를 달렸다.

지금부터 펼치려는 작전은 만검산장에 남은 백미랑의 역할이 아주 중요했다. 강남에 있는 대망혈제회의 병력 대부분이 십만대산에 집중되었다고 하지만 놈들은 여전히 대륙 곳곳에 병력을 주둔시켰을 것이고, 그들로 하여금 백도무림의 패잔병들을 사냥케 했을 것이다.

더불어 삼강촌에도 지원병력을 요청하는 전서구들이 날아올 수밖에 없었다. 백미랑이 그것들을 잘 응대하고 처리해서 놈들로부터 의심을 사지 않아야 장개산과 일백의 별동대가 신분을 들키지 않고 십만대산까지 들어갈 수가 있었다.

장개산은 그 기한을 최대 나흘로 보았다.

다시 말해 나흘 후까지는 무조건 십만대산의 줄기 속으로 들어가야 했다. 그렇지 않으면 청화부인이 돌아가는 상황을 알아차리고 자신들의 행보를 막으려 들 테니까.

그녀는 앉아서 천하를 손바닥 들여다보듯 하는 괴물, 무슨 기상천외한 방법으로 손을 쓸지 짐작조차 할 수 없었다. 한 가지는 확실했다. 그녀가 움직인다면 일백의 별동대는 절대로 십만대산에 무사히 들어갈 수가 없다.

결국 백미랑이 나흘 동안 놈들의 눈을 속여주는 것이 첫 번째 난관이었고, 그녀가 벌어준 시간 안에 십만대산으로 들어가는 것이 두 번째 난관이었다.

검각에서 십만대산까지 나흘 안에 주파할 수 있을까? 누군가 이 말을 했다면 미친놈이라며 비웃었을 것이다.

하지만 세상엔 때로 기적이 일어난다.

삼강촌의 포로들 중에 소백호 임광이 섞여 있었던 건 천운이었다. 공언한 대로 임광은 사천성을 가로질러 초서산지까지 이어진다는 암도를 손금 보듯 꿰뚫고 있었다.

초서산지는 사천성과 호광의 경계에 펼쳐진 산악지대로 장강삼협(長江三峽)이라 불리는 유명한 협곡으로 이어진다.

초서산지에서 부터는 단금도가 길을 잡았다. 그는 사천성과 운남에 걸쳐 지대한 영향력을 행사하던 남악련의 사람이었고, 덕분에 이곳의 지리에 매우 밝았다.

하루를 꼬박 쉬지 않고 달린 후 해가 뉘엿뉘엿 지기 시작할 무렵, 장개산과 별동대는 거대한 급류와 맞닥뜨렸다. 대륙을 동과 서로 양분하며 흐르는 장강(長江)의 상류였다. 정확하게 말하면 삼협 중 가장 동쪽에 위치한 서릉협(西陵峽)의 어느 외딴곳이었다.

십만대산으로 가려면 반드시 장강을 넘어야 했기에 어느 정도 각오는 했다. 하지만 막상 세찬 급류를 보자 눈앞이 막막했다.

그렇다고 말을 버릴 수도 없었다. 별동대는 대망혈제회의 일차 격전에서 살아남았고, 또 삼강촌의 혈사에서도 살아남은 사람들이어서 하나같이 상당한 수준의 무공을 지닌 강골의 무인이었다.

그러나 잠도 자지 못한 상태에서 사람이 달릴 수 있는 시간에는 한계가 있다. 설혹 그렇게 달리더라도 십만대산에 당도할 때쯤이면 모두 탈진 상태가 되어버릴 것이다.

말이라고 무한정 체력이 유지되는 것은 아니지만 한 시진마다 일각을 쉬고, 그 일각 동안에 주변의 풀을 베어다 먹였기 때문에 급한 불은 끌 수 있었다.

반드시 말과 함께 건너야 했다.

사실 말을 버린다고 해서 뾰족한 수가 있는 것도 아니었다. 유일한 방법은 나무를 잘라 뗏목을 만드는 것인데 일백 필의 말과 사람을 실을 뗏목을 언제 만들고 있을 것인가.

그때 기적 같은 일이 일어났다. 상류로부터 커다란 뗏목이 떠내려오기 시작한 것이다. 아름드리 교목 십여 개를 촘촘하게 엮어 만든 뗏목의 숫자는 무려 오십여 개, 정체를 알 수 없는 사람들이 기다란 삿대를 들고 좌우에 달라붙어 능숙한 솜씨로 뗏목들을 부리고 있었다.

별동대가 긴장했음은 당연했다.

장개산이 전투 준비를 지시하려는 찰나 단금도가 말했다.

"그럴 필요 없습니다."

"아는 사람들입니까?"

"저들이 누굽니까?"

"삼왕채(三王寨)의 사람들입니다."

"삼왕채라면 혹시……?"

"짐작하시는 대로입니다."

오래 전부터 장강에는 구당협(瞿塘峽), 무협(巫峽), 서릉협(西陵峽)의 삼협을 각각 장악한 수채 세 곳이 있었다. 사람들은 그들 세 개의 수채를 일컬어 삼왕채라 불렀는데, 삼왕채의 채주들은 워낙 호전적이고 사나워서 그 어떤 세력과의 싸움도 피하는 법이 없었다.

새로운 왕조가 들어선 이후 수차례 관군들이 출동하고서
도 뿌리를 뽑지 못한 이유가 여기에 있었다. 그들의 악명이
얼마나 유명한지 장개산이 있던 광서에까지 풍문이 흘러 들
어올 지경이었다.

"어떻게 된 겁니까?"

"아시다시피 남악련은 사천과 운남을 기반으로 활동하기
때문에 그 한가운데를 가로지르는 수채의 채주들과 다소 교
류가 있을 수밖에 없습니다. 대립각을 세우면 피차가 피곤해
지니까요. 한데 삼강촌에 포로로 잡혀 있던 남악련도에게서
재밌는 얘기를 하나 들었습니다."

"⋯⋯?"

"한 달 전 삼왕채는 복종을 맹세하고 해마다 금 백 냥을 바
치라는 대망혈제회의 엄포에 반기를 들고 저항하다가 하루아
침에 쑥대밭이 되어버렸다는 군요. 그때 살아남은 사람 중 일
부가 서릉협의 서쪽 청양산에 숨어 지내고 있다는 얘길 우연
히 들었답니다. 해서 삼강촌을 떠날 때 그를 청양산으로 보냈
습니다. 장강을 건널 때 도움을 조금 줄 수 있겠느냐고."

말인즉슨 이 모든 게 단금도가 그린 그림이라는 것이다. 초
서산지에서부터 자신이 길을 잡겠다더니, 다 생각이 있었던
모양이다. 장개산은 단금도의 놀라운 안배에 혀를 내둘렀다.

"지금 생존자들을 이끄는 자는 구당협을 관장하던 적수왕(赤鬚王) 갈홍립의 아들로 갈지산이라는 자입니다. 혈채는 반드시 갚고 보는 수적들의 생리로 볼 때 어쩌면 자신들도 끼워달라고 할지도 모르겠습니다."

잠시 후, 오십여 개의 뗏목이 협곡 사이로 난 자갈밭에 줄지어 정박하기 시작했다. 뗏목에는 각 두 명씩, 무려 백여 명에 달하는 사람이 타고 있었다. 그건 차라리 선단이었다.

강을 사이에 둔 흑도와 백도 생존자들의 만남, 팽팽한 분위기가 흐르는 가운데 한 사람이 뗏목에서 훌쩍 날아올라 강변에 떨어졌다.

서른 살가량이나 되었을까? 수적답지 않게 맑고 청수한 인상의 사내였다. 하지만 눈빛만은 바위라도 뚫어버릴 것처럼 서늘했다. 수적의 길을 가고 있어서 그렇지, 기도로만 따지자면 창랑사우 못지않을 것 같았다.

사내는 장대한 체구를 지닌 장개산을 보더니 한눈에 알아보겠다는 듯 다가와 물었다.

"귀하가 십만대적검입니까?"

"그렇소만."

상대가 수적이어서 그랬을까? 장개산은 평대를 했다. 하지만 사내는 더없이 예의바른 태도로 포권지례를 올렸다.

"갈지산이라고 합니다."

"반갑소이다."

"도움이 필요하신 것 같습니다만."

"조건이 있겠지요?"

갈지산이 단금도를 잠깐 바라보았다. 단금도가 고개를 끄덕이며 대충의 얘기를 해주었다는 신호를 보냈다. 갈지산은 다시 장개산을 향해 말했다.

"함께 갈 수 있도록 해주십시오."

"살아서 돌아온다 장담할 수 없는 길이오."

"우리 같은 수적들이야 언제나 칼날 위를 걷는 인생들이지요. 사마외도 놈들을 쓸어버릴 수 있다면 그까짓 목숨 열 번이라도 던지겠습니다."

"내 말을 못 알아듣는군. 수천의 사마외도를 베고 죽여도 결과는 참패가 될 수도 있다는 뜻이오. 그건 곧 개죽음이 될 수도 있다는 말이고."

갈지산이 피식 웃더니 강 위에 있는 수하들을 돌아보며 호기롭게 외쳤다.

"들었냐? 개죽음 당하기 싫은 녀석들은 지금 당장 떠나라. 십만대적검과 백도인들이 보는 앞에서 맹세컨대 그 어떤 보복도 하지 않겠다."

"죽어버리면 돌아오지도 못할 텐데 보복을 할 수나 있고요?"

"채주님도 참, 도망갈 생각이었으면 진작 떠났지. 왜 채주님을 따라다니고 있겠습니까? 시간도 없는데 객쩍은 소리 그만하시고 빨리빨리 건너십시다."

젊은 채주라서 그런지, 아니면 갈지산의 성격이 본래 수하들과 스스럼없이 어울리는 탓인지 오고 가는 대화가 친구처럼 자연스러웠다. 두령과 수하의 관계가 군신의 관계보다 엄격한 수적들 사이에서는 좀처럼 보기 힘든 광경이었다.

갈지산이 다시 장개산을 돌아보며 말했다.

"여러 말 하지 않겠습니다. 강을 건너시려면 지금 당장 뗏목에 말을 올리시고, 아니면 저희는 그만 돌아가겠습니다."

"한 가지 물어봐도 되겠소?"

남궁휘가 갈지산에게 말했다.

"그러십시오."

"병력도 적지 않겠다. 그만한 기백들이라면 귀하들끼리만으로도 치고 빠지는 작전을 통해 충분히 사마외도들을 괴롭힐 수 있을 터인데 왜 굳이 목숨까지 걸어가며 우리와 함께 가겠다는 것이오?"

"우리에겐 사마외도들이 두려워 마지않는 십만대적검이 없기 때문이지요."

말과 함께 갈지산이 장개산을 바라보았다. 두 눈엔 한없는 흠모의 빛을 담고서.

"사마외도들이 두려워 마지않는다는 게 무슨 뜻이죠?"

이번엔 빙소소가 물었다.

"놈들이 수군거리는 얘기를 들었습니다. 십만대적검 같은 괴물이 두 명만 있었어도 대망혈제회는 금화선부를 장악하지 못했을 거라고, 벽사룡이 창산까지 추격해 들어가 십만대적검을 죽일 수 있었던 것은 그가 중상을 입었기 때문이라고. 한데 그 십만대적검이 살아서 돌아온 걸 보면 놈들이 어떤 표정을 지을지 궁금하군요. 놈들의 일그러진 얼굴을 꼭 보고 싶습니다."

갈지산의 한마디에 뗏목 위에 있던 백여 명의 수적이 갑자기 웃음보를 터뜨렸다. 싸움은 하지도 않았는데 사마외도들이 깜짝 놀라며 오금을 저릴 생각만으로도 벌써부터 통쾌해지는 모양이었다.

그때 설강도가 속삭였다.

"저 갈지산이라는 녀석은 내가 좀 알지. 저렇게 허여멀거니하게 생겼지만 실상은 섬뜩하기가 이를 데 없는 놈이야. 사람 목숨을 파리 목숨처럼 여기지."

"그렇게 잔인해?"

남궁휘가 물었다.

"잔인하냐고? 그런 정도가 아냐. 저놈은 뼛속까지 살인마야. 일단 수틀린다 싶으면 상대가 나보다 강하고 약하고 이런 걸 따지지 않아. 할 수 있는 모든 수단을 동원해 반드시 상대의 목을 따버리지. 오죽하면 하늘이 삼왕채에 살성을 내렸다고 했을까?'

"수하들은 어때?"

백건악이 물었다.

"미친놈 밑에 정상인 놈 꼬이는 거 봤어? 대충 봐도 십인장급 고수들만 살아남았네. 독한 놈들. 저것들은 사람이 아니야. 짐승들이지. 통제할 수 없는 짐승. 끌고 다니면 골치 아파질 거야."

"사마외도들과 짐승들이 싸우면 볼만하겠는데."

남궁휘가 말했다.

"내 생각도 그래."

백건악이 한마디를 보탰다.

설강도는 뭐 이런 멍청한 놈들이 다 있냐는 표정으로 두 사람을 노려보았다. 남궁휘는 싱긋 웃더니 장개산을 향해 물었다.

"어떻게 할 거야?"

장개산이 다시 갈지산을 돌아보며 물었다.

"강을 건넌 후에도 우리는 말을 타고 달릴 거요. 귀하들은 어떻게 따라올 작정이시오?"

갈지산은 싱긋 웃더니 수하 하나를 향해 눈짓을 했다. 그러자 한 사람이 부싯돌을 꺼내 불씨를 일으키더니 허공을 향해 불화살을 날렸다.

그러자 잠시 후, 건너편 강변의 숲으로부터 한 떼의 인마가 나타났다. 강변에 줄지어 늘어선 사람의 숫자는 얼핏 보기에도 삼백은 족히 넘을 것 같았다. 그들이 끌고 나온 말은 더 많아서 삼왕채의 수적들을 모두 태우고도 남을 정도였다.

"저것들은 또 뭐야?"

설강도가 놀라 중얼거렸다.

단금도도 이건 예상치 못했는지 당혹한 표정을 지었다. 갈지산이 말했다.

"단 공자, 저들이 누구인지 알겠습니까?"

"내가 아는… 사람들이오?"

"남악련의 생존자들입니다."

"그게 무슨……!"

"영존의 죽음이 헛되지 않았는지 운귀고원으로 퇴각하던 중 일부가 생존한 모양입니다. 사흘 전 그들이 저를 찾아왔습니다. 함께 힘을 합쳐 복수를 해보지 않겠냐고."

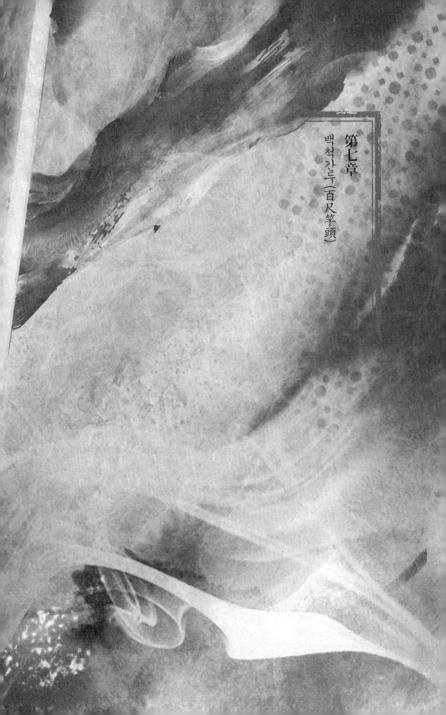

第七章

백척간두 (百尺竿頭)

광서성은 대륙의 최남단에 위치한 탓에 겨울에도 눈을 볼 수 없을 만큼 따뜻한 데다 성 전체가 울창한 밀림으로 가득했다.

장개산은 오백으로 늘어난 별동대를 이끌고 광서성의 밀림 속을 달렸다. 대낮에도 햇빛이 들지 않는 밀림은 별동대의 움직임을 완벽하게 숨겨주었다.

하지만 한 가지를 취하면 한 가지를 포기해야 하는 법. 오백의 별동대는 잠행을 하는 대가로 엄청난 모기떼의 습격과 정체를 알 수 없는 독충들, 언제 어디서 나타나 말과 사람을 한꺼번에 집어삼킬지 모를 늪에 시달려야 했다.

상대적으로 땅과 가깝게 달리는 말들의 경우는 상태가 더 심각했다. 칼날같이 날카롭게 뻗은 풀잎에 발과 가슴을 베인 말들은 붉은 피를 뚝뚝 흘리기 일쑤였다.

가장 심각한 건 보이지 않는 묘족 전사들이었다. 병장기로 무장한 한족 오백여 명이 갑작스럽게 등장했으니 묘족이 두려워하는 건 당연했다.

자신들의 영역을 침범했다고 생각한 묘족 전사들은 밤을 틈타 유령처럼 나타나서는 사람들의 목에 독화살을 쏘아 박고는 사라지곤 했다.

장개산은 일절 대항하지 않았다. 그들과 전투를 벌이다 보면 사람들이 뿔뿔이 흩어지게 될 것이고, 결국엔 그들을 제압할 수 있을지 모르나 아군의 피해도 만만치 않을 것이기 때문이었다. 결정적으로 묘족 전사들과의 싸움으로 허비할 시간이 없었다.

사람들은 독충에 쓰러지고, 늪에 빠져 사라졌으며 묘족 전사들이 쏜 독화살에 죽었다. 밀림 속 깊숙이 들어갈수록 피해는 점점 커지더니 급기야 오십에 가까운 병력을 잃었다.

이런 환경이 익숙하지 않은 중원인들에게 남만의 밀림은 커다란 장애물이었다. 바로 그 점 때문에 북검맹은 대망혈제 회와의 최후의 결전지로 남만을 택한 것이다.

미루어 짐작하건대 졸자들까지도 말을 타는 특성상 벽사룡은 북검맹과 전투를 치러보기도 전에 적지 않은 병력을 잃었을 게 뻔했다.

장개산은 뚝심있게 밀림을 돌파했다. 그리고 삼강촌을 떠난 지 정확히 나흘 째 되던 날 밤, 별동대는 높다란 언덕 꼭대기에 다다랐다. 거기서 사람들은 놀라운 광경을 목격했다.

광활하게 펼쳐진 검은 숲 한가운데 화상 자국 같은 커다란 분지가 있었고, 그곳에 엄청난 숫자의 불빛이 반짝거리는 중이었다. 마치 밤하늘의 별들이 죄다 떨어져 모여 있는 듯한 그것은 인간이 밝혀놓은 횃불들이었다.

횃불의 군집 너머로는 하늘을 향해 결정처럼 솟은 거대한 기둥들이 보였다. 만월의 빛에 반사되어 희끄무레하게 빛나는 그것들은 수백 개의 크고 작은 봉우리를 거느린 산맥이었다. 장개산이 조용히 읊조렸다.

"마침내 도착했군."

*   *   *

장개산은 오백의 병력을 백여 장 밖 울창한 숲에 매복시킨 다음 소수의 고수만 이끌고 척후를 살피러 나갔다. 돌아가는 상황을 파악해야 백도무림인들과 합류하는 길을 찾을 수 있기 때문이었다.

이렇게 해서 선발된 인원은 자신을 비롯해 남궁휘, 백건악, 설강도, 적인명, 빙소소, 단금도 그리고 장강에서 합류한 삼왕채의 채주 갈지산이었다. 풀숲에 납작 엎드려 전방을 살피던 사람들은 너 나 할 것 없이 표정을 굳혔다.

십만 평이나 될까?

풀이 무성하게 자란 분지에는 횃불과 모닥불을 대낮처럼 밝힌 채 수많은 병력이 새까맣게 집결해 있었다. 이 정도의 사람이 한곳에 모여 있는 광경은 처음 보았기에 장개산은 선뜻 숫자를 가늠하기가 어려웠다. 대체 이 정도면 몇 명이나 되는 걸까?

"족히 삼만은 될 것 같은데."

남궁휘가 말했다.

"삼만?"

장개산이 되물었다.

"머릿속으로 천여 평의 공간을 잘라 그 속에 몇 명 정도 들어 있는지를 헤아려 봐. 그걸 하나의 묶음으로 해서 전체 넓이만큼 배수를 하면 대략적인 숫자를 가늠할 수 있어."

장개산은 굳이 적들의 숫자를 세어보지 않았다. 남궁휘가 그렇다면 그런 것일 테니까. 예상대로 적 병력의 숫자는 엄청났다.

하지만 생각했던 것과는 조금 달랐다. 강남에 있는 모든 무인에게 십만대산으로 집결하라는 명령을 내렸다면 오만은 될 거라고 생각했다.

사실 이미 압도적인 수적 열세인 상태에서 적 병력이 삼만이냐 오만이냐 하는 것은 별 의미가 없었다. 오만이든 삼만이든 정면승부로 이길 수 없는 것은 매한가지였으니까.

"한데 왜 말(馬)이 저것밖에 안 되지?"

장개산이 물었다.

사람은 삼만에 육박했지만 말은 의외로 이천여 필 정도밖에 되지 않을 것 같았다. 이 정도면 백부장급의 고수들만 탄다는 얘긴데, 이는 졸자까지 모두 말을 부릴 거라고 생각했던 것과는 많이 달랐다.

"밀림으로 들어서면 기동성이 현저히 떨어진다는 걸 알고 일부러 수를 줄인 것 같아. 벽사룡, 정말 약은 놈인걸. 말만은 끝까지 버리지 못할 줄 알았더니."

백건악이 말했다.

"굳이 말을 버리지 못할 이유라도 있나요?"

빙소소가 물었다.

"오직 도보만으로 이동한다고 가정했을 때 열 명이 가는 것과 백 명이 가는 건 달라. 백 명과 천 명은 또 다르고 천 명과 만 명은 더더욱 다르지. 체력적인 문제도 문제려니와 일단은 엄청나게 느려질 수밖에 없어."

백건악이 말했다.

"병단의 이동에서 시간이 걸린다는 건 곧 군량미의 대량 소비를 의미하지. 그걸 견디기 위해 군량미를 대량으로 가지고 다니게 되면 그 자체가 또다시 이동의 속도를 떨어뜨리는 원인이 되면서 악순환이 반복되겠군. 기동성의 저하로 말미암은 피해는 말할 것도 없고."

남궁휘가 말했다.

"한데 벽사룡은 남만에 들어서는 순간 과감하게 말을 버려 버렸어. 아마 밀림 바깥 어딘가에 주둔시켜 놓았을 거야. 이러니 어떻게 약은 놈이라고 하지 않을 수 있겠어."

백건악과 남궁휘의 말이 끝나자 모두가 고개를 끄덕였다. 정말 그럴듯하지 않는가.

장개산은 다시 적진으로 시선을 돌렸다.

적진 한가운데는 유독 큰 규모를 자랑하는 막사가 들어서 있었다. 필시 벽사룡의 거처로 사용하는 것일 게다. 그걸 증명하기라도 하듯 막사 주변에는 횃불을 환하게 밝힌 가운데 천여 명의 기마인이 경계를 서고 있었다.

한데 그들의 복장이 유난히 눈에 띄었다.

들기름을 발라 구웠는지 하나같이 번들거리는 검은 철갑으로 무장을 했으며 허리에는 망나니들이나 쓸 것 같은 커다란 칼을 차고 있었다.

　장개산은 반년 전 야신의 흔적을 따라 산서성까지 올라갔을 때 황하 인근에서 저런 형태의 칼을 쓰는 자를 본 적 있었다. 저건 몽골의 기마전사들이 사용하는 만곡도(彎曲刀)였다. 달리는 마상에서 적의 목을 치기에 가장 적합하도록 발달된 병기.

　하지만 몽골의 기마전사들은 질긴 소가죽으로 만든 피갑이라면 모를까 철갑을 입는 법이 없다. 철갑은 무게로 말미암아 기동성이 현저히 떨어지는 데다 거추장스럽기 짝이 없었기 때문이다. 한데 놈들은 스스로 철갑을 입었을 뿐만 아니라 말에게도 은빛 비늘을 촘촘히 박은 철갑을 둘렀다.

　말의 체구가 일반적으로 보던 말과는 비교도 할 수 없을 정도로 장대하긴 했다. 덩치에 비해 체고는 낮고 목은 짧았으며 다리는 짧으면서도 굵었다.

　어쩐 일인지 말들은 죄다 대가리를 아래로 처박다시피 한 상태였는데 그늘에 가려진 대가리 양쪽에 거대한 뿔이 위협적으로 나 있었다.

　순간, 장개산은 흠칫 굳었다. 놈들이 타고 있는 것은 말이 아니라 검은 물소였다.

　"흑우병단(黑牛兵団)이야."

　장개산의 생각을 읽었음인지 남궁휘가 말했다.

"흑우병단?"

"전투가 벌어지면 언제나 저들이 먼저 돌격해 적진을 쑥대밭으로 만든 후에야 비로소 후미의 본대가 진격한다더군. 저들이 지나가고 난 자리엔 살아남은 게 없다고 해서 사신(死神)이라고도 불리지. 나도 소문으로만 들었을 뿐 실제로 본건 오늘이 처음인데 굉장하군."

"저런 놈들이 어디에서 갑자기 튀어나온 거지?"

"한 달 전 금화선부에서 혈사가 있고 난 후 처음 등장했어. 황하이북을 주름잡던 마적단들을 규합해 만들었다는 소문도 있고."

"정확하게는 광풍사(狂風死)가 주축이 됐지."

설강도가 불쑥 끼어들었다.

장개산과 남궁휘가 동시에 고개를 꺾어 설강도를 바라보았다. 남궁휘가 물었다.

"저들에 대해 아는 게 있어?"

"만검산장의 뇌옥에 갇혀 있을 때 놈들이 수군거리는 얘길 들었어. 그중 일부는 나도 아는 얘기였고. 오 년쯤 전이었나? 대막을 주름잡던 마적단 하나가 황하를 넘어 진령까지 내려온 적이 있었어. 얼마나 빠른지, 말을 타고 질주하면서 무림방파 하나를 박살 내고 재물이 될 만한 것을 모조리 챙겨 유유히 사라지는 데 반나절이 걸리지 않았다고 하더군. 그런 식으로 놈들에게 당한 무림문파가 한둘이 아니었지."

장개산은 처음 만검산장을 찾았을 때 백미랑으로부터 들은 얘기가 생각났다.

광풍사는 미친바람이라는 이름처럼 대막에서 일어난 마적단이었다. 숫자는 겨우 일백, 하지만 하나같이 뛰어난 고수인데다 어찌나 잔악무도한지 대막 일대에서는 적수를 찾을 수가 없었다.

놈들은 몇 년에 한 번씩 장성(長成)을 넘어와 섬서성 일대를 돌며 약탈을 일삼고 돌아가곤 했다. 광풍사의 악행을 전해들은 무림방파들이 고수들을 보내 추격했지만 놈들의 귀신같은 기마전술과 순식간에 치고 빠져 버리는 기동력 앞에서는 그야말로 속수무책이었다.

점점 간이 커진 광풍사는 오 년 전, 급기야 진령(秦嶺)을 넘어 한중까지 들어왔다. 한중에서 엄청난 양의 재물을 약탈한 놈들은 내친김에 검각을 넘어 사천으로까지 진격하려다 삼강촌에서 만검산장과 격돌했다.

만검산장주 백인명은 삼강촌이 뚫리면 촉도상에 있는 모든 무림방파가 광풍사의 말발굽에 짓밟힐 것이라며 사람들을 설득, 무려 일곱 개 방파에서 보내온 사백여 명의 무인과 함께 전선을 형성한 채 광풍사와 사흘 동안 격전을 치렀다.

단 백 명의 마적을 상대로 한 사백 무림인의 싸움이었다.

게다가 수성전이었음에도 불구하고 촉도상의 연합문파들은 백여 명의 사상자를 냈다. 반면 광풍사의 마적은 단 십여 명만이 죽었을 뿐이다.

그나마도 성도에서 관군 일천 명이 출동해 검각으로 향하고 있다는 소식이 들려오지 않았다면, 그래서 광풍사가 서둘러 검각을 통해 돌아가지 않았다면 승부는 어떻게 되었을지 장담할 수가 없었다.

이게 백미랑에게 들은 광풍사의 얘기였다.

설강도는 백미랑이 말한 오 년 전의 그 사건을 말하고 있다.

"그런데 이 미친놈들이 퇴각하는 길에 금화선부를 쳤나 봐. 놈들도 그곳이 대망혈제회의 소굴인 줄은 몰랐겠지. 놈들의 눈엔 그저 황금이 산처럼 쌓여 있는 금고처럼 보였을 거야. 천하제일거부 상왕의 장원이었으니까."

"아무리 그래도 그렇지."

"오죽하면 이름을 광풍사라고 지었겠어? 놈들은 선천적으로 피가 차갑고 두려움을 모르는 족속이야. 하지만 놈들이 어떻게 대망혈제회의 소굴인 금화선부를 감당할 수 있겠어. 그런데 감당을 했다는 거 아냐. 그 많은 병력과 고수를 거느리고도 금화선부는 놈들을 절반도 죽이지 못했다더군. 나머지 절반은 죄다 황하를 넘어 대막으로 사라져 버렸대."

"강도, 지금은 그런 얘기들까지 들어줄 시간이 없다."

얘기가 쓸데없이 길어질 듯하자 장개산이 말을 잘랐다.

"더 할 얘기도 없어. 놈들이 수군거리는 얘기를 듣자니 일 년쯤 지난 후 천화성군 혁련월이 대막으로 들어가 광풍사를 만났다더군. 그리고 어느 날 대막에서 광풍사와 함께 어깨를 견주던 십여 개의 마적단이 갑자기 사라져 버렸지. 이만하면 대충 짐작하겠지?"

"천화성군이 마적단들을 규합했군."

남궁휘가 말했다.

"한데 어떻게 말이 아닌 물소를 타고 있는 거지?"

장개산이 물었다.

대막을 달리던 몽골인들이 멀고도 먼 남만의 밀림 속에 사는 물소를 타고 달리는 모습이 도무지 상상이 가지 않았다. 하지만 눈앞에 보이는 건 엄연한 현실이었다.

"그거야 나도 모르지."

"기마전사들의 마상무예와 물소의 돌파력을 하나로 모아 일당백의 전투괴물들을 만든다? 역시 청화부인다운 생각이 군."

백건악이 말했다.

사람들은 너 나 할 것 없이 소름이 끼쳤다. 흑우병단의 전투력도 전투력이지만 전혀 어울리지 않는 두 개를 하나로 모아 무시무시한 전투 집단을 만들 생각을 하다니. 새삼 청화부인과 대망혈제회가 까마득한 벽처럼 느껴졌다.

놈들에 비하면 북검맹의 생존자들은 그야말로 바람 앞의 촛불처럼 위태로워 보였다.

수많은 산봉을 거느렸다고 해서 십만대산이라 불리지만 실제로 십만 개가 될지는 아무도 알 수가 없다. 설혹 십만 개의 봉우리가 있다고 해도 그건 남쪽 바다로 이어지는 산봉들 모두를 합친 것일 터, 지금 정사의 두 세력이 대치하고 있는 곳은 결국 하나의 산줄기였다.

세찬 계곡물이 흘러나오는 골짜기를 중심으로 좌우에는 산줄기에서 뻗어 나온 두 개의 암릉(巖陵)이 깎아지르듯 솟아 있었다. 그 모습이 흡사 가죽을 뚫고 나온 용의 발톱을 연상케 했다.

암릉의 꼭대기엔 적지 않은 병력이 횃불을 밝힌 채 대망혈제호의 병력이 주둔한 분지를 주시하고 있었다. 등에 멘 전통(箭筒)에 화살이 빽빽하게 꽂혀 있는 걸로 보아 죄다 궁수들인 것 같았다.

백도무림인들은 계곡을 따라 올라간 골짜기 안쪽 깊숙한 곳에 주둔하고 있는 게 분명했다. 밤인데다 멀었고, 또 골짜기 안의 지형이 비스듬하게 휘어져 있어 바깥에서 내부의 병력을 추산한다는 건 불가능했다.

한데 수십 배의 병력과 고수를 지니고서도 대망혈제회는 왜 저 골짜기를 진작 점령하지 못했을까? 뿐만 아니라 저렇게 여유자적하게 시간을 때우고 있는 걸까?

골짜기 안에 있는 백도무림인들은 놈들이 코앞에까지 다가온 걸 알면서도 왜 도주하지 않고 있는 걸까?

애초 남만으로 유인작전을 펼친 것은 대륙 곳곳에 산개한 적들을 한곳에 모아놓기 위해서이기도 하지만, 남만의 깊은 밀림과 남해를 향해 뻗어가는 십만대산의 지형을 이용해 치고 빠지는 기습전을 펼치겠다는 뜻이 아니었던가.

뭔가 알 수 없는 일들이 일어나고 있었다.

"반벽골천(半壁骨川)이라. 기가 막힌 지형이군."

골짜기를 한참이나 살펴보던 백건악이 말했다.

"무슨 뜻이지?"

장개산이 물었다.

"말 그대로 암릉에 둘러싸인 척추 같은 계곡이라는 뜻이야. 좌우의 암릉은 그 자체로 성벽을 방불케 하는 장애물이 되어주지. 물론 성벽처럼 가파르지는 않기 때문에 저길 오르는 건 얼마든지 가능해. 대신 초목이 없기 때문에 적이 올라오는 순간 바로 식별이 가능하지. 암릉의 꼭대기에 궁수들을 배치해 둔 것도 그 때문이고."

"물도 무슨 소용이 있나?"

"첫 번째는 식수의 안정적인 공급, 두 번째는 말을 타고 골짜기를 거슬러 오르는 적들을 향한 장애물이 되겠지. 저 정도 수량과 흐름이라면 말도 사람도 계곡을 타고 오를 수가 없어. 물론 고수들이야 그런 것에 구애받지 않겠지. 하지만 전투는 고수들끼리만 자웅을 겨루어 승부를 보는 것이 아니니까 결국은 주병력이 돌격할 수 있는 길이 있어야 해. 유일한 방법은 계곡 가장자리에 난 길을 따라 오르는 것인데 보시다시피 좌우의 암릉으로 말미암아 사람이 디딜 수 있는 공간은 아주 협소해."

"한마디로 철옹성이란 말이군."

"꼭 그렇지만도 않아."

남궁휘가 말했다.

"다른 생각이라도 있어?"

"아니, 건악의 말은 언제나 옳아. 하지만 간과하지 말아야 할 게 한 가지 있어. 모두 금화선부의 창월루에서의 일을 기억하고 있겠지?"

어떻게 잊을 수가 있겠는가. 그곳에서 섬서무림인들은 사실상 전멸을 당했고, 장개산은 목숨을 잃을 뻔했으며 구양소문은 실제로 죽었다. 창월루는 금화선부에 갇힌 사람들에게 마지막 보루였지만 동시에 어떤 사람들에게는 무덤이기도 했다.

"수성을 하기에 좋은 지형은 필연적으로 안에 바깥으로 탈출을 하기도 어려운 법이야. 더구나 지금 같은 경우는 적 병력 대부분이 골짜기 입구에 포진해 있어. 출구가 저곳밖에 없다는 뜻이지. 북검맹의 생존자들이 유리한 지형을 이용해 수성전을 펼치고 있는 것처럼 보이지만 사실은 포위된 거야. 전날 우리가 창월루에 갔었던 것처럼."

"나 역시 휘와 동감이야. 반벽골천의 철옹성을 찾았지만 동시에 사면초가(四面楚歌)에 빠진 것도 사실이야."

백건악이 말했다.

장개산은 백도무림인들이 산맥을 타고 도주하지 않고 여기서 수차례 전면전을 벌인 이유를 이제야 알 수 있었다. 더불어 전세를 읽는 남궁휘와 백건악의 안목에 감탄했다. 이런 건 자신에게는 모자란 덕목이었다.

남궁휘의 말이 이어졌다.

"모두 짐작하겠지만 이런 경우 포위된 쪽이 극도로 불리해. 병력도 부족한데다 식량은 한계가 있고, 무엇보다 공격할 수 있는 선택의 폭이 좁아. 이대로 가면 골짜기 안에 있는 사람들이 전멸하는 것도 시간문제야."

"뭐가 어떻게 되었든 놈들을 뚫고 골짜기 안으로 들어가는 방법부터 강구해 보자고. 마냥 우리끼리 여기서 입만 놀리고 있을 수는 없잖아. 개산, 빨리 결정해."

설강도가 말했다.

"뭔가 이상해."

"뭐가?"

"건악의 말대로 암릉엔 초목이 없어. 골짜기는 좁고 그나마 가운데는 세찬 물줄기가 흘러. 아무리 봐도 놈들이 화공을 펼칠 만한 지형이 아니야. 건악, 혹시 내가 보지 못한 게 있어?"

장개산이 말미에 백건악을 돌아보았다.

모두가 고개를 끄덕였다.

그러고 보니 이상하지 않은가. 애초 삼강촌에서 어유를 발견했을 때는 놈들이 북검맹 생존자들을 십만대산의 수많은 봉우리들 중 한 곳으로 몰아넣고 산봉을 통째로 불태워 버리려는 줄 알았다. 한데 전선에 도착하고 보니 상황이 생각했던 것과는 전혀 달랐다.

"나 역시 그게 내내 궁금하던 참이야. 골짜기의 길이로 보면 중간까지 진격하지 않는 한 불화살도 소용이 없어. 대체 무슨 수로 화공을 펼치려고 한 거지?"

"혹시 기름을 다른 곳에 쓰려고 한 게 아닐까?"

백건악 말했다.

"화공이 아니면 그렇게 많은 양의 기름을 쓸 일이 있을까?"

남궁휘가 말했다.

모두가 생각에 잠기느라 잠시 침묵이 흘렀다. 하지만 아무리 머리를 굴려 봐도 남궁휘의 말처럼 화공이 아니라면 그만한 양의 기름을 쓸 일이 없었다. 콩기름이라면 전투로 말미암아 체력이 저하된 병력의 영양보충을 위해 쓴다지만 어유는 그런 효과도 별로 없었다.

무엇보다 놈들은 하나같이 거칠고 제멋대로인 사마외도들을 통제하기 위해서라도 충분한 고기와 술을 제공했을 것이다.

"이미 기름을 썼다면 어때요?"

빙소소가 말했다.

모두의 시선이 빙소소를 향했다.

백건악이 물었다.

"무슨 뜻이야?"

"놈들이 이미 화공을 펼쳤다면, 그래서 전투에서 패배한 백도무림인들이 도주하는 와중에 자충수인 줄 알면서도 어쩔 수 없이 저 지형을 선택한 거라면요?"

"그랬다면 근처에서 아직도 연기가 나고 있겠지. 벽사룡의 배포로 보아 엄청난 양의 화력을 퍼부었을 테고, 주변엔 온통 울창한 숲이야. 게다가 밤이니 얼마나 잘 보이겠어? 하지만 언덕에서 주변을 살폈을 때 연기가 나는 곳은 없었어."

"아니, 빙 소저의 말이 맞을지도 몰라."

장개산이 말했다.

이어 바닥에 쌓인 낙엽 더미를 한 줌 들어 보였다. 낙엽 더미에서 물이 줄줄 흘러내리는 사이 장개산의 말이 이어졌다.

"간밤에 이곳에 두 시진 정도 비가 내렸어. 이 정도 강우면 산불이 났어도 불씨를 충분히 잠재웠을 거야."

사람들의 얼굴에서 핏기가 사라졌다.

장개산의 예상이 사실이라면 북검맹의 생존자들은 엄청난 피해를 입었을 것이다.

"우리가 한발 늦었군."

남궁휘가 말했다.

장개산은 애초 삼강촌을 출발해 기름을 운송하려던 놈들과 거의 비슷한 시각에 이곳에 도착했다. 그럼에도 실패했다는 것은 놈들이 한발 빨랐다는 말이 된다. 그건 곧 자신들이 늦은 것이다.

"누군가 이곳의 지형을 손바닥 보듯이 꿰뚫는 자가 있어. 그렇지 않고서야 북검맹이 이렇게 빨리 포위되었을 리가 없어."

백건악이 말했다.

"동감이야. 거기에 지형을 기가 막히게 이용할 줄 아는 천재도 있는 것 같아. 아마도 벽사룡이겠지?"

남궁휘가 말했다.

북검맹엔 천문, 지리, 병법은 물론이거니와 용병술에까지 달통한 노강호가 즐비하다. 한데 벽사룡은 그들 모두를 무용지물로 만들어 버렸다.

백 년에 한 번 태어날까 말까 한 기재라는 말이 절로 실감났다. 거기에 놈은 압도적인 병력까지 지녔으니 살길은 보이지 않는 반면 죽을 길은 수백 가지였다.

"용케도 버티었군."

백건악이 말했다.

상황을 모두 파악하고 나니 저렇게라도 버티고 있는 것이 용했다.

"그래서 놈들이 저렇게 태연자약했군. 이미 사냥감을 골짜기 안까지 몰아넣었으니 서두를 것 없다 이거지. 개자식들 같으니라고."

설강도가 말했다.

"저건 뭐지?"

백건악이 말했다.

사람들이 일제히 대망혈제회의 진영으로 향했다.

흑우병단이 경계를 서고 있는 막사 안에서 삼십여 명의 인물이 쏟아져 나왔다. 장개산은 안력을 돋우어 그들의 면면을 살폈다.

밤인데다 제법 멀었지만 워낙 많은 횃불이 주변에서 타오르고 있었기 때문에 얼굴을 식별하는 것은 어렵지 않았다.

하나같이 육순은 족히 넘겼을 것 같은 노강호들이었다. 누구랄 것도 없이 전신에서 뿜어져 나오는 기도가 예사롭지 않았다. 마치 그들을 중심으로 무형의 거대한 막이 형성되어 주변의 대기를 짓누르는 것처럼.

난생처음 겪어보는 엄청난 존재감이었다.

이곳에 집결한 삼만의 병력을 이끄는 수뇌부인 것 같았다. 미루어 짐작하건대 청화부인은 중원 전역에 흩어져 있던 사마외도들 중 가장 고강한 무위를 지닌 고수들을 포섭했을 것이고, 그들은 또다시 자신들을 따르는 사마외도들을 끌어들였을 것이다. 십만의 병력은 그렇게 만들어졌다.

북검맹은 성라원이라는 이름하에 이십팔수의 전각을 짓고 장로들에게 내주었지만, 전각을 채운 사람은 겨우 십여 명에 불과했다. 한데 적들은 북검맹의 장로들과 어깨를 견줄 만한 고수를 이곳에만도 무려 삼십여 명이나 보유했다. 병력이면 병력, 지리면 지리, 고수면 고수. 이건 애초부터 싸움이 되질 않았다.

그때 삼십여 명이 어지럽게 쏟아져 나오는 와중에도 압도적 존재감을 뿜어내는 노강호들이 보였다. 설산옥녀 요교랑, 일지혼마 화녹천, 신검차랑 육심문, 은하검객 마중영 그리고 천화성군 혁련월이었다. 지저빙호에서 죽은 적안살성 후동관을 제외한 육사부 모두가 남만까지 온 것이다.

장개산의 눈이 깊어졌다.

"수뇌부회의라도 한 모양이군."

남궁휘가 말했다.

삼십여 명의 노인은 흑우병단을 지나 막사로부터 이십 장 정도 떨어진 곳에 대기 중이던 백여 기의 기마인에게로 다다가 무언가 말을 전했다. 그러자 기마인들이 피처럼 붉은 바탕에 황금빛 수실로 대망을 수놓은 깃발, 즉 대망혈기(大蟒血旗)를 펄럭이며 주둔지 전역으로 퍼지듯 달려가는 장관이 연출되었다.

삼만의 병력은 결코 작은 것이 아니어서 모두가 막사 안에서 지낼 수는 없는 노릇이었다. 해서 대부분의 병력은 곳곳에 모닥불을 피워놓고 십수 명씩 옹기종기 모여 무언가를 끓이거나, 술을 마시거나, 목청을 놓여 입씨름을 하는 중이었다.

그 범위가 분지를 넘어 가장자리의 산자락까지 이어졌는데, 대망혈기를 든 기마인들이 일제히 흩어지며 달리자 난장판 같은 주둔지 전역이 일시에 찬물을 끼얹은 것처럼 고요해졌다.

"대체 뭘 하려는 거지?"

백건악이 말했다.

모두가 똑같은 심정이었다.

저들은 대체 무얼 하려는 걸까?

잠시 후, 말을 달리던 자들이 일정한 간격을 두고 주둔지 전역의 땅바닥에 대망혈기를 힘차게 꽂았다. 그러자 모닥불 주변에 모여 있던 삼만의 병력이 벌 떼처럼 일어나 무장을 갖추기 시작했다.

"공격을 시작하려는 거예요!"

빙소소가 말했다.

"멀쩡하게 앉아 있다가 갑자기 왜……!"

설강도가 말했다.

"갑자기가 아니야. 미리 대열을 갖춘 채 대기하고 있다가 원하는 그림이 만들어지면 기습적인 공격을 가하려는 것이지."

백건악이 말했다.

"원하는 그림?"

장개산이 물었다.

"북쪽 하늘 가장자리의 별빛이 흐려지고 있어. 빠르면 한 시진, 늦어도 반 시진 안에 먹구름이 몰려올 거야."

백건악의 말이 끝나기 무섭게 사람들은 고개를 꺾어 북쪽 하늘을 올려다보았다. 구름은 보이지 않지만 확실히 별빛은 다른 곳에 비해 흐릿한 것 같았다. 다른 사람이 한 말이라면 반신반의했겠지만 천문과 지리에 밝은 백건악의 말이니 믿을 수밖에.

먹구름은 당연히 비를 품고 있다. 먹구름이 달을 집어삼키는 순간 달빛은 사라지고 횃불은 빗물에 죄다 꺼져 버릴 것이다. 골짜기가 암흑천지로 변하는 것이다.

놈들은 삼만이라는 압도적인 병력을 이용해 암흑천지로 변한 골짜기를 통째로 밀어버릴 작정이었다. 그전에 한시라도 바삐 골짜기 안으로 들어가야 했다.

"난감하군. 놈들이 이미 무장을 갖추고 전시 상태에 돌입했어. 이런 상황에서는 저들을 뚫고 아군들과 합류할 수가 없어."

백건악이 말했다.

"그래도 가야 해. 두고만 보고 있을 순 없잖아."

설강도가 말했다.

"지금 돌진하는 건 자살행위야."

"입만 열면 병법밖에 모르는 자식. 넌 항상 그게 문제야!"

"상황을 직시해. 개죽음은 의미가 없어."

"지켜만 보려고 이 먼 곳까지 쉬지 않고 달려온 것도 아니잖아요."

설강도와 백건악의 논쟁에 빙소소가 끼어들었다.

"소소, 너까지."

"제 생각도 같습니다."

단금도가 한마디를 보탰다.

"수로맹이 선두에 서겠소. 우리는 장강을 떠나면서 십만대산에 뼈를 묻을 각오를 했으니까."

갈지산까지 설강도의 말에 힘을 실어주었다.

설강도는 수적 놈들까지 저렇게 나서는데 북검맹도인 네놈은 대체 뭐냐는 표정으로 백건악을 노려보았다. 백건악은 답답하다는 듯 고개를 절레절레 흔들었다.

그사이 놈들의 움직임을 눈치챘는지 골짜기 좌우의 암릉에서 불화살이 솟아올라 허공을 갈랐다. 필시 골짜기 안쪽 깊숙한 곳에 자리 잡고 있는 본대에 신호를 보내는 것이리라. 삼만의 병력과 대치한 채 마지막 순간을 기다리는 사람들의 심정은 어떨까?

"개산, 이제 결정을 내려야 해."

남궁휘가 장개산을 돌아보며 말했다.

사람들끼리 아무리 갑론을박을 벌여도 결국엔 장개산의 결정에 달렸다. 삼강촌을 떠나기 직전 모두가 명령을 따르겠다고 맹세를 하지 않았던가.

"우리는 합류하지 않는다."

장개산이 말했다.

설강도, 빙소소, 단금도, 갈지산의 표정이 한순간 차갑게 굳었다. 지금 놈들을 뚫고 골짜기로 들어가는 건 자살행위라며 극구 반대했던 백건악도 표정이 좋지만은 않았다. 어쩌면 그 자신도 속으로는 장개산이 무언가 획기적인 방법을 찾아 돌진하기를 바랐는지도 모른다.

"하지만 지켜보지도 않겠다."

"무슨 뜻이야?"

남궁휘가 물었다.

"꼭 합류를 해야만 싸울 수 있는 건 아니야. 골짜기 안에 있는 사람들은 안에서 싸우고, 우리는 바깥에서 기습전으로 놈들의 뒤통수를 후려친다."

"거 좋은 생각이로고!"

흥분한 설강도가 '짝' 소리가 나도록 무릎을 쳤다. 깜짝 놀란 백건악이 황급히 설강도의 입을 틀어막았다. 남궁휘, 적인명, 단금도, 갈지산, 빙소소는 반사적으로 상체를 숙이며 전방을 살폈다.

천만다행이었다. 놈들이 대망혈기 아래로 모여드느라 주둔지 전체가 웅웅거리면서 설강도의 소리가 묻혔다. 사람들은 너 나 할 것 없이 잡아먹을 듯 설강도를 노려보았다.

남궁휘가 다시 말했다.

"하지만 골짜기 안에도 우리가 왔다는 걸 연락 취해야 하지 않을까? 우리 역시 골짜기 안의 상황이 어떤지 알아야 하고. 그래야 효과적으로 전투를 치를 수 있어."

"나머지 사람들은 여기 남고 나와 인명 그리고 빙소소만 골짜기 안으로 들어간다. 휘, 지금부터는 네가 별동대를 이끈다. 단 공자와 갈 채주, 이에 동의하시오?"

현재 숲에서 매복하고 있는 별동대의 병력 오백 중 일백은 갈지산이 이끌고 온 삼왕채의 수적이다. 나머지는 삼강촌에서부터 함께 온 백여 명과 장강에서 합류한 삼백의 남악련도였다. 그러니 두 사람의 동의가 반드시 필요했다.

단금도와 갈지산은 남궁휘의 지도력을 믿었고, 거기에 덧붙여 백건악의 놀라운 전술과 통찰력을 두 눈으로 직접 보았다. 저들 두 사람이 없었다면 어떻게 전투를 치를까 싶을 만큼.

남궁휘와 백건악을 따로 생각할 수 없으니 남궁휘에게 지휘권을 맡기는 것에 대해 불만을 가질 이유 또한 없었다. 두 사람이 장개산을 향해 굳게 다문 입술로 고개를 끄덕였다.

장개산은 다시 남궁휘를 돌아보며 말했다.

"연락을 취할 일이 있다면 인명을 보내겠다. 하지만 상황에 따라 연락을 취하기가 곤란할 수도 있을 거야. 그땐 네가 알아서 판단하고 행동해야 해."

"삼강촌에서 다시 만난 이후부터 네가 우리를 이름으로만 부르기 시작했다는 거 알아?"

"내가 그랬나?"

남궁휘는 싱긋 웃더니 말했다.

"건악이 있으니까 염려하지 마라."

서로가 연락을 취할 수 없는 상태에서 잘못된 보조는 오히려 역효과가 날 수 있다. 이럴 때 필요한 것이 전투의 흐름을 읽고 보는 군사다. 남궁휘는 그 점을 말하고 있었다.

"건투를 빈다."

"너도."

장개산은 백건악, 설강도, 단금도, 갈지산과 차례로 눈을 마주치고는 자리를 떴다. 빙소소와 적인명 역시 사람들과 일일이 눈빛을 나눈 후 장개산의 뒤를 따랐다. 아무도 말하지 않았지만 어쩌면 마지막 인사가 될 수도 있다는 걸 모르는 사람은 없었다.

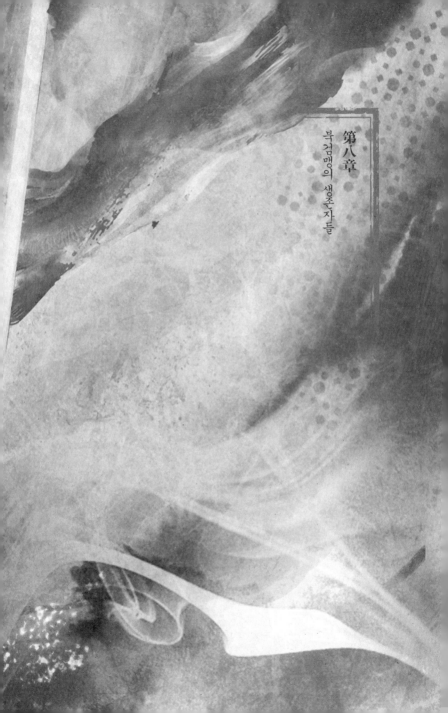

第八章

북검맹의 생존자들

十萬
對敵劍

삼만은 일국의 치안을 뒤흔들 정도로 엄청난 병력이지만, 바로 그 엄청난 숫자로 말미암은 치명적인 단점을 동반할 수밖에 없다. 한 사람이 삼만이나 되는 다른 사람의 얼굴을 모두 알고 기억하지 못한다는 점이 그것이다.

곧 간자가 활동하기 최적의 환경이었다.

장개산, 빙소소, 적인명은 역용으로 본래의 얼굴을 감춘 다음 적진에 스며들었다. 서로 얼굴을 마주 볼 만큼 가깝게 스쳐 간 자가 적지 않았지만 누구도 세 사람을 신경 쓰지 않았다.

신경 쓸 겨를이 없었다. 중무장을 한 채 대열을 갖추라는 명령이 떨어진 탓에 사람들은 모두 제 할 일을 하기 바빴다. 기마병들은 말에 안장을 얹었고, 궁수들은 전통을 채우고 활에 시위를 걸었으며, 기타의 냉병기(冷兵器)를 든 자들은 또 그들 나름대로의 방식으로 무장을 하고 백부장들이 꽂아놓은 대망혈기 아래로 속속 모여들기 시작했다.

그사이 세 사람은 적진의 중앙부까지 침투하는 데 성공했다. 장개산이 어깨를 나란히 한 채 걸어가고 있는 적인명에게 말했다.

"인명, 길을 찾았어?"

적인명은 창랑사우 중 가장 빠른 신법의 소유자인 데다 잠행술에도 발군의 실력을 보였다. 설강도의 말을 빌리자면 은신과 잠행에 관한 한 성라원의 장로들조차도 적인명에게는 한 수 접어준다고 했다.

설강도의 말은 거짓이 아니었다. 전날 항주의 운중동과 금화선부의 전투에서 장개산은 적인명의 기막힌 재간을 똑똑히 보았다.

말수가 적은 인간들은 머릿속에 생각이 많은 법이다. 장개산의 예상이 틀리지 않다면 적인명은 분지로 들어서는 순간 이미 적들의 눈을 피해 골짜기 안으로 들어가는 길을 살폈을 것이다. 예상은 적중했다.

"동쪽 암릉이 분지에 기다란 그늘을 드리웠어. 일단 저 그늘 속으로 깊숙이 들어간 다음 암릉을 타고 오르는 게 좋을 것 같군."

"삼만 쌍의 눈이 있다는 걸 잊지 마. 암릉을 오르기 전에 진흙바닥에 한 번 구르는 게 좋을 것 같아. 빙 소저는 너보다 벽호공이 서투를 테니 반드시 네가 그녀의 뒤를 따르도록 해."

"왜 내게는 함께 가지 않겠다는 말처럼 들리지?"

"난 잠깐 볼일이 있다."

"어쩌려고요?"

빙소소가 표정을 굳히며 물었다.

"오래 걸리지 않을 거요."

말이 끝나기 무섭게 장개산은 방향을 꺾어 서쪽으로 걷기 시작했다. 분주하게 오가는 사마외도들 사이로 사라지는 그를 보면서 빙소소가 중얼거렸다.

"대체 무얼 하려는 거죠?"

"그가 무얼 하려는 건지는 모르겠지만, 나를 선택한 이유는 알 것 같군. 서두르자."

*　　　*　　　*

빙소소와 헤어진 장개산은 곧장 수백 개의 막사가 운집해 있는 곳으로 향했다. 막사는 상당한 힘을 지닌 자들만 쓸 수 있는 것이었고, 장개산이 찾은 사람 역시 그곳에 있었기 때문이었다.

사실 창랑사우가 주둔지 전역으로 말을 달리며 대망혈기를 꽂아대는 기마인들을 지켜보고 있을 때, 장개산은 반대로 막사에서 나온 수뇌부들이 흩어지는 모습을 주시했다. 정확하게 말하면 그중 한 사람의 행로를 따라갔다.

잠시 후, 장개산은 그가 사라졌던 막사를 찾을 수 있었다. 대망혈제회 내에서 차지하는 엄청난 신분과 달리 그의 막사 앞에는 단 한 명의 초병만이 지키고 있었다.

이는 혹시나 모를 암살자들을 경계하기 위해 다른 막사의 주인들이 전문살수로 짐작되는 자들을 줄줄이 배치해 놓은 것과 사뭇 대조적인 모습이었다.

그나마 한 명 세워놓은 초병도 기도라곤 쥐뿔도 없이 덩치만 커다란 것이, 호위나 경계를 위해서라기보다는 이런저런 심부름을 시키기 위한 것으로 보였다. 하기야 하늘 아래 감히 누가 그의 목숨을 노릴 수 있을 것인가.

어쨌든 이런 상황이 장개산에겐 여러모로 수고를 덜어주었다. 초병이 적으니 침투가 쉽고, 그나마 한 명 있는 자도 자신과 비슷한 덩치에 검을 찼으니 위장하기에도 좋지 않은가.

그때 행운이 또 한 번 따라주었다.

막사의 주인이 초병을 부르는 소리가 들렸다. 초병이 막사 안으로 들어갔다 나오더니 어디론가 재빠르게 사라졌다.

잠시 후, 분주하게 오가는 사람들을 피해 저 멀리서 달려오는 초병의 손엔 호리병이 하나 들려 있었다. 결전을 앞두고 술이라도 한잔 걸칠 생각이었나 보다.

장개산은 잠시 주변을 둘러보며 아무도 신경 쓰는 사람이 없음을 확인한 후 그 사내에게 달려갔다. 그리고 다짜고짜 불같이 호령을 내렸다.

"왜 이렇게 굼뜬 게야!"

"누구… 시더라?"

짝!

뭘 어쩌고 말고 할 겨를도 없었다.

장개산은 그의 뺨을 사정없이 올려붙여 버렸다. 졸지에 뺨을 얻어맞은 사내는 암경이 실린 장력을 견디지 못하고 바닥에 처박혀 버렸다.

분주하게 오고가는 몇 사람이 그 광경을 목격했지만 누가 봐도 상급자가 하급자를 혼내는 모습이었다. 장개산의 장대한 체구에서 뿜어져 나온 위압감에 사람들은 행여라도 불똥이 자신들에게 튈까 모른 척 내빼기 바빴다.

날벼락을 맞은 사내는 어안이 벙벙한 표정이 되었다. 그가 무언가 말하기 위해 입술을 달싹거리는 찰나 장개산이 또다시 호통을 쳤다.

"장로님께서 타실 말에 마구(馬具)는 없었느냐?"

"마, 마구라뇨? 그런 말씀은 없으셨는뎁쇼."

"쯧쯧쯧. 그렇게 눈치가 없어서야 어느 세월에 출세를 할꼬. 그런 걸 일일이 말로 해주어야 알겠느냐?"

"이상하다. 분명히 그런 말씀은 없으셨는데……."

"냉큼 가서 마구나 얹거라!"

말과 함께 장개산이 사내가 들고 있던 호리병을 휙 낚아챘다. 마치 자신이 직접 가져다주겠다는 듯. 사내는 더욱 어안이 벙벙해져서 물었다.

"그런데 정말 누구십니까?"

"네놈이 정녕 내가 누군지 모른단 말이더냐?"

장개산이 두 눈을 착 가라앉히며 사내를 노려보았다. 덩치는 서로 엇비슷했지만 일신의 기도는 하늘과 땅만큼이나 차이가 났다.

일개 심부름이나 하는 자가 어찌 장개산의 기도를 감당할수 있을 것인가. 독사 앞의 개구리처럼 바짝 얼어버린 사내는 몇 걸음 물러나더니 뒤로 돌아보지 않고 줄행랑을 놓아버렸다.

장개산은 아무렇지도 않은 척 태연하게 돌아서서 걸음을

옮겼다. 잠시 후, 다시 막사 앞에 도착한 다음 일부러 발자국
소리를 낸 후 말했다.

"술을 가져왔습니다."

"들어오너라."

휘장을 걷고 안으로 들어가자 가장 먼저 보인 것은 바닥에
깐 큼지막한 우피였다. 그 우피 한가운데 빨간 화톳불을 품은
화로가 놓였고, 그는 그 너머에 앉아 부젓가락으로 숯을 뒤집
고 있었다.

오 척을 겨우 넘길 것 같은 작은 체구에다 허리까지 구부정
한 바람에 화로의 불씨가 금방이라도 은발의 수염을 타고 오
를 것만 같았다.

그는 천화성군 혁련월이었다. 육사부의 좌장이자 유성검
이병학, 백선검노와 더불어 천하삼검 중 하나로 거론되는 검
의 달인. 그리고 세상에 알려지지 않았지만 혈제의 팔맥 중
세 번째로 강한 자였다.

무시무시한 마맥의 전승자답지 않게 그는 언제 보아도 청
수한 노도사를 연상케 했다. 저런 모습 뒤에 얼마나 섬뜩한
성정이 숨어 있을 것인가.

"앉게."

"……!"

엉뚱한 사람이 술을 가져왔다. 게다가 처음 보는 얼굴이

다. 그런데도 누구냐고 묻지도 않고 앉으라고 한다. 장개산은
그가 자신의 정체를 간파했음을 직감했다. 오래 숨길 수 없을
거라는 건 예상했지만 이렇게 빨리 알아차릴 줄이야. 게다가
일절 놀라는 법이 없는 저 모습은 또 어떻게 받아들여야 하는
가.

장개산은 일단 자리에 앉았다.

혁련월은 아무런 말이 없었다. 심지어 장개산에게 눈길 한
번 주지 않았다. 그는 대나무를 잘라 만든 술잔 두 개에 장개
산이 가져온 술을 똑같이 나누어 붓더니 그중 하나를 들어 건
네면서 비로소 입을 열었다.

"죽엽청일세."

장개산은 술잔을 받아 단숨에 비운 후 말했다.

"놀라지 않으시는군요."

"이만큼 살다 보면 놀랄 일이 별로 없지."

"제가 찾아올 줄 아셨습니까?"

"전혀. 하지만 살아 있을지도 모른다는 생각은 했지. 혈제
의 여덟 번째 맥이 그렇게 쉽게 죽었을 리가 없으니까. 그리
고 살아 있다면… 한 번쯤 나를 찾아올지도 모른다는 생각은
했네."

의미심장한 한마디를 던져 놓고 혁련월은 고개를 들어 장
개산을 응시했다. 단지 시선이 마주쳤을 뿐인데 장개산은 두

개의 칼끝이 자신의 두 눈을 후벼파는 듯한 착각이 들었다. 그는 자신을 시험하고 있었다.

"이미 알고 있군."

"적안살성에게 들었습니다."

오래 살다 보면 놀랄 일이 별로 없다더니 이번만큼은 아닌 모양이었다. 혁련월의 얼굴에서 처음으로 감정이라는 것이 나타났다. 놀람과 당혹감과 의혹이 하나로 뒤섞여 매우 혼란스러운 듯한 표정이었다.

"어디까지 들었나?"

"혈제의 팔맥과 제종산문의 뿌리, 선대에 얽힌 은원들, 그리고 오늘의 이 엄청난 일들을 꾸민 한 여자의 일생까지 모두 들었습니다."

"혹, 그가 살아 있나?"

"죽었습니다. 제 손으로 돌무덤을 쌓아주었지요."

혁련월의 동공이 몇 번이나 커졌다가 작아지기를 반복했다. 믿었던, 믿고 싶었던 그의 세계가 흔들리고 있는 것이다. 장개산은 이제야말로 결정적인 한 방을 날려야 할 때라고 생각했다.

"적안살성은 뱀에게 물려 죽은 것이 아닙니다. 또한 저에게 당한 것도 아닙니다. 그는 벽사룡이 펼친 백선류에 죽임을 당했습니다."

"방금 자네가 한 말이 지닌 무게를 아는가?"

"안부나 묻자고 찾아온 것이 아닙니다. 우리가 그럴 사이는 아니지 않습니까?"

"말만으로는 나를 흔들 수 없을 것이네."

"한 식경 후 왼쪽 암릉 너머 숲에서 기다리겠습니다."

말을 끝낸 장개산은 미련없이 자리를 털고 일어섰다.

"아직 일어서도 좋다는 허락을 하지 않았네만."

"저를 포로로 잡을 생각이십니까?"

"내게는 그 편이 수월할지도 모르지."

무공의 격차가 크지 않으니 혁련월이 장개산을 잡으려면 한바탕 소란이 일어날 수밖에 없다. 반각도 되지 않아 장개산은 모든 사람에게 정체가 탄로 나게 된다.

벽사룡이 직접 죽였다고 공언한 장개산이 살아 있다는 걸 알면, 그래서 대망혈제회와 북검맹이 각자의 명운을 건 전장에 다시 나타났다는 걸 알게 되면 사람들은 어떤 표정을 지을까? 벽사룡은 과연 그 사실을 반길까?

이는 혁련월에게도, 대망혈제회의 회도들에게도 결코 좋은 일이 아니었다. 따라서 혁련월은 절대로 장개산을 잡을 수가 없었다.

"말만으로는 저를 흔드실 수 없을 겁니다."

장개산은 막사의 오른쪽 면을 살짝 일별하고는 마치 제집

문을 열어젖히듯 거침없이 휘장을 걷고 나가 버렸다. 장개산이 사라지자 오른쪽 벽체가 희끄무레하게 일렁이며 한 사람이 모습을 드러냈다.

은하검객 마중영이었다.

혁련월은 처음부터 그의 존재를 알고 있었다는 듯 역시나 놀라는 법이 없었다. 하지만 허락도 없이 막사로 잠입한 것에 대해 무언가 변명이라도 해야 한다고 생각한 마중영이 손에 든 호리병을 들어 보이며 말했다.

"한잔할까 해서 왔더니만 벌써 대작을 하고 계셨군요."

마중영은 잠시 너스레를 떤 후 갑자기 표정을 가라앉히며 말했다.

"어떻게 하실 생각이십니까?"

혁련월은 섣불리 대답을 하지 않고 자신의 앞에 놓인 술잔에 애꿎은 술만 따랐다.

마중영이 더욱 낮은 음성으로 말했다.

"한 가지는 확실해졌습니다. 혈제의 종맥이 우리에게 거짓말을 했다는 것."

혈제의 종맥은 벽사룡을 말한다. 대망혈제회의 십만회도들은 그를 일컬어 염마천주라고 칭하지만 두 사람에겐 혈제의 종맥이라는 이름이 더욱 무거웠다. 죽은 후동관을 비롯해 자신들 여섯이 충성을 맹세한 것도 혈제의 맥을 바로 세우고 그 이름 아래 무림을 일통하기 위해서가 아니었던가.

벽사룡은 분명 지저빙호에서 장개산을 일장에 쳐 죽였다고 했다. 하지만 그는 멀쩡히 살아 있었다.

*　　　*　　　*

장개산은 적인명과 빙소소가 택한 길을 통해 골짜기 왼쪽의 암릉을 기어올랐다. 미리 연락을 받았는지 궁수들이 곳곳에 포진한 가운데 몇몇 낯익은 인물이 마중을 나와 있었다.

검과 궁으로 무장을 한 열서너 살가량의 여자아이 하나가 후다닥 달려와서는 다짜고짜 장개산에게 안겨 울기 시작했다. 장개산은 잠깐 당황했지만 이내 녀석을 품에 안으며 머리를 쓰다듬어 주었다.

"왜 이제야 왔어요. 얼마나 무서웠다고요."

가약란이 말했다.

장개산은 녀석의 등에 단단하게 메어져 있는 전통과 활, 그리고 허리춤에 꽂은 검을 차례로 살폈다. 전통의 화살은 거의 소진되어 몇 발 남지 않았고, 검갑에는 피가 덕지덕지 묻어 있었다. 무엇보다 여기저기 찢기고 헤진 옷가지며 소맷자락 등이 그간의 고생이 어떠했는지를 말해주었다.

가약란이 북검맹의 맹도가 되어 무인의 길을 가고 있다고는 하나 아직은 아이에 불과했다. 이런 녀석도 전장에서 검을 들고 싸워야 할 만큼 상황이 다급했던 것이다.

"믿을 수가 없군."

마중 나온 사람들 사이에서 묵직한 음성이 흘러나왔다. 북검맹에 입맹할 당시 장개산에게 그렇게 골탕을 먹이고 또 구제도 해준 집법당주 조길창이었다. 장개산은 청옥산에 계신 사부를 다시 만난 것 같은 반가움에 저도 모르게 깊숙이 허리까지 숙이며 포권지례를 올렸다.

"늦어서 죄송합니다."

"탈맹(脫盟)에도 절차가 있는 법. 선후를 따지자면 야반도주를 해서 맹기를 문란케 한 것부터 사죄해야겠지. 물론 징벌은 별개이네. 곤장 오백 대와 한 달의 감금형은 각오해야 할 것이네."

조길창은 아직도 장개산을 북검맹도로 여기고 있었다. 정식으로 탈맹의 절차를 밟아 맹주의 재가가 떨어지기 전까지는 외인이 아니라는 논리다.

이는 사실 어느 문파나 마찬가지였다. 하나의 세력에 몸을 담았던 사람들은 의도했든, 하지 않았든 그 세력 내의 구조와 사람들에 대해 많은 정보를 가지고 있다. 그것을 외부로 발설하지 않을 것이며 만약 이를 어길시 죽음을 각오하겠다는 맹약을 한 후에야 비로소 자유의 몸이 될 수 있었다.

물론 이건 백도문파들의 애기고, 흑도방파들의 경우에는 아예 탈방이라는 것 자체가 없는 경우가 많았다. 흑도인들에게 탈방은 곧 죽음을 의미했으니까.

여전히 원칙을 깐깐하게 고집하는 조길창을 보니 장개산은 비로소 북검맹의 생존자들과 조우했다는 사실을 실감할 수 있었다.

"그만하거라. 다 큰 처녀가 이 무슨 흉한 모습이더냐."

조길창이 아직도 장개산에게 찰싹 달라붙어 있는 가약란을 꾸짖었다. 장개산의 가슴을 한순간에 무장해제시켜 버리는 가약란도 엄한 사부는 무서웠던 모양이다. 그녀가 소매로 눈물을 훔치며 물러났다.

"가세. 다들 기다리고 있네."

골짜기 안쪽은 바깥에서 볼 때와 달리 넓은 공터였다. 하지만 자연적으로 생긴 공터가 아니었다. 계단처럼 층층이 오르는 밭도 있고, 어찌 된 영문인지 가장자리의 기슭엔 중원에선 좀처럼 볼 수 없는 형태의 초옥도 즐비했다. 금방이라도 무너져 내릴 것처럼 위태로운 것이 분명 오래된 초옥들이었다.

"한때 요족(瑤族)이 화전을 일구고 살았던 곳이네. 수년 전 신성시하는 거목이 벼락을 맞아 불탄 후 풍토병이 도는 바람에 마을 사람 절반이 죽었다더군. 이후 남은 사람들은 저주받은 땅이라 하여 터전을 옮겼다고 들었네."

조길창이 말했다.

요족이 버리고 난 땅은 지금 북검맹 생존자들의 최후 피난처가 되어 있었다. 곳곳에 모닥불을 피워놓은 가운데 사람들은 폭이 가장 좁은 골짜기 입구에 돌을 쌓고 있었다. 필시 적의 공격에 대비해 저지선을 만드는 것이리라.

한데 성한 사람이 드물었다. 어떤 자들은 팔이 떨어졌고, 어떤 자들은 다리를 절룩거렸으며, 어떤 자들은 핏물이 든 광목으로 머리를 친친 동여매고 있었다.

부상을 입지 않았다고 해서 멀쩡한 건 아니었다. 남만의 거친 숲을 얼마나 달렸는지 옷자락은 죄다 찢어져 넝마가 따로 없고, 머리카락은 제멋대로 풀어 헤쳐지거나 아니면 대충 거치적거리지 않도록만 묶어둔 상태였다.

그런 사람이 천오백여 명 정도 되었다. 사람들의 상태는 그렇다고 치더라도 장개산이 생각했던 것보다 숫자가 훨씬 적었다. 애초 북검맹의 맹도가 삼천여 명 정도였으니 절반이 없는 셈이다. 천오백의 병력으로 삼만의 병력과 대치하고 있었다니.

잠깐 사이에도 사람들은 석축을 쌓기 바빴다. 골짜기로 들어오는 순간부터 시작되었을 작업은 어느새 일 장에 가까운 높이까지 올라간 상태였다. 하지만 저건 놈들의 돌진을 주춤하게 만들 수는 있어도 근본적인 대책이 되지는 않았다.

일을 하던 사람들이 힐끔힐끔 장개산을 바라보았다. 낯선 사람이 조길창과 함께 등장했기 때문이 아니다. 그건 분명 자신을 알아본 눈빛들이었다. 그런 눈빛들이 여기저기서 눈에 띄었다. 어떤 자들은 눈물을 훔쳤고, 어떤 자들은 가볍게 고개까지 끄덕여 주었다.

심지 어떤 자들은 장개산을 조금이라도 더 가까이에서 보기 위해 일부러 이쪽으로 걸어와 스치듯 지나치기도 했다. 머지않아 장개산은 골짜기 안에 있는 사람 모두가 자신의 존재를 인지한다는 사실을 알 수 있었다.

"사람들이 저를 알아보는 것 같습니다만."

장개산이 말했다.

"언니가 말해줬어요. 아저씨가 곧 올 거라고."

가약란이 옆에서 재잘댔다.

언니란 빙소소를 말하는 것일 게다. 다 죽어가던 조금 전의 모습과 달리 녀석의 얼굴에선 어느새 생기가 돌고 있었다. 마치 장개산이 나타난 이상 이제 하나도 두려울 게 없다는 듯.

하지만 장개산이 물은 건 그런 뜻이 아니었다. 지금은 적들을 코앞에 둔 상황, 자신이 살아서 돌아왔다는 게 알려져서 좋을 게 하나도 없었다.

어차피 알려질 일이긴 하다. 하지만 그로 말미암아 북검맹은 장개산을 이용해 벽사룡과 삼만의 사마외도들에게 강력한 뒤통수를 칠 기회 한 번을 놓쳐 버렸다. 전시에 적들을 당황하게 만드는 것이 얼마나 큰 효력을 발휘하는지 모를 적인명과 빙소소가 아니었다.

"어떻게 된 겁니까?"

장개산이 조길창에게 다시 물었다.

"윗선에서 지시가 있었네."

"적들이 알아차리기라도 하면 어쩌려고요."

"그런 일은 없을 걸세."

"무슨 뜻입니까?"

"적진에 괴물 같은 자가 한 명 있네. 놈이 누구인지, 어떤 실력을 가졌는지, 심지어 어떻게 생겼는지조차 알지 못하네. 하지만 한 가지는 분명하지. 그가 수시로 골짜기를 들락날락하고 있다는 것. 그 솜씨가 어찌나 귀신같은지 다들 흑사령(黑死靈)이라고 부르지."

"……?"

"놈들은 골짜기 안에서 벌어지는 일들을 속속들이 알고 있네. 부상자가 몇 명인지, 식량이 얼마나 남았는지, 심지어 어떤 고수들이 있는지까지도. 하지만 자네가 누구인지는 모를 걸세. 골짜기 안으로 들어와 척후를 살필 수는 있을지언정 사람들의 마음속까지 들여다보지는 못할 테니까 말일세."

점점 더 모를 소리만 한다.

"빙소소와 적인명이 이곳으로 들어올 때 역용을 하고 있더군. 자네도 마찬가지고. 그러니 척후병이 설령 자네를 보았다고 해도 사람들이 자네의 이름을 입에 올리지 않는 이상 놈들은 자네가 누구인지 절대로 알 수가 없네. 생존자가 천오백명밖에 되질 않으니 간자가 섞일 염려도 없고. 병력이 적으니 그것 하나는 좋군."

"사람들이 제 이름을 입에 올리지 않는다고요?"

"맹주께서 엄히 명령을 내리셨네. 혼잣말로라도 자네들 세사람의 이름을 입에 올리는 자가 있다면 그 자리에서 극형에처할 것이라고. 명령은 자네가 살아 돌아왔다는 얘기와 함께대주들의 입을 통해 모두에게 은밀히 전달되었지."

장개산은 사람들이 자신을 보고도 환호하지 않는 이유, 모른 척 훔쳐본 이유를 그제야 알 수 있었다. 그럼에도 불구하고 여전히 이해가 되지 않는 것이 있었다.

"저의 존재를 숨기면 간단할 것을, 일을 왜 이렇게 복잡하게 처리하시는 겁니까?"

"어제 새벽 이곳으로부터 십 리 정도 떨어진 곳에서 대규모의 전투가 있었네. 북검맹에 동참했던 타 문파의 문도들을비롯해 이천여 명이 죽고 삼백여 명이 중상을 입었지. 오랜 전투로 지쳐 있었는 데다 병력의 육 할을 잃는 패전까지 치르자 사람들은 절망에 빠졌네. 사기는 땅에 떨어졌고, 놈들이 골짜기 앞에 진을 치기 시작한 오늘 아침에는 스무 명의 부상자가 두려움을 이기지 못하고 스스로 목숨을 끊었네. 이 상태로는 도저히 전투를 치를 수가 없었네."

"……?"

"그러던 차에 자네들이 왔네. 바깥 숲에는 남궁휘와 단금도가 오백에 달하는 지원병을 이끈 채 매복 중이라는 소식과 함께. 이제 맹주께서 위험을 무릅쓰고서라도 자네들의 귀환 소식을 사람들에게 전한 이유를 짐작하겠나?"

"이유는 이해가 갑니다만 방법이 참으로 교묘하군요. 이 짧은 시간에 어떻게 그런 묘안을 짜낼 생각들을 하셨는지 모르겠습니다."

"성라원의 머리 모두를 합쳐도 그 짧은 시간 안에 그런 계책을 만들어낼 수는 없을 것이네. 그건 한 사람의 머리에서 나온 발상이네."

"그가 누구입니까?"

"곧 알게 될 걸세."

얘기를 나누며 한참을 걷다 보니 어느새 골짜기 가장 깊숙한 곳까지 들어섰다. 용 같고 범 같은 무인 십수 명이 다른 곳보다 조금 큰 초옥을 삼엄하게 둘러싸고 있었다. 하나같이 낯이 익은 것이 북검맹의 무사들이었다. 그중 한 사람이 앞으로 나와 말을 걸어왔다.

"혹 저를 기억하시겠습니까?"

"방산문(方山門) 육대 제자 예공무, 맞지요? 호광성 서쪽에서 왔고, 산이 네모반듯해서 방산문이라고 이름 지었다던가?"

"기억하시는군요."

우락부락하게 생긴 덩치는 감개무량한 표정이 되었다. 그는 장개산이 처음 북검맹에 입문했을 때 신입 맹도들이 생활하는 창룡전(蒼龍殿) 식당에서 만난 사람이었다.

장개산도 그랬지만, 그 역시 패기만 가득한 후기지수에 불과했는데 오늘 보니 제법 산전수전 겪은 무림인 티가 났다. 모두가 각자의 위치에서 단단한 무인으로 성장해 가고 있는 것이다.

"복건성에서 왔다던 남선문(南船門)의 칠대 제자가 보이질 않는군요. 이름이 엽양준이라고 했던 것 같은데."

장개산이 다시 물었다.

엽양준은 예공무와 함께 만났던 후기지수였다. 모두가 장개산을 두고 뒤에서 숙덕거릴 때 이들 두 사람만은 호탕하게 자기소개를 하며 앞으로 잘 지내보자고 했었다. 이후 크게 왕래가 있었던 건 아니지만 간혹 창룡전의 식당에서 마주치면

서로의 안부를 물으며 건승을 빌어주곤 했었다.

"그는 죽었습니다."

"……?"

"사흘 전 있었던 전투에서 놈들이 쏜 화살에 맞아 그만…… . 둘이서 가끔 장 대협의 얘기를 하곤 했었지요. 사흘만 더 버텼으면 만날 수 있었을 것을."

"시간이 많지 않네."

조길창이 점잖게 나무라자 예공무는 뒤늦게 자신의 실책을 깨닫고 황급히 길을 터주었다. 그러곤 장개산을 향해 묵직한 한마디를 흘렸다.

"다시 만나게 되어 영광입니다."

그는 마치 장로를 대하듯 깍듯하게 장개산을 대했다. 일 년 사이에 장개산은 북검맹의 운명을 좌지우지할 정도로 거인이 되어버린 탓이다. 적어도 그의 기준에서는 그랬다.

장개산은 가볍게 고개를 끄덕인 후 초옥 안으로 들어갔다. 지붕 곳곳에 뚫린 구멍 사이로 별이 보이는 초옥은 본래 벽체가 없었던 것 같다. 지금은 생나무를 켜켜이 쌓아 임시로 벽체를 만들어두었는데 발을 들여놓는 순간 고약한 냄새가 은은하게 풍겨왔다.

돼지똥 냄새였다. 초옥은 과거 돼지우리였던 것이다. 요족이 떠난 지 수년 흘렀음에도 아직 냄새가 남아 있는 것은 돼지의 배설물이 오랜 세월 땅속에 스며들었기 때문이리라.

그 돼지우리 안에 북검맹의 장로들이 탁자도 없이 옹기종기 앉아 있었다. 가장 안쪽 상석에는 맹주 유성검 이병학이 있었다. 다시 좌우에는 남궁세가주인 남궁유룡을 비롯해 옥산백가주 백검령, 구양세가주 구양수옥, 복건적가주 적산월의 사대 공신들과 포검문주 빙철산, 천검문주 설인옥 등이 차례로 앉아 있었다.

저들은 각각 남궁휘, 백건악, 구양소문, 적인명 그리고 빙소소와 설강도의 아버지이자 동시에 성라원의 장로들이었다.

초옥 안에는 장로급의 또 다른 인물들도 적지 않았다. 일일이 이름을 알지 못하지만 모두가 강동무림을 대표하는 일문의 존장일 것이다. 장개산이 북검맹을 비운 일 년 동안 성라원의 가옥을 채운 사람들이 분명했다.

한 걸음 물러난 곳에서 적인명과 함께 조용히 시립해 있던 빙소소가 장개산에게 고개를 끄덕였다. 어서 예를 갖추라는 뜻이었다. 장개산은 이병학을 중심으로 초옥에 모인 모든 노강호를 향해 정중히 포권지례를 올렸다.

"장개산, 인사 올립니다."

"앉게나."

이병학이 말했다.

장개산이 두 다리를 포개고 앉는 동안에도 사람들은 하나같이 믿을 수 없다는 표정이었다.

"조 당주도 앉으시오."

장개산을 안내한 후 돌아서 나가려던 조길창을 이병학이 불러 세웠다. 조길창은 겸양했다.

"속하가 낄 자리가 아닌 듯하옵니다만."

"경험 많은 노강호가 많이 죽었소. 지금은 한 명이라도 혜안을 보태야 할 때요. 어서 앉으시오."

조길창은 더는 거절을 못하고 한 걸음 떨어진 곳에서 자리를 잡고 앉았다. 이병학은 빙소소와 적인명에게도 말했다.

"너희도 앉거라."

누구의 명이라고 거역하겠는가. 적인명과 빙소소는 조길창이 그랬던 것처럼 적당히 거리를 두고 자리를 잡았다. 모두가 착석을 하자 이병학이 장개산을 돌아보며 말했다.

"지난 얘기는 대충 들었네. 자네 역시 오는 동안 조 당주에게 우리의 사정에 대해 어느 정도 들었겠지? 서로 묻고 싶은 것이야 많겠지만 지금은 시간이 많지 않으니 당면한 일부터 논의를 해보도록 하세."

"놈들의 진영에서 물소와 철갑으로 무장한 기마인들을 보았습니다. 그들에 대해 더 아시는 바가 있으십니까?"

장개산이 물었다.

"흑우병단을 말하나 보군. 벽사룡을 수호하는 정예의 호위병이자 전시에는 선두에서 적진을 쓸어버리는 돌격대지. 이미 숱한 문파들이 그들의 발굽에 짓밟혔네. 우리 쪽에도 심각한 피해를 입혔고."

"북쪽 하늘에서 먹구름이 몰려오고 있습니다. 한 시진 후면 달빛이 사라지고 사방이 암흑천지로 변하게 될 겁니다. 짐작하시겠지만 놈들은 그때를 노려 중무장한 흑우병단을 앞세우고 골짜기 안으로 돌진해 올 겁니다. 흑우병단을 막지 못하면 모든 게 끝장입니다."

"전날 있었던 놈들의 화공으로 말미암아 철갑을 뚫을 수 있는 강전(强箭)과 쇠뇌가 모두 불타 버렸네. 현재로썬 골짜기 입구에 쌓아놓은 석축을 최대한 활용하는 선에서 대안을 찾아야 하는 상황이네."

"저는 포검문주께서 했던 제안이 적절하다고 봅니다만."

남궁유룡이 말했다.

백검령, 구양수옥, 적산월을 제외하고는 모두가 금시초문인 듯한 표정이었다. 이른바 사대공신가의 가주들과 포검문주가 따로 의견을 나눈 모양이었다. 남궁유룡이 빙철산에게 고개를 끄덕여 보이자 그가 나머지 사람들을 위해 천천히 입을 열었다.

"전투가 벌어지면 우리 쪽 최고수 몇 명이 적진으로 뛰어들 겁니다. 목표는 벽사룡. 놈을 인질로 잡을 수만 있다면 돌파구가 생길지도 모릅니다. 그때쯤이면 흑우병단이 석축을 뚫기 위해 돌격 중일 것이니 상대적으로 호위도 느슨한 편이고 말입니다. 이에 대해 여러분의 생각을 묻고자 합니다."

"정작 문제는 따로 있습니다. 아시다시피 전투가 벌어지면 벽사룡은 항상 오사부를 좌우에 거느립니다. 그들을 뚫고 벽사룡을 사로잡는 게 가능할까요?'

다부진 체격에 강렬한 인상을 지닌 초로인이 말했다.

"어떤 사람들이 가느냐에 따라 다르겠지요. 맹주님을 중심으로 성라원의 장로가 모두 동원된다면 불가능하지만은 않을 겁니다."

오사부 중 가장 강한 사람은 역시 천화성군 혁련월이다. 그는 천하삼검 중 한 명에 속하는 거물, 역시나 천하삼검이자 사실상 최강의 검사라는 이병학이면 혁련월을 잡는 것은 가능할 것이다. 단숨에 쓰러뜨리지는 못하더라도 최소한 그의 발목을 묶어버릴 수는 있다.

다음엔 은하검객 마중영이 있다. 그는 남궁유룡이 맡으면 된다. 세간의 평가로만 보자면 남궁유룡은 마중영과 비슷한 경지이거나 반 수 정도 아래였다. 이병학, 혁련월과는 입장이 뒤바뀐 셈. 하지만 발목을 묶어두는 일은 역시 어렵지 않았다.

그들 둘을 제외하면 셋이 남는데 설산옥녀 요교랑은 골절의 부상에서 완전히 회복되지 않아 제 실력의 칠 할밖에 펼치지 못하고, 일지혼마 화녹천은 좌장을 쓰지 못한다는 말이 있었다. 모두 전날 금화선부에서 장개산에게 당한 탓이었다.

남은 사람은 이제 신검차랑 육심문인데, 단지 발목을 묶어 놓는 일이라면 그들 셋을 능히 상대할 수 있는 인물이 지금 이 자리에만도 다섯은 된다. 그러니 빙철산의 말은 제법 그럴 듯했다. 아니, 어쩌면 지금 이 상황에서 북검맹의 생존자들이 취할 수 있는 유일한 방법인지도 몰랐다.

"벽사룡은 누가 잡는 겁니까?"

왜소한 체격에 청수한 인상을 지닌 초로인이 물었다.

한순간 좌중이 고요해졌다.

놈이 지난날의 그 벽사룡이 아니라는 건 이제 모두가 알고 있었다. 사실 워낙 막강한 전력을 거느렸기에 수많은 백도문파를 치는 와중에도 놈이 무공을 선보인 일은 거의 없었다.

하지만 아주 없지는 않아서 목격자들을 통해 놈의 놀라운 신위가 풍문이 되어 떠돌고 있었다. 검끝에서 월광을 닮은 백색의 광염이 일 장이나 뿜어져 나와 방원 십여 장을 초토화시켜 버린다던가?

그건 지금까지 나타났다가 사라진 그 어떤 무인들도 가보지 못한 경지였다. 소문이 사실이라면 벽사룡은 오사부를 넘어선 것이다.

"그게 제가 지금 이 자리에서 작전을 다시 언급하는 이유입니다. 불과 초저녁까지만 해도 마땅한 대안이 없었습니다만, 어쩌면 지금은 가능할지도 모르겠습니다."

빙철산을 필두로 모든 사람들이 장개산을 바라보았다. 장개산이 벽사룡을 잡아주기를 바라는 것이다. 이 시점에서 장개산의 무예를 의심하는 사람은 이제 없었다.

어떻게 그럴 수 있는지 모르겠지만 장개산은 금화선부에서 야신을 죽였고 이천여 명의 사마외도에게 둘러싸인 상태에서는 요교랑과 화녹천을 반불구로 만들어 버렸다. 벽사룡이 오사부를 넘어선 것처럼 장개산 역시 북검맹 성라원의 장로들을 넘어서 버린 것이다.

자신의 연인이 북검맹의 장로들에게 인정을 받자 빙소소는 기쁜 마음을 감출 수가 없었다. 장개산이 벽사룡과 싸운다고 생각하면 걱정이 태산 같았지만 어차피 벽사룡은 장개산의 몫이었다.

지금 이 자리에 모인 사람들은 까맣게 모르고 있지만 두 사람은 혈제의 무맥을 이은 전승자로서 어쩔 수 없는 승부를 겨루어야 했다. 그건 피할 수 없는 일이었다.

하지만 장개산의 입에서 나온 말은 모두를 실망시켰다.

"그건 안 됩니다."

"어째서?"

빙철산이 물었다.

"이 작전이 가능하려면 골짜기 안에 남은 사람들이 흑우병단을 상대로 최소 일다경은 버텨주어야 합니다. 노강호들께서 모두 자리를 비운 상황에서 그들이 얼마나 버틸 수 있을 것 같습니까?"

"하고 싶은 말이 무엇인가?"

"전투가 벌어지면 부상자들이 가장 먼저 죽겠죠. 다음엔 여자와 아이들이, 다음엔 청운의 꿈을 품고 입맹한 이름없는 문파의 제자들이, 결국 명문대파의 제자들만 마지막까지 살아남게 될 겁니다. 원하는 게 그것입니까?"

지금 상황에서 명문대파의 제자들이란 결국 사대공신가를 비롯해 그들과 종횡으로 엮인 무림문파들의 제자들일 수밖에 없었다. 장개산의 말은 듣기에 따라 이 자리에 모인 장로들에게는 똥물을 끼얹는 격이 될 수도 있었다.

"그 말은 곧 무고한 사람들을 희생시켜 우리만 살길을 도모하려 한다는 뜻이렷다!"

화가 난 빙철산이 목청을 높였다.

"저는 다만 예상할 수 있는 결과를 말씀드린 겁니다."

"자네가 예상할 수 있었던 것을 어찌 우리는 몰랐을꼬!"

빙소소는 어찌할 바를 몰랐다.

장개산은 분명 이곳에 모인 장로들을 모욕했다. 저런 말은 하면 안 되는 것이다. 가끔 제멋대로인 줄은 알았지만 저 정도까지 물색이 없지는 않았는데 왜 저토록 무례한 말을 하는 걸까? 이쯤에서라도 한발 물러나 주면 좋으련만 그는 전혀 그럴 생각이 없어 보였다.

"아무리 생각해도 제가 무얼 잘못했는지 모르겠군요."

"이런 시건방진 녀석 같으니라고!"

참다못한 빙철산이 불같이 화를 냈다.

호목을 부릅뜬 채 금방이라도 자리를 박차고 일어나려는 그를 남궁유룡이 조용히 붙잡았다. 빙철산이 가까스로 노기를 다스리자 남궁유룡이 장개산을 돌아보며 말했다.

"우리는 지금 이 전쟁을 승리로 이끌자는 게 아닐세. 사람들을 희생시켜 소수의 몇 사람만 살길을 도모해 보자는 것도 아니고. 다만 할 수 있는 거라도 있을 때 하자는 것일세."

"제게 조금만 시간을 주십시오."

"다른 복안이라도 있는 건가?"

"지금은 자세하게 설명드릴 수가 없습니다. 하지만 어쩌면 모두가 살길이 생길지도 모르겠습니다. 만약 그 계획이 수포로 돌아가면 제가 가장 먼저 적진에 뛰어들어 벽사룡을 상대하겠습니다. 만약 놈을 잡지 못하면 함께 죽겠습니다."

장개산의 느닷없는 제안에 사람들은 어리둥절한 눈빛을

나누기 시작했다. 잠시 어색한 침묵이 흐른 후 조길창이 조심스럽게 입을 열었다.

"제가 한 말씀 올려도 되겠습니까?"

"말씀해 보시오."

이병학이 말했다.

"포검문주께서 말씀하신 작전은 어차피 흑우병단이 벽사룡의 곁을 떠나는 전중에라야 가능한 것이 아니겠습니까? 하면 그때까지는 시간이 남는 셈이군요."

조길창의 말은 딱 거기까지였다.

그래서 장개산에게 시간을 주자는 말도, 그를 믿어보자는 말도 덧붙이지 않았다. 하지만 그가 하려는 말의 의미를 모를 사람은 이 자리에 없었다. 사람들은 과연 그렇다는 듯 모두가 끄덕였다.

"원주께서는 어떻게 생각하십니까?"

이병학이 남궁유룡에게 물었다. 맹주는 자신이지만 사실상 북검맹을 이끄는 사람은 남궁유룡이었다. 그의 생각은 곧 성라원 장로 모두의 생각과도 같았다.

"마땅한 생각 같습니다만."

이병학은 다시 사람들을 아우르며 말했다.

"나 역시 포검문주와 생각이 같습니다. 사실 삼만이라는 병력 앞에서는 그 어떤 신기묘산(神機妙算)한 작전도 무용지

물인 법이지요. 많은 희생이 확실시되는 데다 성공 가능성까지 희박하기 짝이 없지만, 현재로선 벽사룡을 인질로 생포한 다음 협상을 하는 것만이 그나마 살아남은 생존자들을 구할 수 있는 유일한 방법이라고 봅니다. 이에 모두 결전을 치를 준비와 각오들을 해주시기 바랍니다."

사람들이 저마다 고개를 주억거렸다.

이병학이 이번엔 장개산을 돌아보며 말을 이었다.

"반 시진을 주겠네. 그 안에 가능성을 보여주지 못한다면 자네는 공언한 대로 나와 함께 적진으로 뛰어들어야 할 걸세."

"약속하겠습니다."

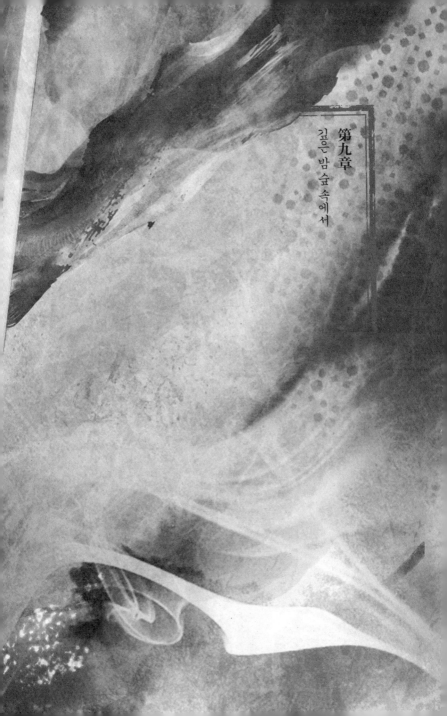

第九章

깊은 밤 숲 속에서

　초옥을 나온 장개산은 빙소소, 적인명과 함께 조길창의 안내를 받으며 석축이 쌓이는 장소로 갔다. 전투가 시작되면 그곳이 첫 번째 격돌지이자 북검맹 생존자들의 입장에선 사실상 유일무이한 방어선이 된다.

　석축에 가까이 다가가자 작은 몸을 이끌고 열심히 돌덩이를 나르던 가약란이 또다시 조르르 달려와 아는 체를 했다. 그러곤 사람들을 바라보는데, 어깨에 힘이 잔뜩 들어간 것이 마치 '내가 이 사람과 얼마나 친한지 이제 알겠지?' 하는 표정이었다.

그때 장개산은 생각지도 못했던 한 사람을 발견했다. 명아주 지팡이를 짚은 채 석축이 쌓이는 광경을 지켜보면서 사람들에게 이것저것을 지시하고 있던 노인은 놀랍게도 망구객점의 하 노인이었다.

"점주님……!"

"그새 유명 인사가 되었더군."

하 노인이 빙그레 웃으며 말했다. 한데 그의 모습이 어딘가 이상했다. 한쪽 소매가 헐렁한 것이 좌수가 사라지고 없었다.

이곳까지 오는 동안 들은 풍문에는 대망혈제회가 흑도방파들에게만은 복종의 맹세와 함께 매년 상당한 금액의 조공을 바친다는 조건에서 살길을 열어준다고 했다. 사마외도와는 정체성이 그리 멀지 않은데다 흑도인들은 언제나 힘을 최고의 가치로 숭상하기 때문에 수많은 흑도방파가 대망혈제회에 무릎을 꿇었다고 들었다.

그토록 많은 전투를 치르고서도 대망제회의 병력이 줄어들지 않고 점점 늘어나는 이유가 거기에 있었다. 사천회 역시 북검맹과 대립각을 세우던 흑도방파였다. 한데 왜 이곳에서 북검맹의 생존자들과 함께 있는 걸까?

"어떻게 된 겁니까?"

"많은 일이 있었지만 간단히 정리를 하자면 이렇네. 전날 야신의 행사를 방해하고 음지에서 북검맹을 도왔다는 빌미로 사마외도들이 사천회를 예고없이 기습했고, 그 과정에서 대부분 죽거나 도망쳤네. 난 북검맹주께서 여기 계신 조당주를 보내주시어 가까스로 목숨을 건질 수 있었지."

한 팔은 그때 잃은 것일 게다.

사천회는 한때 빙소화가 몸 담았던 곳이다. 그리 썩 좋은 부류는 아니었지만 막상 사천회가 증발해 버렸다고 하자 장개산은 빙소화의 사문이 사라져 버린 것처럼 씁쓸했다.

하 노인이 의문스런 표정으로 조길창을 바라보았다.

조길창이 답했다.

"시키신 대로 모두 얘기했습니다."

하 노인이 다시 장개산을 돌아보며 물었다.

"골짜기 안으로 들락거리는 귀신이 있다는 얘기 들었겠지? 그만한 실력을 지닌 자가 지금 돌아가는 분위기를 모르지 않을 터, 분명 자네가 누구인지 알아내기 위해 가까이 접근할 걸세. 그때를 노려 자네가 그 귀신을 반드시 잡아야 하네."

장개산은 그제야 자신의 존재를 사람들에게 알리라고 한 사람이 누구인지 알아차렸다. 하 노인은 자신을 이용해 땅에 떨어진 생존자들의 사기를 올리는 한편 그 귀신을 유인할 생각이었던 것이다.

"그자가 골짜기 안의 다른 사람들을 은밀히 붙잡아 고문을 해볼 수도 있지 않겠습니까?"

장개산이 물었다.

"그럴 염려는 하지 않아도 좋네. 지난 행적으로 미루어 그 귀신은 자신의 재주에 대한 자부심이 매우 강하네. 분명 가까이 접근해 자네의 얼굴을 살피려 들 것이네. 그의 접근을 눈치챌 수 있는 사람도, 그를 잡을 수 있는 사람도 현재로썬 자네밖에 없네. 그동안 양각노호의 비기들을 게을리 익히지 않았다면 말일세."

차시환혼대술서를 말하는 것이다.

"장안에서 양각노호 선배를 만났습니다."

"얘기 들었네."

"⋯⋯?"

"늙으면 가까이 있는 건 안 들려도 멀리 있는 건 잘 들린다네."

하 노인은 알 수 없는 한마디를 해놓고 빙그레 웃었다.

"알겠습니다."

장개산은 다시 적인명을 돌아보며 말했다.

"빙 소저와 잠시 다녀올 데가 있어. 내가 없는 동안에 혹시 일이 터지면 가약란을 챙겨줘. 용감한 녀석이긴 한데 제멋대로인 구석이 있어 무슨 짓을 할지 몰라서 그래."

가약란은 조길창의 제자였다.

전투가 벌어지면 누구보다 그녀를 챙겨야 할 사람이 조길창이었지만 상황이 그렇지 못할 것이다. 노강호들이 상당수 죽어버린 지금 조길창은 많은 사람을 이끌어야 했다. 고집불통 원칙주의자인 그가 어린 제자를 구하기 위해 대사를 뒷전으로 할 리 없었다.

한데 적인명은 대답을 않고 빙그레 웃기만 했다. 장개산이 영문을 몰라 어리둥절해하자 빙소소가 설명을 해주었다.

"약란이는 흑풍조의 조원이에요."

"언제……?"

"당신이 없는 일 년 동안 북검맹엔 많은 일이 있었죠."

"이제 겨우 열네 살인데."

"얼굴만 열네 살이지 꾀는 어지간한 노강호 쯤 쪄 먹을 걸요. 약란이는 건악 선배로부터 전술과 병법을 사사하고 있어요. 십 년 후 흑풍조를 이끌 재목인 셈이죠."

가약란은 가슴을 앞으로 쭉 내민 채 장개산을 바라보고 있었다. 마치 지난 일 년 동안 자신이 열심히 살았음을 당당하게 인정받고 싶기라도 한 듯.

장개산은 피식 웃어 버렸다. 지난 일 년 사이 가약란은 자신보다 흑풍조와 더 친해져 버렸다. 가약란이 흑풍조의 조원이라면 적인명에게 부탁을 하고 자시고 할 것도 없었다. 녀석이 어련히 알아서 지키고 챙겨줄까.

"갑시다."

장개산은 빙소소를 이끌고 걸음을 옮겼다. 멀어져 가는 두 사람을 남은 사람들이 의문스러운 표정으로 지켜보았다. 대체 무얼 하려는 걸까?

*　　　*　　　*

장개산은 빙소소와 함께 암릉을 타고 넘어 골짜기 바깥의 숲으로 향했다. 대망혈제회의 주둔지에서도 떨어졌고, 암릉에 가로막혀 있기 때문에 골짜기 안에서도 볼 수 없으니 긴한 대화를 하기에는 양쪽 모두에게 좋은 장소라고 할 수 있었다.

"아까 초옥에서 한 말 진심이세요?"

숲을 걷던 중 빙소소가 물었다.

"무얼 말이오?"

"아버지께서 낸 제안에 대해 명문대파의 제자들을 살리기 위해서냐고 물었잖아요."

"아닌 것 같소?"

빙소소가 갑자기 걸음을 멈추고 장개산을 노려보았다.

"내가 아무리 소협을 좋아한다지만 아버지와 장로님들을 모욕하는 건 참을 수 없어요."

"좋아한다면 끝까지 믿어줘야 하는 거 아닌가?"

"이건 그런 문제가 아니잖아요. 남자에게 눈이 멀어 아비

를 욕되게 하는 그런 파렴치한 여자가 되길 바라시는 건가
요?"

"적진에 뛰어들어 벽사룡을 인질로 삼겠다는 건 자살행위
요. 소저도 보았다시피 적진엔 오사부만 있는 게 아니오. 지
금은 전시고, 전시의 격돌은 무인들 간의 일대일 승부가 될
수 없소. 난 백건악만큼 병법을 잘 알지 못하지만 전쟁의 흐
름은 그렇게 해서 바꿀 수 있는 게 아니오. 모든 걸 떠나 벽사
룡은 그렇게 호락호락하게 잡을 수 있는 인간이 아니오."

"북검맹의 장로들께서는 백전의 경험을 가진 노강호예요.
그런 분들이 그걸 몰랐을 거라고 생각하세요?"

"아셨소. 아셨으니까 그렇게 한 것이고."

"무슨 뜻이죠?"

"아직도 모르겠소? 장로들께선 스스로 폭탄이 되겠다고 말
씀하신 것이오. 어차피 이길 수 없는 싸움이기에 마지막 순간
자결하는 심정으로 적진에 뛰어들어 적 수괴들을 죽일 수 있
는 데까지는 죽이고 가겠다는. 벽사룡을 인질로 잡아 협상을
하겠다는 건 애초부터 계산에 들어 있지 않았단 말이오."

전혀 예상 못한 장개산의 한마디에 빙소소는 하얗게 질려
버렸다.

"대체 왜……?"

"마지막 순간 백도무림인들의 기상을 보임으로써 여기까

지 따라와 준 사람들에게 자긍심을 심어주려는 게 아닐까 싶소. 당신들의 죽음은 결코 헛되지 않았다는."

"그래서 반대를 한 것이군요. 그렇다고 해도 그렇게 심한 언사로 모욕을 줄 것까진 없었잖아요. 차라리 솔직히 소협의 생각을 말했더라면……."

"그랬더라면 내 말을 들어주었을까?"

"그건……."

빙소소는 한동안 말문이 막혔다가 겨우 입을 열었다.

"죄송해요. 전 그런 줄도 모르고."

"괜찮소. 덕분에 소저가 속으로 날 어떻게 보고 있었는지 늦게나마 깨닫게 되었으니까."

"아니에요. 전 그런 뜻으로 말을 한 게 아니라고요."

빙소소는 어쩔 줄을 몰라 했다. 하지만 장개산이 가볍게 웃어주자 뒤늦게 장난인 걸 깨닫고 안도의 한숨을 쉬었다. 빙소소의 입가에도 어느새 미소가 맺혔다. 이런 상황에서도 웃음이 난다. 그게 장개산의 존재감이다. 그와 함께 있으면 어떤 역경도 헤쳐 나갈 수 있을 것만 같다.

"그런데 우리 지금 어디로 가고 있는 건가요? 아깐 어딜 갔다 온 거고요."

"천화성군을 만나고 왔소. 지금 다시 그를 만나러 가는 길이고."

"그게 무슨……!"

빙소소는 소스라치게 놀랐다.

잠시 후, 두 사람은 숲 한가운데 자리 잡은 작은 공터에 도착했다. 사방에 나무가 울창해 외부에서는 잘 보이지 않는 반면 안쪽에서는 공터로 들어오는 사람들을 쉽게 발견할 수 있는 곳이었다.

"여기가 좋겠군."

"그들이 정말 올까요?"

"올 거요."

"만약 오지 않는다면요?"

"지난 일 년 동안 내가 보고 배운 게 무엇인 줄 아시오? 그건 높은 경지까지 오른 무인일수록 자존감 또한 높다는 것이오. 과거 천화성군은 같은 혈제의 맥을 이은 백선검노와 자웅을 겨루던 검의 달인이었소. 그런 그가 백선검노의 딸인 청화부인과 손을 잡은 것은 여러 개로 흩어진 혈제의 맥을 하나로 모으자는 뜻에 동참했기 때문일 것이오. 청화부인은 사부라는 형식을 빌어 그들을 존중해 줬고, 이후 육사부는 벽사룡에게 자신들의 절기를 아낌없이 전수했소."

"한데 벽사룡이 후동관을 죽이고 자신들을 속인 정황이 발견되었으니 지금쯤 무척 혼란스럽겠군요. 반드시 그 사정을 파악하려 들 것이고요."

"그렇소."

빙소소는 기묘한 표정을 지으며 한참이나 장개산을 응시
했다.

"왜 그러시오?"

장개산이 물었다.

"처음 우리가 만났을 때 기억나나요?"

"물론."

"그때 당신은 정말 세상물정 모르는 강호초출이었는데."

"지금은 안 그렇다는 뜻이오?"

"산전수전 다 겪은 노강호 같아요. 하긴, 보통의 무인들이
평생 겪을 일을 지난 일 년 동안 다 겪기는 했죠. 그래도 전 그
때의 모습이 좋았어요. 이것저것 계산할 줄 모르고, 수틀리면
일단 저지르고 보던 천둥벌거숭이 장개산 말이에요. 아마 지
키고 싶은 것이 점점 많아지면서 저도 모르게 생각이 많아진
탓이겠죠? 강호인이 되어간다는 건 그런 건가 봐요. 보보(步
步)에 책임감을 느끼고 신중을 기하려는 것 말이에요."

"안심하지 마시오. 지금이라도 당장 달려가 벽사룡을 때려
눕히고 싶은 생각이 굴뚝같으니까."

"아뇨. 이제는 절대 그럴 수 없을 거예요. 저를 지켜줘야
하니까. 두 번 다시는 같은 실수를 되풀이하고 싶지 않을 테

니까."

빙소화 얘기다. 빙소소는 장개산이 빙소화의 죽음에 부채감을 가지고 있었다는 사실을 알았다. 그는 잊었다고 하겠지만, 사랑했던 사람의 죽음을 잊는 것이 어디 쉬운 일인가. 아마 평생을 기억할 것이다.

그 순간 장개산의 눈동자가 차갑게 가라앉았다. 빙소소는 마침내 그가 왔음을 본능적으로 알아차렸다. 잠시 후 우거진 나무들 사이로 두 사람이 걸어 나왔다. 천화성군 혁련월과 은하검객 마중영이었다.

달빛이 쏟아지는 밤, 네 사람은 중원에서 천리만리 떨어진 남만의 깊은 숲에서 대여섯 장의 거리를 두고 마주섰다. 마중영이 빙소소를 일별하고는 말했다.

"내가 함께 올 줄을 짐작했겠지?"

"그럴지도 모를 거라 생각했습니다."

"그럼 달리 설명할 필요 없겠군."

마중영이 말을 끝내자 혁련월이 입을 열었다.

"지저빙호에서 있었던 일을 말해주게."

장개산은 지난 일들을 하나씩 설명해 주었다.

청화부인이 빙소소를 죽이기 위해 후동관을 보냈고, 벽사룡이 그걸 간파했다는 대목에서 두 사람의 표정이 급격히 어두워졌다. 무언가를 짐작한 것이다. 그러다 벽사룡이 입막음을 위해 후동관을 죽였다는 대목에 이르자 눈동자에서 불똥이 튀었다.

"무얼 숨기기 위해 입막음을 한단 말인가?"

"여자입니다."

혁련월과 마중영의 시선이 동시에 빙소소를 향했다.

"적안살성을 죽인 후 벽사룡은 동혈의 입구를 무너뜨리는 방법으로 빙소소를 지저빙호에 홀로 가둬두고는 떠나 버렸습니다. 떠나기 직전 그랬지요. 일 년 후 내가 최고의 자리에 올라 어느 누구의 눈치도 보지 않게 되었을 때 너를 다시 찾으러 오겠노라고. 그때까지 죽지 말고 살아 있으라고."

마지막 말은 약간 달랐지만 속뜻은 그리 틀리지 않았다.

"이게 자네가 말한 증거인가?"

혁련월이 말했다.

장개산은 대답 대신 빙소소를 향해 고개를 끄덕였다.

빙소소가 마주보며 고개를 끄덕여 주더니 갑자기 허리춤에서 협봉검을 뽑아 들었다. 혁련월과 마중영은 눈썹조차 까딱하지 않았다. 빙소소의 실력으로는 자신들의 옷자락 하나라도 건드릴 수 없다는 걸 알기 때문이었다.

빙소소 역시 그들과 싸울 생각이 전혀 없었다. 그녀는 칼 대신 검을 쥐고 마염인(魔染刃)의 아흔아홉 초식을 하나씩 펼쳐 나가기 시작했다.

애초 후동관은 내공심법인 주반신공(週返心功)을 빙소소에게 전수해 준 다음, 세상 밖에 나가서는 마염인을 익혀 대를 이어달라고 했다. 빙소소는 장개산과 여행을 하는 짬짬이 마염인의 초식을 익혔다. 한시라도 빨리 후인을 찾아 마염인을 전수해 줘 버림으로써 굴레에서 벗어나고 싶었기 때문이다.

처음 빙소소가 후동관이 싸우는 모습을 기억해 뒀다가 흉내를 내는 것이라고 생각했던 혁련월과 마중영은 시간이 흐를수록 표정이 점점 굳어졌다. 그러다 마염인 중에서도 가장 난해한 동마분시(彤魔分屍)와 산류참산(山溜斬山)의 초식에 이르러서는 얼굴에서 핏기가 사라져 버렸다. 급기야 마중영이 참지 못하고 뛰어들었다.

깡!

두 개의 검이 허공에서 세차게 격돌하며 불꽃이 사방으로 튀었다. 당황한 빙소소는 황급히 세 걸음이나 물러났다. 하지만 마중영이 자신을 시험하려 한다는 걸 알아차리고는 곧장 신형을 쐈다. 두려웠지만 장개산이 있는 한 마중영이 함부로 손을 쓰지 못할 거라는 믿음이 있었다.

깡! 까까까까강!

격렬한 첫 합에 이은 불꽃같은 다섯 합. 예전의 빙소소는 마중영에게 일초반식의 상대도 되지 않았다. 하지만 지금은 무려 일곱 합이나 공방을 나누었다. 물론 마중영의 일방적인 공격을 가까스로 받아내는 수준에 불과했지만 그래도 예전에 비하면 괄목할 만한 성장이었다.

빙소소는 수세에 몰리는 와중에도 아직은 낯설기 짝이 없는 마염인의 초식만으로 마중영을 상대했다. 그러면 그럴수록 마중영은 진위를 확인하기 위해 더욱 거세게 공격했고, 눈깜짝할 사이에 두 사람은 무려 삼십여 합을 주고받았다.

그러는 사이 빙소소가 크게 수세에 몰렸다. 마중영은 빙소소의 목숨 따윈 안중에도 없는 듯, 혹은 이미 이성을 잃어버린 듯 살초들을 거침없이 뿌려댔다. 그 순간, 거센 격류와도 같은 기운이 마중영의 정수리 위로 떨어졌다. 대경실색한 마중영이 황급히 검을 올려쳤다.

꾸앙!

둔중한 쇳소리가 마중영의 머리 위에서 울려 퍼지며 두 자루의 검이 허공에서 붙어버렸다. 두 사람의 공방을 지켜보던 장개산이 참마검을 뽑아 마중영을 내려친 것이다.

장개산은 무지막지한 힘으로 마중영의 검을 찍어 눌렀다. 흡사 태산에 깔린 듯한 압박감, 엄청난 힘을 이기지 마중영이 한쪽 무릎을 털썩 꿇었다. 장개산은 여전히 힘을 거두지 않은 채 마중영을 노려보며 서늘하게 말했다.

"죽고 싶소?"

심장이 철렁 내려앉을 정도로 섬뜩한 음성, 마중영의 두 눈에 기광이 스쳐 갔다. 믿을 수 없게도 이마에선 굵은 땀방울이 송글송글 맺히고 있었다. 그 짧은 시간에 말이다.

"저는 괜찮아요."

빙소소가 서둘러 말했다.

"물러나게!"

혁련월도 목소리에 힘을 주었다.

장개산이 그제야 검을 거두고 물러났다. 마중영은 방금 자신이 겪은 일이 도저히 믿어지지 않는 듯 넋 나간 얼굴이 되어버렸다.

장개산이 혁련월을 돌아보며 말했다.

"나는 이 자리에 적안살성의 죽음에 대한 비사를 전하러 온 것이오. 한 번만 더 장난을 쳤다간 좌시하지 않을 것이오. 명심하시오."

그의 말투가 어느새 하대로 바뀌어 있었다.

화가 이만저만 난 것이 아니었다.

"약속하지. 오늘 이 자리에서 피를 보는 사람은 없을 것이네. 이제 어떻게 된 일인지 설명해 주게."

"내가 깨어났을 때는 적안살성이 아직 죽지 않은 상태였소. 해서 그의 목숨을 일단 돌려놓았더니 뜻밖의 얘기를 들려줍다. 내가 누구인지, 당신들이 누구인지, 그리고 벽사룡이 누구인지. 이후 적안살성은 빙소소에게 격체신공으로 주반

심공의 내공을 전이해 줄 테니 세상 밖으로 나가거든 자신의 절기인 마염인을 익혀 대를 이어달라 부탁했소. 지저빙호를 빠져나오려면 그의 내공이 반드시 필요했기에 선택의 여지가 없었소. 이게 내가 말한 증거요."

결국 빙소소는 적안살성의 제자가 되었다는 말이다.

벽사룡의 말대로 적안살성이 장개산에게 죽임을 당했다면 빙소소에게 무예를 전수해 줄 수가 없다. 설혹 죽지 않았다고 해도 무예를 전수해 주지 않았을 것이다. 자신을 죽이려 한 사람들에게 무예를 전수해 줄 미친 인간이 있을 리 없지 않은가.

벽사룡의 새빨간 거짓말이 들통 나는 순간이었다. 혁련월은 엄청난 사실에 할 말을 잃었다. 적안살성은 대망혈제회의 장로이기 이전에 혈제의 팔맥 중 하나를 아낌없이 전수해 준 사부였다. 그런 사부를 고작 여자 하나 때문에 죽이려 했다니.

뒤늦게 정신을 차린 마중영은 분노로 치를 떨었다. 대의를 위해 사사로운 욕심을 버리고 모든 것을 내주었건만 돌아온 건 배신의 칼날이었다.

"원하는 게 무엇인가?"

혁련월이 물었다.

"길을 열어주시오."

"무슨… 뜻인가?"

"한 식경 후 먹구름이 달을 집어삼키면 사람들을 이끌고 골짜기를 빠져나갈 것이오. 그러려면 흑우병단과 부딪히지 말아야 하오. 흑우병단을 대열의 뒤쪽에 세우시오."

흑우병단을 대열의 뒤쪽에 세우면 중간에 있는 삼만의 병력이 그 자체로 흑우병단의 돌격을 막아주는 장애물이 된다. 골짜기는 좁고 삼만은 엄청난 병력이므로 제아무리 무서운 돌파력을 지닌 전투괴물이라고 해도 무언가 잘못되었다는 걸 알고 달려오려면 시간이 걸릴 수밖에 없다.

그 틈을 타 장개산은 생존자들을 이끌고 사람들이 빠져 나갈 수 있는 작은 틈을 만들어볼 생각이었다. 바깥에서 남궁휘가 오백의 별동대를 이끌고 지원을 해준다면 불가능한 일이 아니었다. 전부를 살릴 수는 없겠지만 분명 많은 사람을 살릴 것이다.

"내가 할 수 있는 일이 아니로군."

"아니, 귀하는 할 수 있소. 꼭 해야 하고."

"어째서이지?"

"그렇지 않으면 혈제의 팔맥 중 하나가 끊어지는 걸 지켜보아야 할 테니까."

흑우병단이 길을 열어주지 않으면 골짜기 안의 사람이 모두 죽게 되고, 골짜기 안의 사람이 모두 죽는데 빙소소라고 혼자 살아남을 리 없다. 적안살성이 죽어가면서까지 남겨놓은 하늘 아래 유일한 무맥이 단절되는 것이다.

"그 무맥이라면 이미 염마천주가 잇고 있네만."

"벽사룡은 이을 수 없을 것이오. 전투의 결과가 어떻게 되든 내가 반드시 그의 숨통을 끊어놓을 테니까."

"만약 내가 염마천주의 손을 들어준다면?"

"그게 대답이오?"

장개산의 과감한 한마디에 혁련월은 한순간 말문이 막혔다. 마치 모든 걸 불사하겠다는 듯한 장개산의 태도를 보고 있노라면 좌우를 돌아보는 법 없이 오직 앞으로만 돌진하는 무소를 대하는 것 같았다.

그건 빙소소 역시 마찬가지였다. 그녀는 조금 전 장개산에게 이제는 앞뒤를 재고 보보에 신중을 기하는 것 같다고 했던 말을 속으로 취소했다. 세상에 이보다 더 무모하고 제멋대로인 인간은 맹세컨대 두 번 다시 없을 것 같았다.

장개산은 빙소소를 향해 고개를 끄덕이고는 냉큼 돌아서 걸음을 옮겼다. 혁련월과 마중영을 향해 등을 훤히 내놓고 성큼성큼 걸어가는 그의 모습 어디에서도 주저함 같은 건 찾아볼 수 없었다.

마중영이 장개산을 불러 세웠다.

"그의 마지막은… 어땠나?"

"평화로워 보였소."

장개산은 할 말을 다했다는 듯 다시 뒤돌아 걸음을 옮겼다. 빙소소는 마중영과 혁련월을 마주보는 상태에서 한참을 뒷걸음질치다가 충분한 거리에 이르러서야 비로소 뒤돌아 장개산의 곁으로 달라붙었다.

숲을 빠져나와 암릉을 향해 가던 중 빙소소가 물었다.

"제가 이상한 걸 본 것 같아요."

"이상한 것?"

"은하검객과 논검을 하던 중에 서쪽 숲에서 한 쌍의 작은 불빛이 반짝이며 스쳐 갔어요. 워낙 찰나에 벌어진 일이라 확실하지는 않지만 꼭 눈동자 같았어요. 역시 잘못 본 거겠죠? 제가 본 걸 소협이나 그들이 보지 못했을 리 없잖아요."

"그걸 보았단 말이오?"

"제가 제대로 본 건가요?"

"놀랍군. 그 정도의 경지에 이르려면 적지 않은 시간이 필요할 거라고 생각했는데. 주반심공의 내력이 그 정도였나?"

"놀리지 말아요."

"놀리는 게 아니오. 하지만 아직은 더 수련해야 할 것 같소."

"저도 알아요."

"그런 뜻이 아니오. 숲에 있던 자는 한 명이 아니었소."

"무슨……?"

"모두 네 명이 각자 다른 곳에 숨어서 지켜보고 있었소."

"네 명씩이나… 도대체 그들이 다 누구죠?"

"세 명이었다면 정체를 간파하기 쉬웠을 것이오. 한데 네 명이서 조금 더 쉬워졌지."

"무슨 말인지 도통 모르겠어요. 알아듣기 쉽게 얘기해 줘요."

"그중에 한 명은 흑사령이었소."

"흑사령, 한데 왜 모른 척하셨어요? 그를 잡았어야 하지 않나요?"

"내가 아니어도 잡을 사람들이 있으니까."

"설마 천화성군과 은하검객을 말하는 건 아니죠?"

"왜 아니겠소."

"그들은 같은 편인데 흑사령을 잡을 리 없잖아요."

"천화성군과 은하검객이 내 요구조건을 들어줄 생각이라면 모든 걸 엿들은 흑사령을 반드시 제거해야 하오. 반대로 그들이 내 요구조건을 들어줄 생각이 없다면 내가 흑사령을 제거한들 소용이 없소. 흑사령이 아니어도 그들이 벽사룡에게 사실을 전할 테니까. 따라서 흑사령을 내 손으로 제거하는 건 의미가 없소."

"정말 그렇군요. 왜 미처 그 생각을 못했지?"

빙소소는 고개를 끄덕이더니 다시 물었다.

"그들이 우리의 요구조건을 들어줄까요?"

"그건 죽은 적안살성에게 달렸소."

*   *   *

장개산이 사라지고 난 이후에도 마중영과 혁련월은 오랫동안 자리를 뜨지 못했다. 이곳에서 보고 들은 모든 것들은 한마디로 충격 그 자체였다. 혁련월은 혼란스러운 듯 조용히 눈을 감아 버렸다.

"이적명이라는 인물에 대해 생각해 보신 적 있으십니까?"

마중영이 물었다.

이적명은 삼백 년 전 미치광이 대종사(大宗師) 혈제의 폭압 아래 마지막까지 살아남은 여덟 제자 중 가장 강했던 자의 이름이었다.

모두가 혈제의 이름 아래 무림을 일통할 것을 주장하는 와중에도 혼자 고집을 피워 나머지 일곱을 무참히 꺾어버린 가공할 고수. 그는 애뇌산에(哀牢山) 뿌리를 내린 제종산문의 개파조사이기도 했다.

혁련월이 눈을 떴다.

마중영은 왜 갑자기 까마득한 과거의 인물을 언급하는 건가?

"한 번도 만난 적 없지만 그의 존재감은 오랜 세월 동안 저의 뇌리에 남아 있었습니다. 아마도 선대로부터 내려온 유지 때문이겠지요? 이적명의 무맥이 살아 있는 한 절대로 강호에 모습을 드러내지 말라."

"......?"

"저는 항상 궁금했습니다. 그는 과연 어떤 사람이었을까? 그가 이은 무맥은 어떠했기에 똑같이 사사를 하고도 홀로 일곱의 사형제를 쓰러뜨릴 수 있었을까? 정말 그의 무맥만이 최강일까? 그는 대체 얼마나 강했던 것일까? 아마도 적안살성 역시 저만큼이나 궁금했을 겁니다."

후동관과 마중영뿐만이 아니다.

한 번도 말을 한 적 없지만 혁련월도 궁금했다.

그건 나머지 세 사람도 마찬가지였을 것이다.

"하고 싶은 말이 무엇이오?"

"아무래도 그 무맥이 돌아온 것 같습니다."

장개산이 제종산문의 제자라는 건 누구나 아는 사실이다. 새삼 그 얘기를 하는 것은 단순한 제종산문의 제자가 아니라 그 옛날 이적명이 죽은 후 사실상 단맥되었던 가공할 무맥이 다시 등장했다는 뜻이다. 당연히 장개산 얘기다.

혁련월은 눈매를 좁혔다. 한순간 은하검객이 밀리는 것을 보고 무언가 이상하다는 생각은 했지만 그 정도였을 줄이야.

필시 지저빙호에서 무언가 기연을 얻었으리라.

이렇게 되면 제종산문이 삼류문파로 전락하는 것을 감수하면서까지 마성을 제거하려 했던 이적명의 노력이 마침내 결실을 보게 된 것이다. 그가 죽은 지 장장 삼백 년이 흐른 후에야 비로소.

결국 이적명이 옳았던 것일까?

어쩌면 후동관은 마지막 순간에 그걸 깨닫고 장개산의 여자인 빙소소에게 자신의 무맥을 전수해 준 것은 아닐까? 그래서 동류의 무맥을 잇는 전승자로서 혈제의 여덟 번째 맥에게 비로소 진심 어린 굴복과 함께 경의를 표한 것은 아닐까?

마지막에 그가 지어 보였다는 평화로운 표정도 어쩌면 오랜 의문을 푼 것에 대한 만족이었는지도 모르겠다.

"어떻게 하실 생각이십니까?"

"이사의 생각은 어떻소?"

"어떤 결정을 내리시든 일사와 행동을 같이하겠습니다."

"우리 둘만 결정을 내린다고 될 일이 아니외다."

"저까지 합하면 셋인가요?"

"저도 함께하겠습니다."

"저 혼자 따로 놀 수는 없지요."

멀리서 수풀을 헤치며 나타난 사람들은 설산옥녀 요교랑, 일지혼마 화녹천, 신검차랑 육심문이었다. 제법 거리가 있었

다고는 하나 그들이 지켜보는 줄 몰랐던 혁련월은 적지 않게
당황했다.

"제가 불렀습니다. 어차피 모두가 알아야 할 일일 것 같아
서 말이죠."

마중영이 나직하게 말했다.

그의 말이 맞다. 어차피 모두가 알아야 할 일이었고, 각자
선택할 권리가 있었다. 네 명의 시선은 혁련월에게서 꽂혀 떨
어질 줄을 몰랐다. 이제야 말로 결정을 내려야 할 때였다. 혁
련월은 한참을 생각하다가 말했다.

"그전에 쥐부터 잡아야겠구려."

"저희가 하지요."

팡! 팡! 팡!

혁련월의 말이 떨어지기 무섭게 세 개의 인영이 각기 다른
방향으로 날아갔다. 요교랑, 화녹천, 육심문이 동시에 신형을
쏜 것이다. 전광석화를 방불케 하는 그들의 움직임은 범부의
눈으로는 도저히 따라잡을 수 없는 것이었다.

잠시 후, 숲에서 병장기 부딪히는 소리가 깡깡 울렸다. 한
순간 소리가 멈추는가 싶더니 굵은 나뭇가지를 부러뜨리며
무언가 남쪽으로 달리길 시작했다. 밤새가 날아오르고 숲이
요란벅적해졌다.

대범하게도 오사부의 대화를 엿듣겠다고 찾아온 사람이

다. 필시 상당한 무예의 소유자일 터. 그런 자가 저토록 시끌벅적하게 달린다는 것은 그만큼 급박해졌다는 뜻일 게다. 귀신도 놓치지 않을 세 명의 초절정 고수가 연수합격을 펼치는데 당황하지 않으면 사람이 아닌 것이다.

한밤중에 일어난 때 아닌 소란은 백여 장이나 이어진 끝에 갑자기 뚝 끊어졌다. 잠시 후, 화녹천이 시체 한 구를 질질 끌고 나왔다. 어디를 어떻게 당했는지 축 늘어져 끌려오는 그는 사 척을 겨우 넘길 것 같은 작은 키에 검은 복면을 뒤집어 쓴 곱사등이었다.

"여간 빠른 자가 아니군요. 하마터면 놓칠 뻔했습니다."

화녹천이 혀를 내둘렀다.

너스레를 떠는 것만은 아닌지 그의 소맷자락이 길게 찢어져 있었다. 격돌의 순간 놈이 비수를 휘두른 게 분명했다. 물론 화녹천을 죽인다는 건 어불성설이지만 옷자락을 자른 것만으로도 보통 비범한 놈이 아니었다. 처음부터 그걸 간파했기에 함부로 몸을 움직이는 법이 없는 세 명의 고수가 동시에 신형을 쏜 것이고.

화녹천은 놈을 바닥에 눕힌 다음 복면을 벗겼다. 순간 드러나는 얼굴. 곰팡이가 핀 것처럼 푸르딩딩한 피부에 비틀린 이목구비를 지닌 그는 놀랍게도 칠순은 족히 되었을 것 같은 괴노인이었다. 곱사등이에 이어 추악한 용모를 본 혁련월의 표정이 차갑게 굳었다.

그보다 먼저 요교랑이 입을 열었다.

"설마……?"

"아는 자외까?"

화녹천이 물었다.

"곱사등이에 추악한 얼굴을 만난다면 살 생각을 말아라. 그는 무인의 생사를 주관하는 저승사자일지니 오직 죽음만 남았음이라."

"흑편복(黑蝙蝠)……!"

광동성의 깊은 밀림엔 오래전부터 기이한 인물이 살고 있다는 풍문이 돌았다. 작은 키에 원숭이를 연상케 하는 움직임, 한번 비상하면 십여 장이나 날아간다는 그는 무림인이라면 누구나 아는, 하지만 얼굴을 본 사람은 아무도 없는 대륙 최고의 살수였다.

강호인들은 나무와 나무 사이를 날아다니는 그의 모습을 보고 검은 박쥐와 같다하여 흑편복이라는 별호를 선사했다.

"흑사령이 흑편복이었군."

육심문이 말했다.

벽사룡이 고도의 솜씨를 지닌 자를 밤마다 골짜기 안에 보내 적진의 동태를 살핀다는 건 이미 알고 있었다. 하지만 그가 누구인지는 까맣게 몰랐다.

언제부턴가 그랬다. 청화부인은 구름처럼 많은 사마외도 중 기이한 재주를 지닌 자들을 골라 자신들 육사부에게조차 비밀로 부친 채 은밀히 부리기 시작했다. 그들은 곧 벽사룡의 사람이기도 했다.

장로란 본시 정식 편제에 속하지 않고 단지 참모의 역할을 하는 존장들이므로 어찌 보면 전혀 문제될 게 없었다. 그러나 다른 각도에서 보자면 이는 심각한 문제를 야기할 수 있었다. 장로라는 사람들은 단지 그 명성을 이용해 사람들을 끌어들 이기 위한 허수아비로 전락해 버릴 수도 있으니까.

그때 마중영이 뒤늦게 차갑게 굳은 혁련월의 표정을 발견 하고 물었다.

"혹, 아는 자입니까?"

"한 달 전 그가 나를 찾아왔소."

"한데 왜 저희에겐 아무런 말씀이 없으셨습니까?"

"그땐 누구인지 몰랐으니까."

"……?"

흑편복이 혁련월을 찾아왔다? 한데 혁련월은 지금 요교랑 의 설명을 듣고서야 비로소 그가 누군지를 알았다? 그 말은 곧 흑편복이 벽사룡의 말을 전하는 사자(使者)가 아닌 살수로 서 찾아갔다는 뜻이다. 이 한마디가 지닌 심각성을 알아차린 네 사람들은 두 눈을 치떴다.

복면인이 찾아온 것은 지저빙호에서 돌아온 벽사룡이 혈마제혼대법(血魔魂制大法)을 치르기 위해 선인동(仙人洞)에 들어가던 날 밤이었다. 적안살성이 죽었다는 소식을 접한 혁련월은 밤새 홀로 술을 마시다가 새벽이 되어서야 겨우 잠이 들었다.

그때 복면인이 나타났다.

그는 일백 발의 우모침과 다섯 자루의 비도를 동시에 출수했다. 그것들을 막기 위해 장력을 폭사하던 순간 종잇장처럼 얇은 면도(綿刀)를 벼락처럼 휘둘러 오던 놈의 솜씨를 혁련월은 아직도 잊을 수 없었다. 그는, 암기를 상대할 때면 언제나 쌍장으로 장력의 벽을 만드는 혁련월의 오랜 습관을 너무나 잘 알고 있었다.

하지만 복면인은 몰랐다. 혁련월은 그날 밤 침소에 들기 전 오랜 마공 수련의 후유증으로 말미암은 심통(心痛)을 다스리기 위해 곡지혈(曲池穴)에 금침을 꽂았고, 그 바람에 좌수를 쓰지 않았다는 것을.

혁련월은 혈도가 찢어지는 것을 감내하면서 좌수를 출수해 면도를 손가락 사이로 덥석 잡아버렸다. 이어 우수를 뻗어 복면을 벗기려는 순간, 그가 귀신처럼 빠져나가 탈출을 해버렸다. 그때 반쯤 찢어진 복면 사이로 보았던 얼굴이 바로 저자였다.

그때는 생존한 섬서무림인 중 누군가가 자신을 노리고 금화선부에 침투했을 거라 생각했다. 천여 명에 달하는 무림인이 금화선부에서 죽었으니 누군가 진노를 참지 못하고 복수를 하러 오는 건 전혀 이상한 일이 아니었다.

벽사룡은 선인동에 들어가 있고, 청화부인은 유령이라 불리는 십비영과 수백의 호위무사에게 상시 둘러싸여 있으니 다음으로 중요한 인물인 자신을 목표로 삼은 것이라 생각했다.

나머지 네 명의 사부에게 아무런 말을 하지 않은 것도 그 때문이다. 혁련월은 사소한 일까지 시시콜콜 말하는 사람이 아니었다.

한데 그자가 흑사령이었다면 얘기가 달라진다. 살수란 모름지기 누군가의 밑으로 들어가는 걸 죽기보다 싫어하는 부류. 분명 청화부인이 독수광의가 남긴 차명부(借命簿)를 이용해 남만에 있던 그를 불러들였을 것이다.

공교롭게도 그날은 육심문이 평소 친분이 두터운 의당(医堂)의 노당주 생사목(生死目)에게 혈두타를 치료하는 와중에 지저빙호에서 있었던 일에 대해 한번 물어봐 달라고 부탁을 한 날이었다.

모든 설명을 들은 마중영, 요교랑, 화녹천, 육심문의 눈동자에 새파란 기광이 맺혔다.

"적국파모신망(敵國破謀臣亡)이라는 말이 있지요. 적이 있을 때는 뛰어난 신하를 후하게 대접하지만, 일단 적을 멸망시킨 후에는 모반이 두려워 제거해 버린다는 뜻입니다."

마중영이 말했다.

혁련월은 천천히 고개를 들어 밤하늘을 올려다보았다. 별빛이 소금을 뿌려놓은 듯 반짝이는 가운데 북쪽 하늘에서 먹구름이 골짜기를 향해 서서히 몰려오고 있었다.

'적안살성, 그대의 안목을 믿어도 되겠소?'

"일사……."

마중영이 조용히 혁련월을 불렀다. 육심문, 화녹천, 요교랑도 전에 없이 심각한 표정으로 혁련월을 응시하고 있었다. 혁련월이 말했다.

"흑우병단주를 만나야겠소이다."

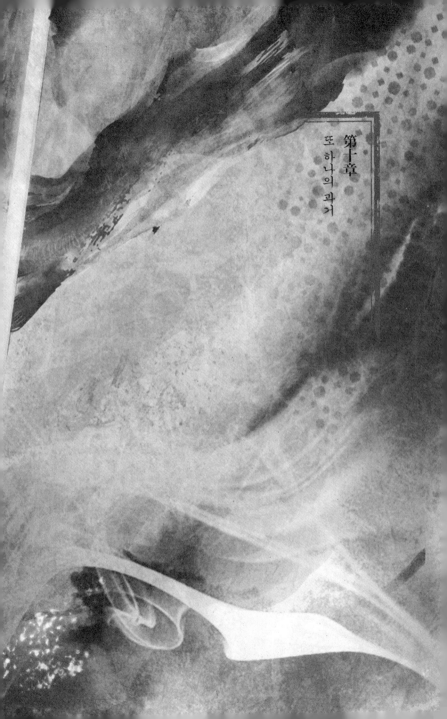

第十章

또 하나의 과거

대망혈제회의 주둔지는 무장을 끝내고 대열을 갖추는 병
력으로 즐비했다. 하지만 벽사룡은 여전히 흑우병단이 철벽
처럼 둘러싼 막사 안에서 나오질 않았다. 그가 무장을 갖추고
나오는 순간 전투가 시작되리라.

혁련월은 자신의 막사에서 홀로 한 사람을 만났다. 그리 크
지 않은 키에 오철(烏鐵)을 두들겨 만든 갑옷을 입은 마흔 줄
의 장년인, 구릿빛으로 그을린 얼굴에 떡 벌어진 어깨가 인상
적인 이 변발의 사내가 바로 전 광풍사의 대주이자 현 흑우병
단의 단주인 안고오친이었다.

안고오친은 오십 줄의 한족 노인을 대동했는데, 그는 한어를 전혀 모르고 배우려고도 하지 않는 안고오친을 위해 청화부인이 붙여준 통역자로 이름이 당개심이었다.

몽골은 워낙 땅덩어리가 넓은 데다 이곳저곳을 옮겨 다니는 유목민족의 특성상 부족들 간의 교류가 적어 수많은 부족어가 존재했다.

때문에 열 개의 마적단을 하나로 합친 흑우병단 내에서의 원활한 소통은 물론이거니와 한족과도 대화가 가능하려면 많은 몽골어에 정통한 사람이 필요했다. 청화부인은 대륙을 이 잡듯이 뒤져 평생 몽골을 떠돌며 편자와 안장을 팔아온 상인 한 명을 겨우 찾아냈는데 그가 바로 당개심이었다.

그러나 이건 겉으로 알려진 얘기일 뿐, 실상은 전혀 달랐다. 혁련월은 당개심이 안고오친의 일거수일투족은 물론이거니와 그가 누굴 만나 무슨 대화를 나누었는지까지 속속들이 알기 위해 청화부인이 붙여둔 간자라는 걸 이미 오래전부터 알고 있었다.

그 중심에 바로 자신이 있었다. 청화부인의 진짜 목적은 자신과 안고오친이 나누는 대화를 하나도 빼놓지 않고 아는 것이었다. 지금은 벽사룡이 그녀의 역할을 대신했다. 막사를 나가는 순간 이곳에서 있었던 모든 대화는 고스란히 벽사룡에게 전해질 것이다.

청화부인이 이토록 이중삼중의 안배까지 해놓은 데는 그만한 이유가 있었다. 안고오친은 혁련월의 제자였다. 보다 정확하게 말하면 광풍사를 찾아 대막으로 들어간 혁련월이 단삼 초식에 자신을 제압해 버리자 크게 감동한 안고오친이 스스로 제자되기를 청한 것이다.

신의를 저버리는 일을 가장 비열하게 생각하는 몽골인의 기질을 그대로 물려받은 안고오친은 오직 혁련월만이 부릴 수 있었다. 그때부터 안고오친은 혁련월의 사람이 되었다.

안고오친이 한족의 풍습대로 혁련월에게 깊숙이 읍을 하며 무언가 알아들을 수 없는 말을 했다. 당개심이 그 말을 통역했다.

"사부님의 안색이 오늘따라 안 좋아 보이신답니다. 어디 편찮은 데라도 있으시냐고 여쭙는데요?"

"누군가 내 목숨을 노리고 있다고 전해라."

당개심은 깜짝 놀란 표정을 짓더니 안고오친에게 그대로 전했다. 당개심의 얘기를 들은 안고오친은 혁련월을 물끄러미 바라보더니 갑자기 앙천광소를 터뜨렸다. 그러면서 우스워 죽겠다는 표정으로 역시 알아들을 수 없는 말을 했다. 당개심이 통역했다.

"대체 어떤 그런 미친놈이 있냐고 합니다."

"그는 나보다 강하다고 전해라."

당개심은 고개를 갸우뚱하면서 말을 전했고, 얘기를 들은 안고오친이 웃음을 뚝 그쳤다. 그리고 무언가 말을 했고, 당개심이 그대로 전했다.

"그게 누구냐고 묻습니다."

"그는 나보다 강할 뿐만 아니라 밤하늘의 별들만큼이나 많은 병력을 가지고 있다고 전해라."

당개심의 표정이 조금 굳어졌다. 그의 통역을 전해 들은 안고오친이 갑자기 허리춤에서 만곡도를 힘차게 뽑아 들더니 고래고래 고함을 질렀다.

"어떤 놈인지 말씀을 하시랍니다. 이 안고오친이 흑우병단을 이끌고 가 그놈들을 모조리 쓸어버린 후 사부님께 칭찬을 받으시겠답니다."

"그는 벽사룡이다. 전해라."

순간 당개심의 얼굴에서 핏기가 사라졌다. 그는 지금의 상황이 믿겨지지 않는 듯 입을 반쯤 벌린 상태에서 마른침만 꼴딱꼴딱 삼켰다. 영문을 모르는 안고오친은 당개심과 혁련월을 번갈아 보다가 칼등으로 당개심의 옆구리를 꾹꾹 찔렀다. 어서 말을 하라는 뜻이다. 당개심이 마지못해 통역을 했다.

얘기를 전해 들은 안고오친의 표정이 차갑게 굳었다. 그가 착 가라앉은 음성으로 무슨 말을 했고, 당개심이 그걸 다시 혁련월에게 전했다.

"그게 저, 정말이냐고 하십니다

"틀림없는 사실이다. 너는 조금 한 말을 거
수 있겠느냐? 전해라."

당개심은 이제 거의 공황상태였다.   리고 이
는 딱딱 소리를 내며 부딪쳤다. 도저히
그를 향해 혁련월이 묵직하게 말했다

"전하라."

당개심은 젖 먹던 힘까지 쥐어짜   통역을 했다. 애
기를 전해들은 안고오친이 눈썹을   렸다. 그리고 흡사
쇳소리와도 같은 음성으로 말했다

"안고오친은… 하, 한 입으로   하지 않는답니다. 반
드시 여, 염마천주를 죽여 사부   근심을 풀어드리겠답니
다."

"그렇다면 지금 당장 네 옆   는 통역부터 죽여라. 그는
청화부인이 너와 나를 감시   위해 붙여둔 간자니라. 전해
라."

당개심의 눈이 휘둥그   다. 혁련월이 모든 걸 알고 있는
것에 놀라서가 아니다.   숨통이 끊어지게 생겼는데 그런
게 무에 중요할 것인가.

그렇다고 통역을 할 수도 없다. 자신을 죽이라는 말을 어떻
게 할 것인가. 거짓으로 통역을 할 수도 없다. 안고오친이 이

자리에서 죽이 거짓으로 전했다는 걸 혁련
월이 당 된다. 도 없고 저럴 수도 없는 그야말
통 상황

잡고 자 답답해진안고오친이 당개심의 어깨를
을 쏘아 와중에도 혁련월은 사나운 눈으로 당개심
*바닥*에 이 당개심은 갑자기 그대로 엎어지더니 땅
"살려주십 찧으며 말했다.

시오." 기는 건 뭐든 다할 테니 제발 살려주십

"진정 내가 시 로 다 할 텐가?"
"어느 안전이라 을 고하겠습니까?"
"그대가 이 길로 에게 가 이곳에서 있었던 일을 전
하며 구명하려 들지 마는 걸 내가 어떻게 믿겠는가?'
"*소인* 평생 값비싼 을 고용하면서 장사치로 대막을
떠돌았*습니다. 그때 깨달 이 있다면 누구도 내 목숨을 나
만큼 *중요*하게 생각지 않는 것입니다. 염마천주께서, 아
니 벽사룡*이* 저를 지켜준다고도 울타리가 낮을 수밖에 없
습니다. 반면 태상장로께서는 만 먹으면 언제든지 손가
락 하나 까딱하는 것만으로 소인으숨통을 끊어놓을 수 있으
시지요. 맹세코 *어리석은* 짓은 하지 않겠습니다. 그러니 제발
소인도 수하로 *거두어주십시오.*"

목숨이 달리면 고도의 집중력이 발휘되기라도 하는 걸까? 조금 전까지만 해도 답답하리만치 말을 더듬던 그가 청산유수로 쏟아냈다.

"한번 믿어보겠네."

"살려주겠다는 말씀이십니까?"

당개심이 얼굴에 그제야 한 줄기 핏기가 돌았다.

"지금부터 자네가 해야 할 일이 무엇인지 알겠지?"

"이를 말씀입니까요?"

*   *   *

북쪽 하늘 가장자리에 가득했던 먹구름은 이제 머지않은 곳에 위치한 산봉 위를 흐르고 있었다. 북검맹의 생존자들과 대망혈제회의 병력 삼만이 대치하고 있는 골짜기까지는 불과 십 리 정도밖에 남지 않은 상태였다. 달빛이 내리쬐는 밤, 남만의 광활한 숲을 집어삼키며 달려오는 검은 그림자는 마치 거대한 솔개 같았다.

이미 대열을 갖춘 적들이 골짜기를 향해 전진하기 시작한 것도 그 무렵이었다. 검은 갑옷과 커다란 만곡도로 무장한 흑우병단 일천여 명을 앞세운 채 서서히 다가오는 삼만의 병력은 그 자체로 이미 공포였다.

북검맹의 생존자 일천오백 명은 골짜기를 가로지르는 석축 뒤편에 도열한 채 그 광경을 지켜보았다. 좌중이 싸늘하게 식었다. 숨소리 하나 들리지 않는 적막감. 사람들은 너 나 할 것 없이 마음을 다잡기 위해 안간힘을 썼다.

그러나 마음속 저 깊은 곳에서 자꾸만 고개를 내미는 공포를 잠재울 수는 없었다. 누구 하나 입을 여는 사람이 없었지만 모두가 알고 있었다. 지금 골짜기 안에 드리워진 이 깊은 적막감의 정체가 바로 죽음의 그림자임을.

장개산은 석축으로부터 십여 장 정도 떨어진 밭에서 흑우병단이 다가오는 걸 지켜보고 있었다. 천화성군은 끝내 자신의 제안을 거절해 버렸다. 이렇게 되면 방법이 없었다. 장개산은 그동안의 일이 모두 헛고생이 된 것 같아 말할 수 없이 절망스러웠다.

"아직도 누구를 만나고 왔는지 말해줄 수 없겠나?"

이병학이 물었다.

사실 이번이 세 번째 물음이었다.

혁련월을 만나고 왔다고 하면 이유를 물을 것이고, 이유를 설명해 주다보면 자신의 뿌리를 비롯해 혈제의 후사들과 얽힌 이야기를 모두 풀어내야 한다. 심지어 빙소소가 적안살성의 무맥을 익혀 마인이 되었다는 것도.

영원히 숨길 수 있을 거라는 생각은 하지 않는다. 그리 멀지 않은 시간 안에 밝혀질 거라는 것도 안다. 하지만 지금은 아니었다. 지금 진실은 아무런 도움이 되지 않았다.

"죄송합니다."

"쇠심줄 같은 고집은 제 사부를 빼닮았군."

"……!"

장개산은 천천히 돌아서서 이병학을 바라보았다.

청옥산을 떠나기 전 사부께서 하신 말씀이 있다.

"게다가 북검맹은 우리와 아주 인연이 없지 않다. 너도 알다시피 나는 오래전 유성검 이병학과 조우한 적 있다. 그때 유성검께서 내게 일초식을 하사하셨지. 그 덕분으로 우리 제종산문의 무학은 크게 진일보했다. 그리고 지금 유성검께서 북검맹의 맹주가 되어 천하의 인재를 구하시는데 어찌 제종산문이 가만히 있겠느냐. 이번 너의 천일유수행은 보은의 의미도 있느니라."

유성검 이병학이라는 천하제일의 검사에게서 일초식을 하사받았다는 얘기는 이전에도 귀가 따갑도록 들었다. 사부께서는 마치 제종산문과 이병학이 대단한 인연이라도 있는 것처럼 말씀하셨지만 장개산의 생각은 달랐다.

사부께서는 단지 뒤늦은 천일유수행을 하던 중 근처에서 이병학이 이름 난 마두를 추격 중이라는 소문을 듣고 달려갔다가 새털 같은 도움을 주고 일초식에 대한 조언을 한마디 얻었을 뿐이었다.

당연히 이병학이 사부를 기억할 리 없지 않은가. 실제로도 그래서 장개산이 북검맹에 들어가 있는 동안 이병학은 그것에 대해 언급한 적이 한 번도 없었다. 그런데 지금 그가 장개산의 쇠심줄 같은 고집이 사부를 꼭 빼닮았다는 말을 했다.

"저의 사부님을… 기억하십니까?"

"벌써 이십 년이 조금 넘었군. 눈이 펑펑 쏟아지는 밤이었지. 그때 나는 다섯 살 난 아이 하나를 데리고 사천을 여행 중이었네. 심산의 정체를 알 수 없는 사교집단을 기습했다가 우연히 구출한 아이였는데 근골이 예사롭지 않아 데리고 다니던 터였지. 그러다 어느 이름 모를 객점에서 하룻밤을 머무르는데 그가 찾아왔네. 유성검 이병학이 맞냐고 묻더니 다짜고짜 무릎을 꿇더군. 그리고 자신의 제자가 되어달라고 부탁을 하지 않겠나."

이게 무슨 해괴한 소릴까? 강호에 출두하자마자 엄청난 협명을 휘날리던 유성검 이병학에게 사부님께서 제자가 되어달라 부탁했다고? 그것도 무릎까지 꿇으면서?

"연유를 물었더니 그는 이렇게 말했네. '어찌어찌하여 과분한 무맥을 잇게 되었는데 아무래도 나의 자질로는 대성은커녕 무맥을 훼손시키지나 않을까 염려스럽다. 하니 당신이

내 무맥을 이어달라. 단언컨대 당신이 지금껏 보고 들은 그 어떤 무맥보다 고강할 것이다'."

"……!"

"나는 이미 익힌 무공이 있으니 적당한 다른 사람을 찾아보라고 했네. 그랬더니 꼭 나여야만 한다더군. 다시 연유를 물었더니 그 어떤 유혹에도 흔들리지 않고 오로지 밝은 길로만 걸을 수 있는 사람이어야 한다고. 그래서 찾은 사람이 나라고. 나는 그런 깜냥이 되지 못한다며 일언지하에 거절했네."

이건 사부로부터 들은 얘기와 완전히 달랐다.

"한데 그는 무릎을 꿇은 채로 바깥에서 밤새 눈을 맞았네. 내공도 조악해 새벽에 발견했을 때는 동사하기 직전이었지. 서둘러 따뜻한 방으로 옮겨 숨길을 돌리고 난 다음 물었네. 이렇게까지 해서 무맥을 전수하려는 연유가 무엇이냐고. 그가 내게 묻더군. 혈제의 여덟 번째 무맥을 아느냐고."

"……!"

"내가 무슨 생각을 한 줄 아는가?"

"무슨… 생각을 하셨습니까?"

"그를 죽이고 비급을 빼앗을 궁리를 했네. 혈제의 여덟 번째 맥이 다른 사람의 수중에 흘러 들어가면 안 되니까. 오직 나만 익혀야 하니까. 그것만 있으면… 군림천하 할 수 있으니까."

"그러셨을 리가… 없습니다."

"황금을 돌같이 보는 청렴한 관리도 일국의 왕이 될 기회가 오면 주저없이 모반을 일으키는 법이네. 절대권력이란 그런 것일세. 인간의 이성을 통째로 마비시켜 버리지."

"그래서 어떻게 하셨습니까?"

"일각이 일 년처럼 길게 느껴지더군. 그때 바닥에 놓인 불망(不忘)이 눈에 들어왔네. 내가 절대 이길 수 없는 놈이었지."

불망은 지금 이병학의 등을 가로지르고 있는 애검의 이름이었다. 장개산은 저 검에 얽힌 사연을 하 노인에게 들어서 알고 있었다.

가난한 무사였던 시절 훌륭한 무관이 되어 돌아오겠다던 청년 이병학에게 한 여인이 머리카락을 잘라 판 돈으로 맞춰 주었다는 철검.

하지만 이병학이 황실의 무관이 되어 돌아왔을 때 그 여인은 이름없는 사마외도에게 몹쓸 짓을 당한 후 자결해 버린 상태였다. 이후 이병학은 불망을 들고 강호를 떠돌며 사마외도들을 척결하는 데 평생을 쏟았다.

이병학에게 저 철검은 한 여인을 향한 그리움이자 지나온 삶을 버티게 해준 신념이었다. 불망에 새겨진 칼날 자국 속에 그가 살아온 지난 세월의 고락(苦樂)이 고스란히 담겨 있는 것이다.

"난 데리고 다니던 아이를 그에게 주며 제자로 키워보라고 했네. 사람의 성정은 어떻게 키우느냐에 달렸다며, 이미 오욕에 물든 사람을 찾지 말고 청경처럼 깨끗한 사람을 만들어보라고 했네."

장개산은 충격으로 말을 잇지 못했다.

심장이 쿵쾅거리고 정신이 아득해지는 것 같았다. 아무도 알지 못하는 자신의 과거를 이병학에게서 듣게 될 줄이야. 그와 자신 사이에 그토록 깊은 인연의 고리가 있었을 줄이야.

"왜 제게 이런 말씀을 해주시는 겁니까?"

"지난 이십여 년 동안 한시도 부끄럽지 않았던 적이 없었네. 하지만 이제는 그 굴레에서 벗어날 수 있을 것 같군. 자네의 사부 때문에 말일세."

이병학을 통해 들은 얘기는 장개산이 천일유수행을 시작한 이래 듣고 보았던 것들 중 가장 충격적이었다. 이 이야기를 이병학은 그동안 어떻게 품고 살았을까? 사부께서는 또 어떻게 사셨을까?

장개산은 아무런 말도 할 수가 없었다. 가슴 속에서는 무언가 알 수 없는 것들이 가마솥의 물처럼 부글부글 끓어오르는데 어떻게 해야 할지 알 수가 없었다. 마치 사부와 이병학이 짊어지고 있던 짐이 모두 자신에게로 옮겨진 것 같았다.

그때 남궁유룡이 백검령, 구양수옥, 적산월, 조길창, 빙소소 등을 비롯해 적지 않은 노강호들과 함께 무장을 갖춘 채 다가왔다.

"적들이 전열을 끝냈습니다."

남궁유룡이 말했다.

"인명은?"

장개산은 빙소소를 돌아보며 말했다.

"조금 전 골짜기를 벗어나 숲으로 들어갔어요. 지금쯤 선배들을 만나고 있을 거예요."

혁련월을 만나고 돌아온 직후 장개산은 적인명을 남궁휘에게 보냈다. 단지 골짜기 안의 사정을 소상히 전하라 했을 뿐, 군이 이렇게 하라 저렇게 하라는 명령은 담지 않았다. 남궁휘와 백건악이 알아서 잘할 테니까.

"시간이 임박했네."

빙철산이 말했다.

작전이 실패할 경우 성라원의 장로들과 함께 적진에 뛰어들어 벽사룡을 잡기로 한 것에 대해 장개산의 결단을 요구하는 말이었다.

빙소소가 걱정스런 표정으로 장개산을 바라보았다. 오사부와 있었던 일을 말해줄 수도 없고, 그렇다고 무작정 기다리라고 할 수만도 없었다. 그때 장개산이 공손한 태도로 말했다.

"어제는 제가 실언을 했습니다. 용서해 주십시오."

장개산이 누군가에게 머리를 숙이는 건 처음 있는 일이었다. 더구나 용서라는 말까지 입에 올리며. 사람들은 모두가 놀란 표정을 지었다. 장개산이 이렇게 나올 줄 몰랐던 빙철산은 어리둥절하기 짝이 없었다.

"약속대로 벽사룡은 제가 맡겠습니다."

"……!"

그때였다.

갑자기 골짜기 안쪽 사람들이 크게 술렁이기 시작했다. 고개를 꺾어 보니 석축 너머로부터 한 사람이 흑우병단을 가르며 다가오고 있었다. 번쩍이는 은빛 흉갑에 장검을 차고 커다란 백마를 탄 그는 벽사룡이었다. 곁에는 무장을 갖춘 오사부가 역시나 말을 타고 벽사룡과 어깨를 나란히 한 채 다가오는 중이었다.

잠시 후, 석축으로부터 십수 장 떨어진 곳에서 말을 멈춘 벽사룡이 말했다.

"맹주를 뵙고 싶소만."

이병학이 걸음을 옮겼다. 성라원의 장로들과 노강호들이 뒤를 따랐다. 장개산과 빙소소는 노강호들과 일부러 거리를 둔 다음 일반 무인들 틈에 섞여 석축으로 향했다.

잠시 후, 대망혈제회의 수뇌부들과 북검맹 생존자들의 최고수들이 석축을 가운데 두고 마주했다. 벽사룡이 석축 너머를 한차례 쓸어 보더니 말했다.

"부상자가 많구려."

"부상을 입어도 무인은 무인이라네."

"기상은 훌륭합니다만 전투가 벌어지면 가장 먼저 죽을 사람들입니다."

"나를 보자고 한 용건은?"

"항복하십시오."

"진심으로 하는 말인가?"

"모두의 목숨을 보장하지요."

"그 대가로 뇌옥에 갇혀 개처럼 살아야겠지?"

"그렇게라도 살고 싶어 하는 사람이 많은 것 같습니다만."

말과 함께 벽사룡이 석축 너머의 사람들을 쓸어보았다. 하나같이 공포에 질린 표정, 싸워보기도 전에 북검맹의 생존자들은 전의를 잃어버렸다. 골짜기 입구를 가득 메워버린 삼만의 병력과 그 선두에 선 일천 흑우병단의 위용을 보자 저도 모르게 오금이 저린 탓이다. 이미 몇 차례 전투를 통해서도 경험했거니와 삼만은 도저히 어떻게 해볼 수 있는 병력이 아니었다.

이대로는 필패다.

"그전에 네가 먼저 죽어."

느닷없이 사람들 틈에서 튀어 나온 한마디였다.

적아를 구분할 것 없이 모든 사람들의 시선이 일제히 소리가 난 곳으로 향했다. 누군가 사람들을 비집고 모습을 드러냈다. 육척장신에 오 척의 참마검을 가로질러 메고 두 눈에서는 화염이 줄기줄기 쏟아져 나오는 사내였다.

사내는 대범하게도 석축 위로 훌쩍 뛰어 올라가 골짜기에 가득히 포진한 흑우병단과 삼만의 적 병력을 강렬한 눈으로 쓸어 보았다.

그 기세에 놀란 흑우병단의 물소들이 갑자기 대가리를 숙이고 콧김을 펑펑 뿜어냈다. 벽사룡이 탄 말도 투레질을 하며 앞발을 높이 치켜들었다. 맹수가 나타났음을 본능적으로 느낀 것이다. 엄청난 존재감을 뿜으며 나타난 사람은 당연하게도 장개산이었다. 벽사룡은 귀신이라도 본 사람처럼 사색이 되었다.

"네, 네가 어떻게……!"

"그동안 많은 일을 저질렀더군."

"어떻게 된 거지? 넌 분명히 죽었는데……."

"흥, 십만대적검은 너 따위가 죽일 수 있는 존재가 아냐!"

갑자기 고함을 지르면서 등장한 사람은 빙소소였다. 내공이 실린 그녀의 목소리는 좌우를 에워싼 암릉을 타고 골짜기 전역으로 퍼져 나갔다. 흑우병단의 뒤쪽에 군집한 삼만 병력 모두가 들었음은 물론이었다.

누군가 수군거렸다.

"십만대적검이다!"

"십만대적검이 나타났다!"

곳곳에서 웅성거리는 소리가 퍼지기 시작했다. 당연한 일이었다. 벽사룡이 지저빙호까지 추격해서 마지막 숨통을 끊어 놓았다는 십만대적검이 버젓이 살아 있는데 어찌 당황하지 않을 것인가.

이건 빙소소가 의도한 것이었다. 적들이 당황해하는 듯하자 북검맹의 생존자들은 자신들도 모르게 힘이 솟아났다. 약관을 조금 넘긴 두 명의 젊은이도 삼만의 대병력 앞에서 저토록 당당한 것을, 수십 년을 강호에서 칼밥 먹은 자신들이 두려움에 떨고 있을 수만은 없지 않는가.

여세를 몰아 장개산이 우렁우렁한 목소리를 쏟아냈다.

"한 번만 말할 테니 잘 들어라. 대망혈제회는 이 전투에서 승리할 것이다. 하지만 앞으로 십 년 동안은 나와 새로운 전쟁을 치러야 할 것이다. 모두 내 목소리, 내 얼굴을 똑똑히 기억해라. 언젠가는 반드시 너희를 찾아갈 것인즉!"

웅온한 내공이 실린 장개산의 사자후에 암릉이 진동하고

대기가 떵떵 울렸다. 삼만의 사마외도는 심장이 철렁 내려앉는 듯한 충격을 느꼈다. 맹세코 살아오면서 단 한 번도 경험해 보지 못한 엄청난 내공이었다. 압도적인 숫자도, 천하제일 고수라는 벽사룡도, 그를 괴물로 키운 오사부의 존재도 본능적인 공포 앞에서는 아무런 소용이 없었다.

장개산에 이어 빙소소까지 등장하자 벽사룡은 당혹감을 감추지 못했다. 급기야 자신의 거짓말이 탄로 나고 삼만의 대병력이 크게 술렁이자 그야말로 공황상태가 되어버렸다. 하지만 그것도 잠시, 화가 머리끝까지 치민 벽사룡은 그의 애검 낙뢰(落雷)를 힘차게 뽑아 올리며 창룡후를 토해냈다.

"십만대적검은 내 몫이다. 그를 제외한 모든 살아 있는 것들을 쓸어버려라!"

정신을 번쩍 차린 사마외도들이 일제히 병장기를 뽑아 들며 떠나갈 듯 함성을 질러댔다.

"와아아!"

그에 맞서기라도 하듯 석축 안쪽의 북검맹 생존자들도 병장기를 뽑아 들며 함성을 내질렀다.

"와아아!"

살벌한 기세가 벌 떼처럼 피어오르며 골짜기 전역이 웅웅거렸다. 한데 이상한 일이 일어났다. 가장 선두에서 모든 걸 짓밟으며 맹렬하게 돌진해야 할 흑우병단이 어쩐 일인지 꿈

쩍도 하지 않는 것이다. 적아를 막론하고 모두가 당혹감에 휩싸였다.

"뭣들 하는 거냐!"

벽사룡이 또다시 창룡후를 토해냈다.

그때 혁련월이 당개심에게 말했다.

"시작하게."

당개심이 안고오친에게 그 말을 전했다.

"처치흐!"

안고오친은 혁련월에게 가볍게 고개를 끄덕여 주고는 벽사룡을 향해 두 눈을 희번득거리며 한차례 위아래를 훑었다. 그러곤 곧장 뒤돌아 흑우병단을 향해 고함을 질렀다.

"써르거!"

흑우병단의 일천 기마인이 갑자기 물소 대가리를 돌려 바깥쪽을 향해 섰다. 아군인 삼만의 사마외도를 마주 보는 형국이었다. 이게 대체 무슨 상황인지를 몰라 모두가 당황해하고 있을 때 안고오친이 다시 한 번 목청이 터져라 외쳤다.

"알랄차흐!"

순간 믿을 수 없는 일이 일어났다. 만곡도를 힘차게 뽑아 든 일천의 전투괴물이 갑자기 골짜기 바깥의 사마외도들을 향해 돌진하기 시작한 것이다.

두두두두두두!

일천 마리의 물소가 달리는 충격으로 말미암아 지축이 요동쳤다. 순식간에 빽빽한 대열 속으로 뛰어든 전투괴물들이 인간을 닥치는 대로 도륙하기 시작했다. 그 엄청난 위용과 돌파력 앞에서는 무공의 고수도, 압도적인 병력도 소용없었다. 흡사 고대의 괴물들이 떼로 몰려오는 듯한 충격에 사마외도들은 뿔뿔이 흩어져 갔다.

북검맹의 생존자들은 그야말로 기절초풍할 노릇이었다. 저것들이 미치지 않고서야 갑자기 왜 아군들을 쳐 죽이는 걸까? 어찌된 영문인지 모르나 자신들에게는 그야말로 하늘이 내민 손길이었다.

"사마외도들이 퇴각하고 있다!"

"와아!"

"죽여라!"

"돌격하라!"

사기충천한 북검맹의 생존자들이 석축을 파도처럼 타고 넘으며 질주하기 시작했다. 분지 너머 숲에서는 또 다른 한 떼의 인마가 골짜기 입구에서 떠밀려 나오는 삼만의 병력을 향해 함성을 지르며 돌진해 왔다. 남궁휘가 이끄는 별동대 오백이 행동을 개시한 것이다.

"대, 대체 무슨 짓을 한 건가?"

빙철산이 물었다.

"제가 한 일이 아닙니다."

"뭐?"

"저는 다만 판을 벌렸을 뿐, 오사부를 움직여 흑우병단의 칼끝을 사마외도들에게로 향하게 한 것은 빙 소저입니다."

빙철산은 당최 무슨 말인지 모르겠다는 듯 빙소소와 장개산을 번갈아 바라보았다.

"오사부?"

남궁유룡이 장개산을 향해 짧게 물었다.

"그들도 우리 편입니다. 자세한 설명은 나중에 할 터이니 그들과 격돌하지 마십시오."

남궁유룡은 이병학, 백검령, 구양수옥, 적산월, 빙철산 등과 눈빛을 나눈 후 비호처럼 몸을 날렸다. 석축을 넘어 적진을 향해 달려가는 그들의 전신에서 강렬한 투기가 뿜어져 나왔다.

장개산은 석축을 사이에 두고 저만치 말을 탄 채 서 있는 혁련월을 향해 가볍게 고개를 끄덕여 보였다. 혁련월 역시 고개를 끄덕여 주고는 네 명의 사부와 함께 골짜기 바깥으로 질주해 갔다.

"어떻게 된 거죠?"

빙소소가 물었다.

"나도 잘 모르겠소."

장개산이 대답했다.

흑우병단의 단주 안고오친이 혁련월의 제자라는 사실을 장개산은 까맣게 몰랐다. 그때 장개산의 눈에 암릉을 타고 오르는 은빛 그림자가 보였다. 벽사룡이었다.

"가약란을 찾아봐 주시오."

장개산은 한마디를 남기고 신형을 쏘았다.

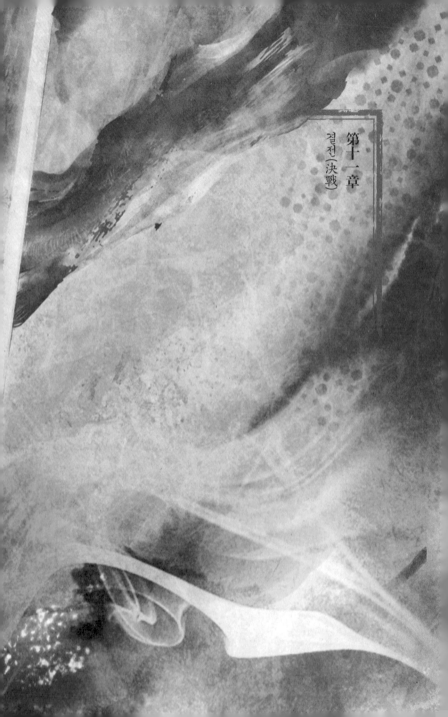

第十一章

결전(決戰)

벽사룡은 암릉 위에서 검을 아래로 늘어뜨린 채 기다리고 있었다. 달빛에 반사된 그의 은빛 갑옷이 오늘따라 유난히 번쩍거리는 것 같았다. 장개산은 한 치의 주저함도 없이 벽사룡을 향해 저벅저벅 걸어갔다.

암릉 아래에서는 분지까지 밀려나온 삼만의 적과 흑우병단, 그리고 남궁휘가 이끌고 온 별동대를 포함한 이천의 북검맹 생존자 사이에서 난장판을 방불케 하는 전투가 벌어지고 있었다.

장개산이 걸음을 멈추었다.

두 사람은 누구의 방해도 받지 않는 상태에서 십여 장의 간격을 두고 대치했다.

"용케도 여기까지 왔구나."

벽사룡이 말했다.

"너 역시."

"오사부의 마음을 어떻게 돌린 거지?"

"진실을 말해주었지."

"......?"

"적안살성은 죽지 않았다. 적어도 네가 동굴을 떠날 때까지는. 그가 모든 진실을 말해주더군. 너희 모자가 누구인지, 내 뿌리가 어디로부터 비롯되었는지."

"그렇게 된 것이었군. 그렇게 된 것이었어."

비상한 두뇌의 소유자답게 벽사룡은 몇 가지 말만으로도 모든 상황을 한 줄에 꿰었다. 그가 두 눈을 부릅뜨고 말했다.

"재미있군. 혈제의 여덟 번째 맥을 이은 너와 나머지 일곱 무맥을 한 몸에 이은 내가 무림의 운명을 놓고 최후의 승부를 겨루게 되다니. 감당할 수 있겠어?"

"삼백 년 전에도 그런 일이 있었다더군. 혈제의 여덟 번째 맥이 홀로 일곱 명과 사흘밤낮을 싸운 후 마침내 모두 쓰러뜨리고 엄중히 경고했다지? 혈제의 무맥이 강호에 등장한다면 반드시 찾아가 뿌리를 뽑겠노라고."

"……!"

"벽사룡, 너는 나를 넘어설 수 없다."

"헛소리 집어치워! 난 그들과 달라!"

꾸르릉 꽝꽝!

벽사룡의 창룡후에 맞서 천둥번개가 쳤다. 밤하늘이 한순간 번쩍 밝아지더니 순식간에 암흑천지로 변했다. 동시에 밧줄 같은 빗줄기가 쏟아지기 시작했다. 먹구름이 드디어 골짜기를 집어삼킨 것이다.

장개산과 벽사룡의 신형도 어둠 속에 잠겨 버렸다. 흔히 내공이 일 갑자를 넘기면 어둠과 밝음에 구애받지 않는다고 한다. 하지만 그것도 미약하게나마 빛이 있을 때 얘기였다. 한줌의 빛조차 존재하지 않는 완벽한 어둠 속에서는 천하의 누구라도 장님이 될 수밖에 없었다.

장개산은 상체를 숙이고 기감을 활짝 열었다. 어둠은 형체를 삼키고 비는 소리를 삼킨다. 지금 이 순간 믿을 거라곤 오감의 영역 밖에 있는 그 무엇이었다. 지저빙호에서 죽음과 대면한 후 장개산은 그 감각을 얻었다.

'왼쪽 세 걸음!'

파앙!

세찬 파공성과 함께 참마검이 대기를 갈랐다.

순간 일어나는 터질 듯한 금속성.

꽝!

대기가 쩌렁하게 울리며 맹렬한 불똥이 튀었다. 불똥과 함께 은빛으로 번쩍이는 벽사룡의 형체가 한순간 나타났다가 사라졌다. 흡사 괴수와도 같은 모습. 장개산은 노도처럼 밀어붙이며 폭풍 같은 검초를 연거푸 쏟아냈다.

꽝! 꽈꽈꽈꽝!

튀는 불꽃 사이로 벽사룡의 신형이 더욱 선명하게 드러났다. 장개산은 불똥의 빛을 이어가며 계속해서 검초를 뽑아냈다. 웅장한 힘이, 벼락과도 같은 기세가 폭발하듯 터져 나왔다.

"겨우 이 정도를 가지고 큰 소리를 친 것이냐!"

호기로운 외침과 함께 벽사룡의 신형이 쭉 늘어나더니 순식간에 장개산의 검로에서 벗어나 버렸다. 불똥이 사라지자 녀석의 형체도 동시에 사라졌다.

장개산은 몰랐지만 벽사룡이 펼친 한 수는 요교랑으로부터 전수받은 탄자공(彈子功)이라는 수법으로 몸 안의 진기를 일시에 폭발시켜 흡사 포탄과도 같은 속도를 내는 공부였다.

장개산은 다시 상체를 숙이고 정신을 집중했다. 순간, 또다시 벼락이 쳤다.

꾸르르 꽝! 꽝! 꽝!

번쩍이는 섬광 사이로 벽사룡이 보였다. 일 장 높이의 허공에서 무서운 속도로 떨어지는 그의 검극으로부터 다섯 가닥의 강기가 뿜어져 나왔다. 시퍼런 강기 하나가 흡사 벼락이 치는 것과도 같은 이 수법의 이름은 오뢰박(五雷拍), 천화성군 혁련월의 절기 뇌화백팔검(雷火百八劍)의 정수였다.

장개산은 질풍처럼 옆으로 튕겨 나가며 잡초 포기를 쓸듯 다섯 가닥의 벼락을 무참하게 쓸어버렸다.

따다다다당!

천둥을 방불케 하는 굉음과 함께 엄청난 경력이 휘몰아 쳤다. 벽사룡의 반격은 아직 끝나지 않았다. 놈은 바닥을 박차며 튀어 오르더니 몸을 뒤집으며 장검을 깊숙이 찔러왔다.

체공 상태에서 검과 함께 소용돌이치는 이 수법의 이름은 법라신주(法螺神柱), 은하검객 마중영의 절기 성라고검(星羅孤劍)의 일초였다. 또다시 가공할 강기가 기둥처럼 뿜어져 나와 장개산의 옆구리를 후벼팠다.

장개산은 허리를 벼락처럼 비틀었다. 찌이익! 하는 소리와 함께 벽사룡이 뿜아낸 강기가 옷자락과 생살을 동시에 찢으며 지나갔다.

장개산은 외공을 익혔기 때문에 태생적으로 검기를 뿜아낼 수가 없다. 모든 걸 압도하는 용력을 지닌 그에게 검기는 처음부터 필요가 없었다.

지금 이 순간만큼은 검기도 잊고, 초식도 잊었다. 그의 온

몸을 휘감고 흐르는 것은 오직 본능이었다. 오랜 세월 뼈와 근육에 새겨져 내려온 태고의 기억들. 그건 인간의 한계를 넘어선 어떤 감각이었다.

파앙!

벽사룡의 반격이 또다시 시작되었다. 강기를 자유자재로 뽑아낼 수 있는 그는 시퍼런 섬광에 의지해 장개산의 형체를 가늠하고 동선을 읽어냈다. 눈 깜짝할 사이에 십여 장 밖까지 물러난 벽사룡이 신형을 쏘았다. 쭉 뻗는 그의 검신으로부터 백색의 광염이 휘몰아쳤다.

이것만큼은 장개산도 본 적이 있었다.

바위 속 십여 장까지도 암경(暗経)을 침투시킬 수 있다는 가공할 검초, 백선검노의 절기 빙섬탄(氷閃彈)이었다. 한데 이번의 일초는 지난 날 금화선부에서 보았던 것과 달랐다. 찰나의 순간, 백광의 가장자리에 영롱한 빛 무리가 생겨나는가 싶더니 하나의 선으로 집중된 것이다.

장개산은 몰랐지만 백선류가 구성에 이르렀을 때에 비로소 나타난다는 월광이었다. 차가운 백광이 장개산의 심장을 향해 벼락처럼 쇄도해 왔다.

장개산은 피하지 않았다. 오히려 벽사룡을 향해 상체를 쏘며 참마검을 아래에서 위로 힘차게 휘둘러 갔다. 실체를 가진 검과 백광으로 이루어진 강기가 허공에서 격돌했다. 동시에 하늘에서 벼락이 떨어졌다.

꽝앙!

짜짜쾅!

천지가 진동하는 굉음이 울렸다. 어느 것이 벼락이고 어느 것이 격돌음인지 모를 정도의 가공할 위력. 엄청난 반탄력을 느낀 장개산과 벽사룡은 동시에 대여섯 장이나 튕겨 날아간 끝에 착지를 했다.

쏴아아아!

꾸르르 쾅쾅쾅!

빗줄기는 계속해서 쏟아졌고, 골짜기가 먹구름의 중심에 들어가면서 천둥번개가 쉬지 않고 세상을 때렸다. 번쩍이는 섬광 속에서 장개산과 벽사룡의 신형이 나타났다 사라지기를 반복했다. 이제 어둠은 의미가 없었다.

두 사람은 소나기가 퍼붓고 벼락이 떨어지는 암릉 위에서 원을 그리며 돌기 시작했다. 상대의 움직임을 티끌만큼도 놓치지 않으려는 듯 눈동자에서는 화염과 냉기가 줄기줄기 쏟아지고 있었다.

두 사람에게서 뿜어져 나오는 강렬한 투기는 전신에 무형의 막을 형성했고, 그 바람에 빗방울이 허공에서 잘게 부서지며 튕겨 나갔다. 누군가 보았다면 모골이 송연해질 광경이었다.

그사이 장개산의 옆구리에선 붉은 피가 옷섶을 타고 쉴 새 없이 흘러내렸다. 격전 중엔 숨 가쁘게 공방을 주고받느라 미처 상처를 살필 틈이 없었다.

그건 지금도 마찬가지였다. 벽사룡과의 사이에 십여 장의 거리가 존재했지만 놈의 놀라운 신법을 생각하면 도약 한 번으로 간단하게 없애 버릴 수 있는 거리였다. 십여 장이나 떨어졌지만 칼끝을 서로 붙이고 있는 것과 같았다. 일흡(一吸)에 승부가 갈리고, 일보에 생사가 갈린다.

"대단하군. 어머니께서 혈제의 여덟 번째 맥을 그토록 께름칙하게 생각하신 이유를 알겠어. 하지만 판을 뒤집기엔 여전히 부족해."

"이 판은 처음부터 네가 죽는 거였다."

"두고 보면 알겠지."

벽사룡은 질풍이 되어 엄습해 왔다.

장개산은 유성처럼 돌진했다.

꽝! 꽈꽈꽝! 꽝꽝꽝!

낙뢰검과 십만대적검, 희대의 명장들이 만든 두 자루의 명검이 당대를 살아가는 두 명의 괴물을 통해 허공에서 격돌했다.

대기가 휘우뚱 일그러지고 천지가 떵떵 울렸다. 귀청이 터져 버릴 듯한 굉음은 암릉 아래의 분지를 넘어 검푸른 남만의 숲 전역으로 퍼져 나갔다. 하늘에선 먹구름이 벼락을 때리고 땅 위에선 두 명의 초강자가 천둥을 만들어냈다.

숨 가쁘게 공방을 주고받는 사이 일백 합이 순식간에 넘어가고 머지않아 일천 합을 주고받았다. 겨울을 앞둔 남만 어느 암릉에서 펼쳐진 건곤일척(乾坤一擲)의 승부는 어느 쪽도 확실한 승기를 잡지 못한 채 일만 합을 넘기기까지 이르렀다. 그사이 시간은 삼경을 넘어 새벽이 깊어지고 있었다.

장개산은 몸이 점점 둔해지는 것을 느꼈다. 몸에서 피가 빠져나가면서 끓어오를 듯 넘치던 진기도 함께 빠져나간 탓이다. 벽사룡은 턱밑까지 차오른 숨을 거칠게 토해내고 있었다. 두 사람은 서로가 마지막 승부를 걸어야 할 시간이 임박했음을 직감했다.

백여 차례의 불꽃 튀는 공방이 더 오고 간 후 장개산이 검을 바닥에 꽂으며 한쪽 무릎을 털썩 꿇었다. 숨이 목구멍까지 올라온 벽사룡은 대여섯 장 정도 떨어진 곳에서 토악질을 해댈 것 같은 표정으로 말했다.

"멋진 승부였다."

말과 함께 벽사룡은 한 자루 검이 되어 날아왔다. 기나긴 승부의 종지부를 찍을 마지막 일초였다. 쭉 뻗은 검신으로부터 또다시 백색의 광염이 휘몰아쳤다. 백선류 최고의 절기 빙섬탄으로 끝장을 볼 생각인 것이다.

장개산은 질풍처럼 솟구치며 참마검을 휘둘렀다. 몸 안에 남은 진기를 바닥까지 싹싹 긁어모아 담은 최후의 일격!

꾸앙!

천지가 진동하는 굉음과 함께 엄청난 반탄력이 되돌아왔다. 온몸의 뼈가 죄다 으스러질 것 같은 고통. 장개산과 벽사룡은 누가 먼저랄 것도 없이 십여 장이나 튕겨 날아간 끝에 바닥으로 곤두박질쳤다. 낙법을 펼칠 힘조차 남아 있지 않았던 것이다.

잠시 후, 두 사람은 가까스로 몸을 일으켰다.

그리고 서로의 무예에 진심으로 감복했다. 누가 마지막까지 살아남을지 모르나 일생을 사는 동안 이토록 강한 상대는 다시 만나지 못할 거라는 걸 실감했다.

그때였다.

벽사룡의 손에 들린 검이 반토막으로 뚝 부러져 땅바닥으로 떨어졌다. 참마검과 격돌하는 순간의 충격을 이기지 못하고 금이 갔던 것이다. 벽사룡의 표정이 참혹하게 일그러졌다.

"낙뢰가······!"

장개산은 그때까지 쥐고 있던 참마검을 거꾸로 쥐고 바닥의 암맥에 힘차게 박았다. 깡! 소리와 참마검은 암맥을 한 자나 뚫고 박혔다.

"왜······!"

벽사룡이 놀란 눈을 치켜떴다. 그의 말이 떨어지기 무섭게 장개산이 벽사룡을 향해 쿵쿵 달려가다가 힘차게 도약했다. 흡사 산악이 달려오는 듯한 압박감. 대경실색한 벽사룡이 한 발을 뒤로 빼며 주먹을 힘차게 내질렀다.

장개산은 체공 상태에서 몸을 비틀어 꺾으며 오른팔로 벽사룡의 팔을 휘감아 버렸다. 동시에 질풍처럼 돌아서며 왼쪽 팔꿈치를 벽사룡의 명치에 꽂아 넣었다. 퍽! 소리와 함께 벼락을 막아낸다는 은빛 철갑 방진갑(防震鉀)이 종잇장처럼 찌그러져 버렸다. 그야말로 찰나에 일어난 일. 숨이 턱 막힌 벽사룡의 상체가 앞으로 고꾸라졌다.

장개산은 자신의 어깨 너머로 튀어나온 벽사룡의 뒤통수를 왼손으로 착 감싼 다음 쌀자루를 넘기듯 힘차게 넘겼다. 어깨 위에서 반원을 그린 벽사룡의 신형이 단단한 암맥 위로 퍽! 소리를 내며 떨어졌다. 그 상태에서 장개산은 벽사룡의 가슴을 묵직하게 밟아 눌렀다. 이어 놈의 머리통을 양손으로 덥석 잡아버렸다.

벽사룡의 동공이 급격하게 커졌다.

지금부터 일어날 일을 온몸이 감지한 것이다.

장개산이 말했다.

"지옥에서 다시 만나자, 벽사룡."

우두둑!

벽사룡의 고개가 한 바퀴를 돌아버렸다.

장개산은 그제야 그의 머리통을 놓아주었다. 쿵 소리를 내며 떨어진 머리통은 바닥을 향했고, 그의 가슴은 하늘을 향해 무방비 상태로 열려 있었다. 미동조차 않는 몸 위로 세찬 폭우가 쏟아져 내렸다. 청화부인이 삼십 년 동안 공을 들여 만든 괴물이 마침내 숨을 거두는 순간이었다.

장개산은 고개를 들어 하늘을 올려다보았다. 맹렬하게 벼락을 토해내던 구름은 어느새 골짜기를 지나 남쪽으로 흘러가고 있었다. 구름이 물러나면서 빗줄기도 조금씩 가늘어졌다.

구름이 사라진 자리에 만월이 모습을 드러내면서 사위가 밝아지기 시작했다. 동쪽 하늘에서는 계명성(啓明星)이 찬란하게 빛나고 있었다. 어느새 동이 터오를 시간이 된 것이다.

장개산은 벽사룡의 시체를 끌고 암릉의 가장자리로 걸어갔다. 암릉에서 내려다보는 분지는 아비규환이 따로 없었다. 셀 수도 없는 사람들이 곳곳에 피를 흘리며 널브러져 있었고, 그 사이로 흑우병단이 여전히 지치지 않은 모습으로 종횡무진 달리는 중이었다. 살아 있는 자들 역시 한 명이라도 더 죽이기 위해 아귀처럼 격돌하고 있었다.

이젠 적과 아군을 구분할 수가 없었다. 수만 명이 하나로 뒤엉켜 죽고 죽이는 광경은 말 그대로 지옥도였다. 그 지옥도를 향해 장개산이 벽사룡을 던졌다.

수십 장 아래를 날아간 벽사룡의 시체는 가장 치열한 격전이 벌어지고 있던 분지 한가운데 뚝 떨어졌다. 펑! 하는 소리와 함께 흙탕물이 사방으로 튀었다. 무언가가 하늘에서 떨어지자 놀란 사람들이 물러나면서 벽사룡의 주변엔 십여 장의 공간이 생겨났다.

누군가 벽사룡의 시체를 알아보았다.

"벽사룡이다!"

"벽사룡이 죽었다!"

"십만대적검이 벽사룡을 죽였다!"

고성과 술렁임은 파도처럼 번져 갔고, 잠시 후 분지에 가득한 사람 모두가 전투를 멈추고 암릉을 올려다보았다. 그곳에 한 사람이 달빛과 저 멀리 산봉을 때리는 벼락을 배경으로 서 있었다. 흡사 거인을 연상케 하는 그는 장개산이었다. 분지 전역에 깊고 무거운 침묵이 흘렀다. 그러던 어느 순간 터질 듯한 함성이 울려 퍼졌다.

"와아아!"

북검맹의 생존자들이 내지르는 함성이었다.

벽사룡이 죽고, 오사부는 등을 돌렸으며, 흑우병단은 질풍처럼 내달리며 자신들을 도륙한다. 목숨 바쳐 싸울 대상이 사라져 버린 사마외도들이 하나둘씩 도주하기 시작했다. 잠시 후, 분지는 가장자리의 숲을 향해 뿔뿔이 흩어지는 사마외도들로 소란스러워졌다.

또다시 함성이 울려 퍼졌다.

"와아아!"

장개산이 분지 아래로 내려갔을 때는 그 많던 사마외도가 모두 떠나고 북검맹의 생존자들만 남은 상태였다. 격전의 치열함을 말해주듯 소나기가 그렇게 퍼부어댔는데도 불구하고 하나같이 피를 뒤집어쓰지 않은 자가 없었다.

숫자는 채 천 명이 안 되었다.

이천의 병력 중 절반이 죽거나 부상을 입고 쓰러진 것이다. 창랑사우가 생존자들을 이끌고 사방을 뛰어다니며 다급한 중상자들을 챙겼다. 수뇌부와 부상을 입었을망정 그나마 몸을 움직일 만한 백여 명의 사람이 천천히 다가오는 장개산을 지켜보고 있었다. 모두가 먹먹한 얼굴들이었다.

그때, 역시나 피를 흠뻑 뒤집어 쓴 빙소소가 사람들을 헤치고 뛰어나와 장개산에게 풀썩 안겼다. 소리를 억지로 삼키고 있지만 그녀의 눈에서 뜨거운 눈물이 흘러내리고 있음을 모르지 않았다.

장개산은 사람들의 시선도 아랑곳하지 않은 채 그녀를 꼭 껴안았다. 저만치에서 가약란도 뛰어나와 장개산의 허리를 붙들었다. 장개산은 녀석까지도 힘껏 안아주었다. 빙소소와 가약란이 떨어지기를 기다렸다가 이병학이 말했다.

"고생했네."

장개산은 가만히 고개를 끄덕였다.

빙철산이 비단 폭을 접어 만든 자신의 요대를 풀더니 장개산을 향해 다가왔다. 이어 장개산의 옷자락을 들추고는 피가 철철 흐르는 옆구리를 손수 동여매기 시작했다.

빙소소와 가약란은 깜짝 놀랐다. 무사히 돌아왔다는 기쁨에 장개산이 부상을 입은 것도 몰랐던 것이다. 잠시 후, 빙철산이 상처를 모두 감싼 후 매듭을 짓는 것으로 응급처치를 끝냈다.

"고맙습니다."

빙철산은 믿을 수 없다는 표정으로 장개산과 빙소소를 번갈아 보더니 말없이 자리로 돌아갔다. 그걸 무슨 의미로 받아들였는지 지켜보고 있던 사람들이 '와아' 하고 함성을 질렀다.

그제야 사람들이 우르르 몰려와 장개산의 주위를 둘러싸기 시작했다. 그러다 갑자기 사위가 찬물을 끼얹은 것처럼 고요해졌다.

말을 탄 혁련월이 네 명의 사부와 함께 흑우병단을 이끌고 다가오고 있었던 것이다. 긴장한 북검맹의 생존자들이 저마다 병장기를 뽑아 들며 기세를 피워 올렸다.

잠시 후, 오사부와 흑우병단이 십여 장의 거리를 두고 멈춰섰다. 그토록 치열한 전투가 벌어졌음에도 불구하고 흑우병단은 여전히 칠백여 명을 유지했다.

혁련월이 이병학을 향해 말했다.

"벽사룡의 주검을 수습해 가도 되겠습니까?"

이병학은 가볍게 고개를 끄덕이는 것으로 대답을 대신했다. 혁련월 역시 고개를 끄덕여 감사의 인사를 표했다. 그리고 장개산을 향해 돌아섰다.

장개산은 혁련월과 네 명의 사부를 향해 정중한 포권지례를 올렸다. 비록 수많은 살인을 방관하고 조장한 그들이었지만 지금 이 순간만큼은 사마외도가 아닌 같은 혈제의 무맥으로써 선배에 대한 예를 갖추어야 할 것 같았다.

혁련월은 가볍게 고개를 끄덕이고는 말머리를 돌려 천천히 걸음을 옮겼다. 네 명의 사부와 생존한 칠백여 명의 전투괴물이 뒤를 따랐다. 멀어지는 그들을 보면서 북검맹의 생존자들은 깊은 침묵에 빠졌다.

*　　　*　　　*

장개산이 북검맹의 생존자들과 함께 남만에서 삼만의 사

마외도들을 상대로 격전을 치르던 그때 홍쌍표와 양각노호는 뿔뿔이 흩어진 섬서무림인들을 규합, 오만의 개방도와 함께 금화선부를 기습했다.

벽사룡이 대병력을 이끌고 대륙으로 나간 이후에도 금화선부에는 여전히 적지 않은 병력이 있었다. 하지만 거지들의 인해전술 앞에서는 속수무책이었다.

오만 개의 기름 항아리와 오만 발의 불화살 앞에서 금화선부는 처참하게 무너져 버렸다. 홍쌍표와 양각노호는 지난 날 창월루에서 당했던 것과 똑같은 방식으로 돌려준 것이다. 그때보타 몇 곱절의 위력으로. 하지만 청화부인과 그를 따르던 십비영만큼은 끝내 잡지 못했다.

장개산은 나중에서야 이 소식을 들었다.

청화부인이 금화선부를 버리고 도주했고, 벽사룡은 장개산에게 죽었으며, 북검맹을 일망타진하기 위해 남만으로 들어갔던 삼만의 병력이 공중분해되었다는 소식은 사람들의 입을 타고 빠르게 퍼져 갔다.

그러자 대망혈제회의 압제 아래 숨죽여 지내던 무림방파들이 대륙 전역에서 들불처럼 일어났다. 우두머리를 잃은 사마외도들은 앞다투어 흩어졌다. 미처 피하지 못한 자들은 진노한 백도인들에게 잡혀 처참한 죽임을 당했다.

백도무림과 대망혈제회의 운명을 가르는 십만대산에서의

전투는 끝이 났지만 강호무림은 그 후로도 오랫동안 전란의 소용돌이에서 벗어나지 못했다.

강호를 오고 가는 상인들과 표사들은 이런 소식들을 빠르게 날랐다. 확인되지 않은 수많은 풍문과 낭설이 사람들의 입에서 끊이지 않고 회자되었다. 그중 가장 많은 가지를 낳은 풍문은 청화부인과 오사부에 대한 것이었다.

청화부인에게 관해 유일하게 확인된 것이라곤 개방도가 금화선부에 불비를 쏟아부을 당시 용두방주 홍쌍표와 양각노호에게 협공을 받은 그녀가 중상을 입었다는 것이었다.

이후 그녀는 완벽하게 증발해 버렸다. 어떤 사람들은 이름 모를 어느 들판에서 쓸쓸히 백골이 되어가고 있을 것이라고도 했고, 어떤 사람들은 뼛골에 한을 새긴 채 심산에서 제자를 기르는 중일 거라고도 했다.

흑우병단과 함께 사라진 오사부 역시 십만대산에서의 전투 이후 행적이 묘연했다. 자신들을 제거하려 했던 청화부인을 뒤쫓고 있다는 풍문이 돌기는 했지만, 그것 역시 확인된 바 없었다.

단금도는 생존자들과 함께 성도로 돌아가 남악련을 재건하는데 전력을 쏟았다. 다시 촉도가 열리고 수많은 상인과 표국 행렬이 몰려오면서 만검산장은 다시 부흥을 맞았다. 백미랑은 만검산장의 재력을 기반으로 단금도를 적극 도왔다. 무림엔 두 사람이 머지않은 장래에 혼인할 거라는 소문이 돌았다.

이병학은 북검맹주의 지위를 남궁유룡에게 넘기고 홀연히 떠났다. 그가 어디로 갔는지 아는 사람은 아무도 없었다. 풍문에는 그 옛날처럼 흉신악살들을 처단하고 다닌다는 말도 있고, 아무도 모르는 심산으로 들어가 차밭을 일군다는 말도 있었다.

금화선부와 대망혈제회의 일로 상계는 큰 타격을 받았다. 하지만 그들의 생존력은 놀라운 것이어서 그 와중에도 살길을 도모했다. 그들은 앞다투어 북검맹에 줄을 댔다.

새로운 맹주가 된 남궁유룡은 망구객점의 하 노인을 군사부주(軍師府主)로 임명, 북검맹을 재건하는 데 힘쓰게 하는 한편 상계를 길들이도록 했다. 불과 반년 만에 북검맹은 일만의 맹도를 거느린 천하제일맹이 되었다. 상계의 전폭적인 지원을 등에 업은 데다 십만대적검이 북검맹의 맹도라는 소문이 돌면서 협객을 꿈꾸는 후기지수들이 구름처럼 몰려들었기 때문이다.

그리고 일 년여의 시간이 더 흘렀다.

대운하와 장강이 만나는 양주(揚州)의 어느 포구에 오남이녀가 모여 있었다. 수변에는 아름드리 통나무를 엮어 만든 뗏목이 놓여 있었고, 다시 그 위에는 두 필의 말이 고삐에 묶여 있었다.

"이걸 타고 청옥산까지 가겠다고? 제정신들이 아니구만. 쯧쯧쯧."

설강도가 뗏목을 보며 혀를 끌끌 찼다.

오남이녀는 청옥산으로 돌아가려는 장개산과 그를 따르려는 빙소소, 그리고 그들 두 사람을 배웅 나온 남궁휘, 설강도, 백건악, 적인명, 가약란이었다.

"이게 배보다 편하다는데 어쩌겠어요."

빙소소가 빙그레 웃으며 말했다.

"꼭 지금 가야겠어?"

적인명이 물었다.

적인명은 이런 식의 감정이 드러나는 말을 하는 법이 거의 없었다. 사람들이 모두 의아한 표정으로 적인명을 바라보았다. 적인명은 더이상 말이 없었다. 마치 그것으로 제가 하고 싶은 말은 다 했다는 듯.

"한 달 후면 장 소협이 청옥산을 나온 지 꼭 천일 째예요. 여기서 청옥산까지 수로를 타고 한 달쯤 걸리니 지금 출발해야 해요. 가면서 풍광도 구경하고요."

"천일유수행 같은 소리 하고 있네. 인생사가 얼마나 복잡한 건데 천일을 돌아다니고 다 알 것 같아? 어림 반 푼어치도 없는 소리 말라고 좀 전해줘."

빙소소가 뗏목 엮은 밧줄을 점검하고 있던 장개산을 돌아보며 말했다.

"그렇다는데요?"

"쓸데없는 소리 말고 사매에게 뒤지지 않으려면 수련이나 열심히 해. 대련할 때 보니까 땀을 뻘뻘 흘리더만."

사매는 가약란을 말한다. 모두 흑풍조의 조원이지만 그중에서도 설강도와 가약란은 좀 특별했다. 두 사람 모두 집법당주인 조길창을 사부로 모셨기 때문이다. 느닷없는 장개산의 칭찬에 가약란은 얼굴이 발개졌다.

"내가 또 언제 땀을 흘렸다고."

"그건 저도 봤는걸요. 선배."

빙소소까지 나서서 장개산을 두둔하자 설강도는 말문이 막혀 버렸다. 다른 사람에게는 절대 입씨름으로 지지 않는 그였지만 빙소소 앞에서는 여전히 독사 앞의 쥐였다.

백건악이 피식 실소를 흘렸다.

설강도가 백건악을 향해 눈알을 희번덕거리는 사이 남궁휘가 말했다.

"기다리겠다."

장개산은 남궁휘, 백건악, 설강도, 적인명, 가약란과 차례로 눈을 마주친 후 삿대를 힘껏 찍었다. 배가 수변을 떠나 주르륵 미끄러졌다. 빙소소는 뗏목의 가장자리에 서서 창랑사우를 향해 공손히 포권을 쥐어 보였다. 잘 다녀오겠다는 인사였다.

뗏목은 순식간에 수면을 타고 십여 장이나 떠내려갔다. 멀어지는 두 사람을 다섯 사람은 한참이나 지켜보았다.

"운룡이 저 모습을 보면 참 좋아했을 텐데."

백건악이 말했다.

"소문이도 그랬을 거야."

설강도가 말했다.

"오늘따라 두 녀석이 참 그립네."

적인명이 말했다.

"저 녀석도 그럴 거야."

남궁휘가 말했다.

*　　　*　　　*

빙소소와 함께 양주를 떠난 장개산은 뗏목을 타고 장강을 따라 파양호까지 갔다. 마지막 한 달을 채우려면 아직도 시간이 많이 남았기에 빙소소는 파양호에서 풍광이나 구경하며 사나흘을 묵자고 했다.

하지만 장개산은 날짜를 채우더라도 청옥산 아래에 가서

채우고 싶다며 고집을 피웠다. 빙소소는 해도 해도 너무한다며 눈을 흘겼지만, 결국 장개산의 고집을 꺾지는 못했다.

한데 파양에서 물길을 타고 남창(南昌)에 이를 때 아닌 폭우가 쏟아져 강물이 범람하고 뗏목이 산산조각 나버리는 참사를 당했다. 사부님이 계신 청옥산을 불과 열흘 정도 남겨두고 두 사람은 발이 묶여 버렸다. 이러지도 저러지도 못하고 있는 그때 멋들어진 여선 한 척이 거친 물살을 힘차게 가르며 포구에 닿았다.

잠시 후, 여선을 부리고 온 노인이 두 사람 앞에 오더니 고개를 갸우뚱거리며 한참을 뚫어지게 바라보았다.

"혹시 나를 아시오?"

장개산과 빙소소는 서로의 얼굴을 마주 보며 피식 웃고 말았다. 노인은 전날 장개산이 청옥산을 떠나 천일유수행을 시작할 당시 혜양에서 만났던 바로 그 선주였다. 그가 부리는 배에서 장개산은 빙소소를 만나고, 흑수당과 싸웠으며, 끝내 첫 살인을 했었다. 그를 여기서 다시 만날 줄이야.

"혜양에서 남창으로 갈 적에 신세를 졌습니다."

장개산이 말했다.

"옳거니. 이제야 생각이 조금 나는 것 같구만."

"한데 머리는 왜 그런 건가요?"

빙소사가 노인의 뒤통수를 보며 물었다.

노인의 뒤통수에 어린아이 손바닥만 한 땜통 자국이 있었는데 듣기에 맞았는지 혹까지 불룩 솟아 있었다.

"일 년쯤 전에, 아니 이 년 전인가? 하여튼 망나니 같은 무림인이 하나 탔었네. 뱃삯을 놓고 시비가 붙었는데 잠깐 한눈파는 틈을 타 몽둥이로 냅다 갈겨 버리지 않겠나. 그때 이후로 사람도 잘 못 알아보고 옛날 일도 가물가물하곤 한다네. 한데 우리가 언제 만났더라?"

장개산과 빙소소는 그의 배를 타고 혜양으로 향했다.

이번엔 뱃삯을 한 푼도 깎지 않았다. 노인은 언젠가 우연히 배에 태웠던 남녀가 있었는데 수적들과 한바탕 싸움이 나서 배가 파손되자 부잣집 여식인 여자가 큰돈을 주었고, 그 돈으로 훨씬 크고 튼튼한 배를 샀다고 했다. 그리고 지금도 여전히 남창과 혜양을 오가며 사람들을 실어 나른다고 했다.

그가 말한 수적들이 사람을 사냥하는 흑수당이었으며, 그 부잣집 여자가 지금 바로 눈앞에 있는 빙소소라는 걸 노인은 까맣게 기억하지 못했다. 그러면서도 장개산과 빙소소를 그가 만났던 다른 무인들과 혼동하면서 편린처럼 기억했다.

배 안엔 장개산과 빙소소 외에도 적지 않은 선객이 타고 있었다. 어디서 나타났는지 솔객(솔客)들도 어느새 배에 올라 귀뚜라미를 싸움 붙이며 가난한 선객들의 주머니를 터느라 여념이 없었다.

그런가 하면 한편에는 삼남사녀가 한창 대화에 열중이었다. 허여멀근한 얼굴에 비단으로 몸을 두른 젊은 남녀들이었는데 허리에는 하나같이 보옥으로 요란하게 치장한 도검을 패용한 것이 인근 무림방파의 후기지수들인 듯했다.

대화는 남자들이 큰 소리로 자신들이 보고 들은 강호의 기인이사에 대해 이야기하면 여자들이 손뼉을 치며 맞장구를 치거나 깔깔 웃는 식으로 진행되었다.

"그때 십만대적검이 말했지. '살려줄지도 모른다는 생각은 버려.' 그러자 만검산장에 있던 오백 사마외도의 얼굴이 창백하게 변해서는 다들 오금을 저렸다고 하더군. 정말 대단하지 않아?"

"그런 분은 어떻게 생겼을까요? 적 공자께서는 십만대적검을 실제로 보신 적 있으세요?"

"하하하, 물론이오. 대망혈제회가 패망하고 난 뒤 얼마 지나지 않아 사천을 여행하던 중 들른 객점에서 창랑사우와 함께 있는 십만대적검을 우연히 만난 적 있소."

"아, 어쩜. 그래서요?"

"뭐, 딱히 별일은 없었소. 그저 탁자를 하나로 합친 다음 술을 몇 잔 함께 기울였지. 엄청난 체구를 자랑했는데 등에는 벽사룡의 숨통을 끊어놓은 십만대적검이 메여 있었소. 소문대로 위압감이 대단하더군."

"아……."

사내의 허풍에 옹기종기 핀 복사꽃처럼 옹기종기 모여 있던 여자들은 두 손을 가슴에 모으며 부럽다는 표정을 지었다.

빙소소가 장개산을 보며 빙그레 웃었다.

장개산은 한편으로는 어이가 없고, 또 한편으로는 혹시 진짜로 만난 적이 있나 싶어 사내를 유심히 살폈다. 하지만 아무리 봐도 저런 사내를 만난 기억이 없었다. 무엇보다 대망혈제회가 패망한 이후 사천성으로 발을 들여놓은 적이 없었다.

"또 십만대적검 얘기군."

차양 아래에서 볕을 피하던 노인이 혼잣말을 중얼거렸다.

"십만대적검을 말하는 사람들이 그렇게 많나요?"

빙소소가 물었다.

"칼 찬 무림인들이 탔다하면 그 얘기가 한 번은 꼭 나오지. 그뿐인 줄 아나? 허름한 복장에 녹슨 철검을 찬 젊은이가 배에 타서 어딜 가는 길이냐고 물어보면 십중팔구 북검맹이라는 말이 나오지. 북검맹의 맹도가 되어 출세를 하겠다나 어쨌다나."

"그 정도예요?"

"세상을 모르는 거지. 무(武)도 좋고 협(俠)도 좋지만 죽고 나면 무얼 해. 내가 열 번을 찌르면 상대도 나를 한 번은 찌른

다는 걸 알아야지. 그저 등 따숩고 배부르면 족하지 무인으로
사는 게 뭐 그리 좋은 거라고. 쯧쯧쯧."

노인은 기억 속 어딘가에 장개산과 빙소소가 예사롭지 무
인이었다는 느낌이 있는지 잠시 흠칫 굳었다. 하지만 빙소소
는 아무렇지 않다는 듯 가볍게 미소를 지어 보였다. 마음이
조금 편안해진 노인이 이번엔 장개산을 돌아보며 물었다.

"그러고 보니 자네는 그때가 첫 강호행이었지 아마? 출세
를 하겠답시고 남악련으로 간다고 했던 것 같은데. 어떤가?
강호를 한 바퀴 휘익 돌아보니 몸담을 만하던가? 생각했던 것
보다 훨씬 살벌하지?"

"글쎄요. 아직은 잘 모르겠습니다."

남악련이라는 말에 저만치 있던 후기지수들이 대화를 멈
추고 이쪽을 응시했다. 살짝 장난기가 동한 빙소소는 비뚤어
진 것을 고쳐주는 척하면서 장개산이 쓰고 있는 초립을 살짝
들어 올렸다.

그의 얼굴이 백일하게 드러났지만 누구도 알아보지 못했
다. 장개산의 우람한 체구에 살짝 놀란 후기지수들은 잠시 관
심을 보이는 듯했지만 이내 또다시 자신들의 대화에 열중했
다.

"한데 지금은 어디로 가는 겐가?"

"사부님을 뵈러 가는 길입니다."

"사부님을 뵙고 난 다음에는 무얼 하려고?"

"사부님께서 허락해 주시면 장가를 들 생각입니다. 그리고 아내와 함께 사부님을 모시고 아이도 키우고, 사문도 꾸려나 가면서 그렇게 살 생각입니다. 봄이 되면 강호에서 사귄 벗들을 불러 겨우내 익힌 술도 함께 마셔가면서 말입니다."

후기지수들을 또 어떻게 골려줄까 궁리하던 빙소소는 장가를 들고 아이를 키운다는 장개산의 말에 갑자기 얼굴이 빨개졌다. 그 모습을 물끄러미 바라보던 노인은 알 만하다는 듯 누런 이를 활짝 드러내면서 웃었다.

"그렇게 되었군. 그렇게 되었어. 큭큭큭."

노인이 삿대를 두어 차례 힘껏 찍자 배가 속도를 내며 넘실대는 물살 위를 빠르게 미끄러져 가기 시작했다. 팔월의 태양이 사람들의 머리 위에서 뜨겁게 내리쬐고 있었다.

『십만대적검』 완결

─그동안 읽어주신 모든 분께 감사드립니다.

이제부터 전자책은

이젠북

www.ezenbook.co.kr

새로운 세계가 열린다!

서현 『조동길』　남운 『개방학사』　백연 『생사결』
목정균 『비뢰도』　좌백 『천마군림』　수담옥 『자객전서』
용대운 『천마부』　설봉 『도검무안』　임준욱 『붉은 해일』
진산 『하분, 용의 나라』　천중화 『그레이트 원』

이름만 들어도 황홀할 정도의 별들의 향연!

이들의 "유료연재"가 시작됩니다!

검색창에 **이젠북** 을 쳐보세요! ▼ 🔍

무정철협

월인 新무협 판타지 소설

FANTASTIC ORIENTAL HEROES

「두령」,「사마쌍협」,「장홍관일」의 작가 월인
2013년 벽두를 여는 신무협이 온다!

삭초제근(削草制根)!
일단 손을 쓰면 뿌리까지 뽑아버렸다.

무정(無情)!
검을 들면 더 이상 정을 논하지 않았다.

그래서 나는 무정철협이 되었다.

진정한 협(俠)을 아는가!
여기 철혈의 사내 이한성이 있다!

「무정철협」

면왕 백리휴

麺王百里休

무진등 新무협 판타지 소설

FANTASTIC ORIENTAL HEROES

'맛있는' 무협이 펼쳐진다!

가문의 선조가 남긴 비서
'백리면요결(百里麵要訣)'
모든 이야기는 이 서책으로부터 시작되었다.

『면왕 백리휴』

면요리의 극의를 알고자 하는 자,
모두 나에게로 오라!

Book Publishing CHUNGEORAM

위행이 아닌 자유추구 -
WWW.chungeoram.com

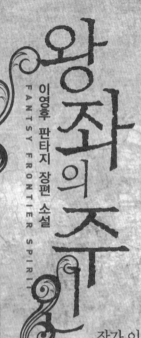

이영후 판타지 장편 소설
FANTSY FRONTIER SPIRIT

작가 이영후가 선보이는 야심작!
가슴을 떨어 울리는 판타지가 찾아온다!

『왕좌의 주인』

세계를 몰락 위기로 몰았던 이계의 절대자들
그들의 유적이 힘을 원한 자들을 불러들이고…
그 힘을 취한 어둠은 암암리에 세계를 감쌀 뿐이었다.

"세계를 구원할 것은 너뿐이구나."

어둠을 격정한 네 영웅은 하나의 희망을 키워낸다.
이계 최강의 절대자 티엔마르.
그리고 이 모두의 힘을 이어받은 새로운 존재…
은빛의 절대자 레오!

눈매 新무협 판타지 소설

가면의 마존

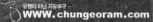